# 인연 2

인연 2

초판1쇄 인쇄 | 2024년 4월 18일
초판1쇄 발행 | 2024년 4월 25일

지은이 | 이원호
펴낸이 | 박연
펴낸곳 | 한결미디어

등록 | 2006년 7월 24일(제313-2006-000152호)
주소 | 서울시 마포구 모래내로 83 한올빌딩 6층
전화 | 02-704-3331
팩스 | 02-704-3360
이메일 | okpk@hanmail.net

ISBN 979-11-5916-219-0(04810) 979-11-5916-217-6 (세트)

# 인연 2

## 바람 위의 시간

이원호 지음

한결미디어
HANGYEOL MEDIA

# 차례

# 8장. 안개가 흐른다

"오빠, 바빠?"

오전 10시 반, 출장 준비로 부산한 강우진이 김시아의 전화를 받는다. 사무실 안, 오영주가 옆에 있었기 때문에 강우진이 자리에서 일어나 앞쪽으로 나갔다.

"아니, 괜찮아. 근데 왜?"

"나 갈게."

"어디?"

"오빠 따라서."

"그래?"

숨을 들이켠 강우진이 말을 이었다.

"그럼 네 여권 사진을 내가 보내는 전번으로 보내."

"사진?"

"그 앞쪽에 네 기록하고 사진이 나와 있는 곳."

"아."

"그 전번으로 바로 보내."

그 전번이란 회장실 비서 오종환을 말한다. 오종환이 지금 강우진의 비행기 표를 준비하고 있다. 통화를 끝내고 자리로 돌아왔더니 가방에 샘플을 담던 오영주가 강우진을 보았다.

"애인이야?"

"응."

"그냥 자리에 앉아서 받지 왜?"

"너한테 미안해서."

"뭐가?"

"난 있는데 너는 없는 것이."

"어떻게 알아?"

가방을 챙긴 오영주가 강우진을 향해 웃어 보였다.

"여자로 봐줘서 고마운데, 공사 구분만 확실히 하면 돼."

"넌 공적으로는 내 반쪽이야."

"어이구, 나도 하나 어서 만들어야지."

오영주가 샘플 가방을 닫으면서 말했다.

"3박 4일 맞지?"

이선옥이 다시 물었기 때문에 김시아가 이맛살을 찌푸렸다.

"지금 몇 번째 물어?"

"그럼 토요일에 돌아오는 거구나."

"그렇겠지?"

"비행기가 지연될 수도 있으니까, 날씨 때문에."

오늘은 이선옥이 월차 휴가를 내고 집에 있다. 김시아가 베트남에 가기 때문이다. 고민 끝에 가라고 해놓고 마음이 놓이지 않는 모양이다. 거실, 오전 11시, 김미아는 첫 알바에서 돌아오자마자 잠을 자는 중이고 김시아는 갖고 갈 짐을 챙기고 있다.

"몇 시 비행기야?"

"곧 연락이 오겠지."

"남자친구하고 3박 4일 여행 간다는 거, 허락해주는 부모 드물 거야."

"또 그 말."

"잘 들어."

정색한 이선옥이 김시아를 보았다.

"넌 아직 어리지만…."

"안 어려. 스물셋이야."

"내가 무슨 말 하려는지 알지?"

"알아, 엄마."

김시아가 이선옥의 손을 잡았다.

"걱정 안 시킬게."

"우진이는 좋은 애다. 외로운 애고."

강우진은 아직 김시아에게 아버지 이야기를 하지 않았다. 떨어져 산다고만 했다. 어머니는 숨겨진 여자로만 살다가 세상을 떠났고 그 사이에서 강우진이 성장한 것으로 안다. 이선옥한테도 그렇게만 말한 것이다. 김시아가 소리죽여 숨을 뱉었다. 강우진과의 여행은 생각만 해도 들뜬다. 그러나 인생은 갖가지 잔가지가 뻗어 나가는 것이 정상이다. 부러지고 찢어지고 병들어 꺾어지면서 오르다가 떨어진다. 나는 강우진과 함께 어디까지 갈 수 있을까? 그때 김시아는 핸드폰의 벨 소리를 듣고 생각에서 깨어났다. 조금 전에 여권을 찍어서 보냈던 오종환이란 사람한테서 문자가 왔다.

'오후 7시 반 출발인 한국항공 H-245, 인천 다낭편입니다. 출국장 F게이트에서 탑승권을 받으시기 바랍니다. 번호는 F424578입니다.'

보는 동안에 다시 문자가 왔다. 이번에는 강우진.

'연락 왔지? 인천공항 출국장 5번 출구에서 6시에 만나자.'

"이게 누구야?"

그 시간에 강석규가 서류를 보면서 물었다. 서류를 탁자 위에 놓은 강석규가 손가락으로 한 곳을 짚었다. 출국자 명단, 그 맨 끝에 적힌 김시아다. 강석규는 이번에 강우진과 함께 떠날 출국자 명단을 보고 받고 있다. 그때 고재성이 강석규의 손가락에 대고 말했다.

"우진이 여자친구입니다."

"그래? 일하러 가면서 여자친구를 데려가?"

"예, 우진이하고 꽤 좋아하는 사이인 것 같습니다."

"…."

"홀어머니하고 여동생 하나인 세 식구인데 어머니는 슈퍼 계산원 일을 하고 딸 둘도 제각기 알바를 합니다. 김시아는 우신대 3학년 1학기를 마치고 휴학 중입니다."

고개를 든 강석규가 고재성을 보았다.

"그래, 외롭겠지. 이해는 해."

강석규의 눈동자가 흐려졌다.

"그놈이 그 애를 데리고 거기를 갈 모양이군."

고재성이 숨을 들이켰다. 거기란 별장이다. 고재성도 별장의 존재 이유를 알고 있다.

5번 출구에 우두커니 서 있던 김시아가 다가오는 강우진을 보더니 수줍게 웃었다.

"야, 이쁘다."

다가선 강우진이 감탄했다. 김시아가 얼굴까지 붉혔기 때문에 강우진이 한술 더 떴다.

"신혼여행 가는 것 같다."

"그만."

눈을 흘긴 김시아가 몸을 비틀었다. 김시아는 크림색 바탕에 분홍 꽃무늬가 박힌 원피스를 입었는데 허리 아래가 풍성하게 펴진 스타일이다. 잘록한 허리가 돋보였고 날씬한 몸에 잘 어울렸다. 무릎 밑까지 내려오는 원피스에 가죽 단화를 단정하게 신었는데 강우진의 시선을 받더니 작게 말했다.

"운동화에 바지도 갖고 왔어."

"잘했어."

"이 옷 비싼 거야. 12만 원이나 주고 샀어."

"이쁘다. 비싼 값을 하네."

"그래서 오늘 입은 거야."

"글쎄, 신혼여행 차림으로 끝내준다니까."

그제야 김시아는 강우진 뒤에 서 있는 사내들을 보고 물었다.

"같이 가는 사람들이야?"

"응."

김시아의 팔을 끌면서 강우진이 말했다.

"회사 일 때문에."

다낭 공항에 도착했을 때는 오후 10시 반이다. 현지 시간이다. 입국장으로 나왔을 때 세 사내가 다가왔다. 앞장선 사내는 40대쯤으로 보였는데 강우진과 시선이 마주치자 고개를 숙여 인사를 했다.

"어서 오십시오."

당황한 강우진이 따라 인사를 했을 때 사내가 말했다.

"동성 현지 법인장 유영준입니다."

"강우진입니다."

엉겁결에 인사를 한 강우진에게 유영준이 앞장을 서면서 말했다.

"가시지요."

입국장 밖에는 승용차와 미니버스까지 대기시켜 놓았기 때문에 강우진과 유영준은 승용차에 올랐다.

승용차에는 강우진과 유영준이 탔다. 김시아는 마중 나온 유영준의 얼굴을 보았으나 일행 뒤에 서 있어서 무슨 말을 하는지 듣지 못했다. '동성 현지 법인장' 소리를 들었다면 머리가 빨리 회전해서 추리해냈을 수도 있겠다. 차도 강우진의 일행 넷과 함께 미니버스에 타고 따라갔다. 다낭은 처음이고 더워서 정신이 없었기 때문에 얼떨떨한 상태다.

차 안에서 유영준이 말했다.

"고 실장님 지시로 뉴월드상사를 조사했습니다. 뉴월드상사의 사장 카오는 작년에 한국의 무역회사 한 곳과 3개월 거래를 하다가 이번과 똑같은 방법으로 거래를 끊었습니다."

유영준이 말을 이었다.

"그 회사도 투입했던 원부자재를 모두 빼앗겼지요. 그래서 그 회사는 부도가 나서 지금 없어졌습니다. 그 맛을 본 카오는 다시 우진상사에 간단하게 사기를 친 것이지요."

고개를 든 강우진이 유영준을 보았다.

"방법이 없을까요?"

"원부자재를 회수하는 방법 말씀입니까?"

"내가 법인장님한테서 이 이야기를 듣기 전까지만 해도 새 공장을 찾는 것이 제1의 목적이었는데 지금 생각을 바꿨습니다."

강우진이 말을 이었다.

“카오를 제거해야 되지 않겠습니까?”

유영준이 고개를 끄덕였다.

“카오는 다낭의 공산당 유력자와 인맥이 넓습니다. 이곳에서는 부정이 판을 치기 때문에 그것을 역으로 이용해야 할 것 같습니다.”

유영준을 만나지 못했다면 알 수도, 듣지도 못했을 내용이다.

밤, 다낭 바닷가에 있는 퍼시픽호텔의 방 안, 강우진과 김시아가 베란다로 나와서 있다. 바다가 내려다보이는 베란다다. 14층 높이여서 눈앞에 밤바다가 가득 펼쳐져 있다. 밤 12시 가깝게 되었지만, 바닷가는 휘황한 불빛으로 뒤덮여 있다. 가게들이다. 그때 김시아가 강우진의 몸에 어깨를 기대면서 말했다.

“내일부터 혼자 나가서 일해, 난 혼자 돌아다닐 테니까.”

“그래, 며칠이면 끝날 거야.”

비행기 안에서 말해주었기 때문에 강우진이 팔을 들어 김시아의 어깨를 안았다.

“넌 엄마한테 3박 4일로 말했으니까 토요일 비행기로 돌아가.”

“사흘이면 충분해, 관광은.”

“사흘째 밤은 나하고 다른 곳에서 보내자.”

“어디?”

고개를 돌린 김시아의 두 눈이 바로 눈 밑에서 반짝였다. 강우진이 김시아의 눈에 입술을 붙였다.

“별장.”

“무슨 별장?”

“우리 어머니 별장.”

이제는 김시아가 쳐다만 보았기 때문에 강우진이 바다 쪽으로 고개를 돌렸다.

"어머니가 꿈꾸던 별장을 아버지가 만들어 놓았거든."

"…."

"그 별장이 이곳에 있어."

"…."

"그래서 내가 너한테 보여주려 데려온 거야."

"…."

"어머니가 살아 계실 때 완공해놓고 일하는 사람들까지 고용했는데 아버지는 어머니한테 말하지 않았어."

"…."

"놀래주려고 한 것 같은데 바빠서 시간을 내지 못했나 아니면 데리고 나가기가 불편했던 것 같기도 해."

"…."

"어머니가 숨겨진 여자니까 말야."

바닷바람이 불어와 김시아의 머리칼을 날렸다. 후덥지근한 바람, 습도가 높아서 몸이 금방 끈적이는 느낌이다. 비린 물 냄새, 고기 탄 냄새까지 났지만 불편하지는 않다. 그때 김시아가 옆으로 선 채로 강우진의 허리를 두 손으로 감싸 안았다.

"그래서 날 데려온 거야?"

"그 별장이 내 거야. 아버지가 나한테 줬어."

"가봤어?"

"지난번에 내가 여기 왔을 때 아버지가 날아와서 별장에 같이 갔어."

"좋아?"

"어머니가 기록해놓은 꿈속의 별장과 똑같았어. 아버지가 그곳에다 공사를 시켰으니까."

"어머니가 가 보셨어야 했는데."

"대신 내가 간 거지."

"아버지가 슬프셨을 거야."

"후회했겠지, 데려오지 못한 것을."

"아버지가 내가 별장 가는 거, 괜찮다고 하실까?"

"내 건데, 뭐."

"아실까?"

"아마 니 티켓 끊을 때 아셨을 거다. 내가 널 별장에 데리고 가는 것도 예상하실 거야."

"아버지 부자야?"

"응."

힐끗 김시아를 바라본 강우진이 고개를 끄덕였다.

"조금."

다시 바닷바람이 불었기 때문에 강우진도 김시아의 어깨를 당겨 방 안으로 들어왔다. 베란다 유리문을 닫았더니 갑자기 냉방이 된 방 안이 딴 세상처럼 느껴졌다.

"아이구, 아침에 공안국장님의 전화를 받았습니다."

다낭의 공안부장 구이한이 유영준의 손을 두 손으로 잡으며 맞았다.

"이렇게 뵙게 되어서 영광입니다."

구이한은 다낭 공안부장이다. 다낭 공안부장은 주변의 군소 10여 개 공안 지서를 통괄하는 지위여서 군(軍)의 사단장급 고위직이다. 그러나 하노이의 공안국장은 군(軍) 참모총장 격인 공안 최고위직이다. 구이한도 아침에 공안국장 티우의 전화를 받은 것이다. 구이한이 티우의 직통 전화를 받은 것은 이번이 처음이다. 구이한이 받은 지시는 간단했다.

"오늘 동성 베트남 법인장 유영준 씨가 방문할 텐데 최대한 협조해 줄 것."

"그런데 무슨 일이신지요?"

날씨 이야기를 길게 주고받고 나서 잠깐 쉬었을 때 구이한이 공손하게 물었다. 구이한은 45세, 물론 공산당원이며 다낭 공안부장으로 오기 전에는 호치민 17구역의 공안서장이었다. 그곳에서 영진되어 온 것이다. 물론 '백'도 있다. 공안국장 티우의 참모 중 하나인 공안국 4부장 트롬이다. 그러나 트롬도 티우가 입으로 바람을 훅 불면 날아간다. 그만큼 하노이 공안 총수 티우의 권력이 막강한 것이다. 그때 유영준이 말했다.

"부탁드릴 일이 있어서요."

"예, 말씀만 하시지요."

"아주 사소한 일이 베트남, 한국 간의 우의를 깨뜨리게 됩니다."

"그러믄요."

구이한의 이마에 벌써 땀방울이 돋아났다. 비대한 체격의 구이한이다. 작은 눈을 치켜뜬 구이한이 유영준의 입을 주시했다. 하노이에 주재하는 '동성 현지 법인장'이 다낭까지 날아온 것은 심상치 않다. 동성이 어떤 회사인가? 베트남에 대규모 전자 공장을 건설해서 현재 베트남 수출의 25퍼센트를 차지하는 거대 기업이다. 동성이 고용한 베트남 근로자는 24만 명. 지난달에도 바오도이 총리가 동성 현지 법인장 유영준과 함께 동성 공장을 방문했다. 그 유영준이 지금 다낭 공안부에 나타난 것이다. 구이한의 시선을 받은 유영준이 길게 숨부터 뱉었다.

"이걸 어떻게 처리해야 할지 모르겠습니다."

"어, 어떤 것을 말씀입니까?"

마침내 구이한이 휴지를 뽑아 이마와 얼굴의 땀을 닦았다. 마주 앉은 뒤쪽에 부관이 서 있었으나 숨도 쉬는 것 같지가 않다. 유영준이 말을 이었다.

"여기 오기 전에 조사를 했지요. 하노이 공안부에 의뢰했더니 금방 나오더군요."

"아아, 예."

"문제의 뉴월드상사는 한국 회사의 원단을 빼돌린 것입니다. 그리고 작년에 한성상사라는 한국 기업에도 장난을 쳐서 그 회사를 결국 도산시켰습니다."

그러고는 유영준이 서류 봉투를 탁자 위에 놓았다.

"이것이 그 자료지요. 하노이 공안부가 작성해준 자료입니다."

구이한의 얼굴에서 땀이 비 오듯 쏟아졌기 때문에 휴지로 닦았다. 휴지가 엉켜서 얼굴에 붙었으나 본인은 모르고 있다. 하노이 공안부가 미리 조사를 했다니, 잘못 걸렸다가는 파면되고 감옥에 갈 수도 있다. 구이한이 서류를 움켜쥐었다. 뉴월드상사 때문에 왔구나.

"잘 알겠습니다. 조치하지요."

"그런데 부장님."

"예, 법인장님."

"그 뉴월드상사를 비호하는 공안 간부가 있습니다. 그래서 그런 일이 가능했는데요."

"공, 공안 간부라니요?"

구이한이 눈을 크게 떴다. 목소리가 갈라졌고 말끝이 떨린다. 예상했던 일이 벌어졌다. 내가 아는 놈일까? 혹시 내가 그놈한테서 받은 것이 있는가? 그때 유영준이 말을 이었다.

"다낭 공안부 제12분소 소장이더군요. 그자가 작년의 사건에서도 한성상사의 고소장을 묵살했고 이번 사건에서도 배경이 되어 있습니다."

"맡, 맡겨 주십시오."

"자료를 읽어보시고 변상하도록 해주셔야 됩니다."

"예, 예."

그때 유영준이 고개를 들고 구이한을 보았다.

“이건 손톱의 때만 한 작은 사건이 아닙니다, 부장님.”

“….”

“우리 회장님이 아시면 즉각 바오도이 총리를 만나실 겁니다, 아시지요?”

구이한은 입만 쩍 벌렸다. 아니 이런 사소한, 그렇지, 손톱 끝의 때만 한 일로 동성상사의 현지 법인장까지 이곳에 출동하다니. 법인장 출동도 다낭 시장이 알게 되면 허겁지겁 달려올 것이었다. 그런데 뭐? 동성 회장이 총리를 만나? 아직 내막은 모르지만 유영준이 너무 나간다는 생각이 들었다. 물론 동성 회장은 언제든지 베트남 최고 권력자 바오도이 총리를 만날 수 있는 인물이다. 오히려 바오도이 총리가 동성 회장에게 면담 신청을 하고 기다려야 할 처지이다. 그런데 왜? 그때 유영준이 의자에 등을 붙이면서 말했다.

“우선 그 자료를 보시지요.”

“예.”

구이한은 서둘러 자료를 꺼냈다. 좋다, 우선 알고나 보자.

잠시 후에 구이한이 고개를 들었다. 다 읽은 것이다.

“알겠습니다. 뉴월드상사를 당장 조치하겠습니다.”

말하다 보니까 분이 난 구이한이 어깨를 부풀렸다.

“사장 놈은 반역죄로 구속하고 사기를 친 전액을 보상금까지 합쳐 배상시키지요.”

“….”

“그리고 연루되었다는 제12분소 소장 놈도 즉각 체포, 총살을, 아니 일단은 구속하겠습니다. 공안 법은 중형입니다. 그놈을….”

“잠깐만요.”

손을 들어 구이한의 말을 막은 유영준이 정색했다. 구이한이 눈도 깜박이지 못하고 시선을 주었을 때 유영준이 한마디씩 또박또박 말했다. 참, 유영준도 지금까지 유창한 베트남어를 쓰고 있다.

"내가 베트남에서만 말씀을 드리는데요."

"…."

"한국에서는 아직 공개되지 않아서."

"…."

"이번 사건 피해자 강우진이 동성 회장님의 아드님입니다."

구이한이 숨을 들이켰다가 재채기를 했다. 놀라서 재채기가 세 번이나 나왔다. 재채기가 그치기를 기다렸다가 유영준이 말을 이었다.

"그래요. 숨겨둔 아들입니다만 부장님도 아시다시피 이번에 두 아들이 살인미수로 구속되었습니다. 언론에 드러난 그 피해자가 강우진입니다. 그런데 그분이 여기서까지 사기를 당해야겠습니까?"

"절대 안 되지요!"

구이한이 버럭 소리쳤다.

다낭 공안부에서 돌아오는 차 안, 유영준이 핸드폰으로 고재성에게 보고했다.

"다낭 공안부장을 만나 서류 전달하고 내막을 다 말했습니다."

"알았어."

고재성이 간단히 대답했다. 모두 고재성의 지시를 받고 한 일이다. 조사도 고재성이 했다.

호텔로 찾아온 유상수와 함께 뉴월드상사로 가려던 강우진이 유영준의 전화를 받았다. 오전 10시 50분, 둘은 호텔 아래층 로비에 앉아 유영준을 기다리고 있다. 유영준이 11시쯤 연락을 하겠다고 했기 때문이다.

"예, 접니다."

강우진이 대답했을 때 유영준이 말했다.

"강 사장님, 오늘 뉴월드상사에 가실 필요 없습니다."

"무슨 말씀이세요?"

"강 사장님이 그 호텔에 투숙하고 계신 걸 알 테니까 누가 찾아갈 겁니다."

"누가요?"

"글쎄요, 뉴월드 사장이 찾아갈지 아니면 다른 사람이 갈지는 모르겠습니다만, 일은 잘 풀릴 것 같습니다."

"예? 어떻게 말입니까?"

"제가 지금 다낭 공안부장을 만나고 나온 길입니다."

"…."

"공안부장한테 뉴월드상사의 자료를 모두 넘겼으니까 조치하겠지요."

숨을 들이켰던 강우진이 말을 삼켰다. 저쪽에서 사기를 쳤으니 이쪽에서는 힘으로 대적한 것이다. 동성의 힘이다. 제아무리 막강한 공권력을 갖췄다고 해도 경제력 앞에서는 폭망이다. 공권력으로 경제력을 눌러? 더구나 외국의 경제력을? 그것은 미친 집단이다.

강우진이 무슨 일이냐고 표정으로 묻는 유상수에게 쓴웃음을 짓고 말했다.

"뉴월드에서 곧 연락이 올 것 같다네요."

"예? 무슨 연락요?"

놀란 유상수가 눈을 동그랗게 떴다.

"누가 말입니까?"

"내가 누구한테 부탁을 했거든요."

"뉴월드 배경이 만만치 않습니다. 다낭 공안의 고위간부가 뒤를 받쳐준다고 제 입으로 떠들고 다니는 놈입니다."

"글쎄, 두고 보십시다."

"저도 나중에 알았지만, 작년에 한성상사가 비슷한 사기를 당하고 공안에 신고했는데 오히려 불려가서 고생만 하고 나왔다는 겁니다. 벌금까지 물어서 대사관에 신고했더니 도와줄 수가 없다고 했다는 겁니다."

유상수의 입 끝에 게거품이 물렸다.

"어지간한 힘 가지고는 힘들 것 같은데요."

"우선 공장이나 찾아보지요."

일단 오더가 급했기 때문에 강우진이 다시 공장 자료를 집어 들었다.

"이대로 두시는 건 혼자 경영을 익히는 장점도 있지만 조금 더 체계적으로 일을 배워야 할 것 같습니다."

고재성이 말을 이었다.

"그래서 우진상사에 오더를 주면서 정예 인원을 보강해 우진이가 같이 일하면서 배우도록 하는 것입니다. 그런 방법으로 몇 년을 지내면 대기업의 업무에도 익숙해지지 않겠습니까?"

"과연."

고개를 끄덕인 강석규가 고재성을 보았다.

"좋은 방법이야. 오더를 밀어주면서 우리 동성의 직원을 우진상사에 보강해 준단 말이지?"

"예, 기존의 동성 오더를 우진으로 돌리는 것이지요. 바이어들도 이의를 제기하지 않을 겁니다. 우진을 동성의 계열사로 만들면 되니까요. 그러면 오더뿐만 아니라 자금, 인력 지원도 가능하지요."

"그렇겠지."

"우진으로 옮겨간 직원들은 말할 것도 없습니다. 후계자 측근으로 일하게 되었으니 선택받았다고 생각하겠지요."

다시 고개를 끄덕인 강석규가 쓴웃음을 짓고 고재성을 보았다.

"근데 문제가 있어."

고재성의 시선을 받은 강석규가 물었다.

"우진이가 받아들일까?"

"강 사장님이십니까?"

다가온 공안이 경례를 붙이면서 물었기 때문에 강우진이 자리에서 일어섰다. 라운지 안, 주위의 시선이 모두 모였고 심지어 지나던 사람도 걸음을 멈추고 쳐다보았다.

"예, 그런데요?"

"예, 저는 다낭 공안부에서 나온 두악이라고 합니다."

공안의 영어는 유창했고 정중한 자세다.

"잠깐 다낭 공안본부로 가시지 않겠습니까? 제가 모시고 갔다가 다시 이곳까지 모셔다드리겠습니다."

태도가 정중해서 강우진의 긴장이 조금 풀렸다. 강우진이 옆에 선 유상수를 보았다. 유상수는 놀라서 눈만 크게 뜨고 있다. 그때 공안이 말을 이었다.

"지금 공안부에 유 법인장께서 기다리고 계십니다."

그러자 유상수가 고개를 돌려 강우진을 보았다. 유 법인장이 누구냐고 묻는 얼굴이다. 유상수에게는 아직 유영준 이야기를 하지 않았다. 어제 도착한다는 말도 안 했기 때문에 공항에서 유영준을 보지도 못한 것이다. 강우진이 고개를 끄덕였다.

"좋습니다, 가지요."

그러고는 유상수에게 말했다.

"다녀올 테니까 돌아가서 기다리세요."

"괜찮을까요?"

유상수가 물었지만 강우진은 발을 떼었다. 유상수는 공안에 가는 것도 불안한 것 같다.

강우진은 공안 건물 3층에 있는 회의실로 바로 안내되었는데 기다리고 있던 유영준이 웃음 띤 얼굴로 맞았다. 유영준이 옆에 앉은 공안을 소개했다. 40대쯤의 비대한 체격에 어깨의 견장에는 붉은 줄이 여러 개다. 고위직 같다.

"이분이 다낭 공안부장 구이한 씨입니다."

그때 구이한이 일어나서 강우준에게 경례를 했다. 정색한 얼굴이다.

"구이한입니다. 잘 부탁합니다."

"아닙니다. 오히려 제가…."

인사를 마치고 자리에 앉았을 때 곧 방문이 열리더니 셋이 들어섰다. 공안 둘이 사내 하나를 양쪽에서 끌고 온 것이다. 사내는 팔이 흰색 포승줄로 묶였는데 눈동자의 초점이 흐려져 있다. 사내를 본 순간 강우진이 숨을 들이켰다. 카오다, 뉴월드상사의 대표 카오. 그때 구이한이 말했다.

"강 사장님, 카오는 반역죄로 체포되었습니다."

구이한이 눈을 부릅뜨고 앞에 선 카오를 응시하며 말을 이었다.

"딘 카오는 베트남 인민공화국을 전복하려는 음모를 한 것입니다. 그래서 한국의 투자기업을 방해, 베트남 경제를 추락시키려고 했습니다. 그래서 반역범으로 긴급 체포했습니다."

구이한의 목소리가 더 커졌다.

"카오는 모든 죄상을 자백했고 즉시 우진상사에 손해액도 전액 배상한다고 서약했습니다. 지금 배상금을 준비 해왔습니다."

그로부터 30분쯤 후에 강우진과 유영준은 현관 앞까지 나온 구이한과 10여 명의 다낭 공안부 간부들의 배웅을 받으며 공안국을 떠났다. 승용차의 뒷좌석에 나란히 앉은 유영준이 강우진을 보았다.

"제가 오전 10시에 공안부장을 만나고 나서 두 시간도 안 된 사이에 일이 끝났습니다."

유영준의 얼굴에 쓴웃음이 번졌다. 강우진은 카오한테서 손해배상금을 받은 것이다. 계산은 어떻게 했는지 모르지만 미화로 15만 불을 받았다. 15만 불짜리 오더의 원단, 가공비 가격을 15만 불로 계산하다니, 손해 본 금액은 7만 불 정도밖에 되지 않는다. 아마 공안부에서 유영준이 보내준 자료에 15만 불 오더라는 것을 보고 그렇게 짜낸 것이겠지. 그것도 달러 현찰로 받았다. 세상에. 하지만 15만 불 현찰을 주는데 아니라고, 실제 손해 본 금액은 이 절반쯤이라고 말하는 병신이 있겠는가. 강우진은 아무 소리 않고 다 받았다. 유영준이 말을 이었다.

"조금 전에 고 실장께서 저한테 연락을 해 주셨는데요."

유영준이 정색하고 강우진을 보았다.

"저하고 업무 협의를 좀 하셔야 할 것 같습니다."

"맡겨 주십시오."

우진상사의 계열사 편입에 대한 설명을 마친 유영준이 말했다.

"우선 법인 소속으로 이곳 다낭에서 우진상사의 틀을 만들고 서울 사무소를 재정비하겠습니다. 오더는 월간 1백만 불 정도로 시작하여 차츰 늘리겠습니다."

강우진이 잠자코 유영준을 보았다. 대세라는 것이 있다. 이제는 강우진도 그것을 안다. 거역할 수 없는 흐름, 쓸데없는 고집을 부릴 시기는 지난 것이다. 강우진이 고개를 끄덕였다.

"알겠습니다."

"예, 이번에 뉴월드상사에서 사고를 낸 오더도 호치민 소재 법인 공장에 맡기면 며칠 안에 끝낼 수 있을 것 같습니다."

"아이구, 그렇게 된다면야…."

강우진의 얼굴이 환해졌다. 동성 법인은 호치민에 대규모 공장을 운영하고 있다. 그 공장에 맡기면 뉴월드상사에서 한 달 작업할 것을 이삼일에 끝낼 수 있다.

호텔로 돌아왔더니 김시아가 먼저 와 있었다. 오후 4시 반이다.

"아유, 더워서 혼났어."

아직도 더위에 익은 얼굴이 상기되어 있다.

"일 일찍 끝났네?"

다가온 김시아가 생수병을 내밀었다. 샤워를 한 김시아의 몸에서 비누 냄새가 풍겨왔다.

"응, 내일까지만 일하면 모레 아침부터는 쉴 수 있을 것 같아."

강우진이 웃음 띤 얼굴로 김시아를 보았다.

"모레 아침에 별장에 가자."

"여기서 멀어?"

"차로 두 시간쯤."

"가깝네."

"전혀 다른 세상이야."

강우진이 흐려진 눈으로 김시아를 보았다.

"베트남 같지도 않아. 꿈속에서나 나타나는 장소야."

그렇다. 베트남도 아니고 한국은 전혀 아닌 다른 세상, 들어가면 나오고 싶지 않을 것 같다.

오후 6시에 고재성한테서 전화가 왔다. 한국은 오후 8시일 것이다.

"법인장한테서 이야기 들었다."

고재성이 바로 본론을 꺼내었다.

"아버님 뜻을 따라줘서 고맙다. 일단 거기 일은 법인장한테 맡겨두고 넌 며칠 쉬어도 돼."

"예, 실장님."

"그런데 우진상사라는 상호를 바꿔야 할 것 같은데, 네 이름을 알리는 건 좋지만 말이다. 네 생각은 어떠냐?"

"바꿔야죠."

"생각나는 상호 없냐?"

"아직 없는데요."

"그럼 회장님께 여쭙고 우리가 상호를 만들도록 해도 될까?"

"네, 상관없어요."

"알았다. 우리가 결정하지."

고재성과의 통화를 끝낸 강우진이 길게 숨을 뱉었다. 우진상사가 5개월 만에 다른 회사로 태어난다.

오전 10시, 한국 시간. 동성그룹 회장실, 강석규가 앞에 앉은 고재성에게 말했다.

"동우상사라고 하지."

고재성의 시선을 받은 강석규가 멋쩍게 웃었다.

"동성과 우진의 이름 한 자씩을 딴 거야."

"예, 회장님."

고재성이 웃지도 않고 대답했다.

"법인장한테 지시하겠습니다."

이렇게 우진상사가 동우상사로 상호가 변경되었다. 고재성이 말을 이었다.

"동우상사 본사는 다낭에 두도록 하고 지사를 호치민과 하노이, 그리고 서울에 두는 것으로 하겠습니다."

강석규가 고개만 끄덕였다. 이제 강우진은 다낭에 본사를 둔 계열사 사장이 되었다. 그때 강석규가 고개를 들고 고재성을 보았다.

"그, 여자 말인데."

"예, 회장님."

"딱 끊고 새로 시작하는 것보다 현 상태에서 자연스럽게 만나도록 하는 것이 어떨까?"

고재성의 시선과 부딪치자 강석규의 얼굴에 쓴웃음이 번졌다.

"내 전철을 밟는 것은 아니겠지?"

"그럴 리가 있겠습니까?"

질색을 한 고재성이 머리까지 저었다.

"사모님 경우하고는 다릅니다."

"우진이는 그런 면에서는 아직 어려. 경험이 없어서 시야가 좁아."

"그렇습니다. 나중에는 이해하게 될 것입니다."

"우진이가 걔하고 곧 별장에 가겠군."

강석규의 눈이 흐려졌다.

"그건 할 수 없는 일이지만 걔 엄마가 살아 있다면 내 편이 될 텐데."

"…"

"제 엄마 시켜서 이런 일 하는 것이 더 자연스러울 텐데."

"제가 곧 만들겠습니다."

고재성이 강석규를 보았다.

"우진이는 사모님이 떠나신 직후에 걔를 만났기 때문에 감정적으로 치우칠 수

밖에 없었을 것 같습니다. 이제 시간이 좀 흘렀으니까….”

“자연스럽게.”

강석규가 외면하고 말을 맺는다.

“우진이가 내 전철을 밟는 건 싫으니까, 행복하게 살아야 돼, 우진이는.”

그로부터 한 시간 후, 고재성이 비서실장실에서 기조실 과장 안기태를 불렀다. 안기태는 그룹 기조실 과장이니 동성의 엘리트 중에서도 엘리트다, 계열사 부장급. 고재성이 앞에 선 안기태에게 말했다.

“내가 세광 비서실장하고 이야기했으니까 자네가 세광 담당자하고 계획을 추진시켜 보도록.”

“예, 실장님.”

어깨를 편 안기태가 고개를 숙여 보이고는 두말하지 않고 몸을 돌렸다. 지시도 짧았지만 더 이상 군말을 듣지 않아도 알아듣는 손발이 맞는 상하 관계다.

상호는 ‘동우상사’. 다낭시 중심부에 5층 건물을 임대해서 1층은 전시장, 나머지는 사무실로 사용하도록 했고 사원은 한국인 사원 14명과 현지 고용인 30명으로 첫 조직을 짰다. 한국인 사원도 현지 사정에 익숙한 현지 법인에서 5명을 차출하고 동성 본사에서 간부급 등 나머지를 충원한다는 계획이다. 현지 고용원은 인력이 많았기 때문에 문제가 없다. 오더는 현재 동성이 중동과 유럽에서 받은 물량을 동우로 돌려 수출하는 것으로 해결한다. 동성은 베트남 공장에서 연간 5억 불 물량의 오더를 소진하고 있었기 때문에 동우에 월간 1백만 불을 주는 건 일도 아니다. 처음 시작이 1백만 불이지 궤도에 오르면 월 1천만 불도 금방이다. 강우진이 회의를 마쳤을 때는 오후 6시쯤 되었다. 오늘은 오전 9시부터 점심시간만 빼고 꼬박 일했지만, 호텔로 돌아온 강우진의 얼굴은 환했다. 내일부터 이틀간 휴가다. 이틀간 강우진이 할 일은 없기 때문이다. 그동안 법인장 유영준 이하 작업팀이 동우상사 건물 입주, 사원 배치, 뉴월드상사의 사고 오더까지 처리해놓을 것이다.

"오빠, 좋은 일 있어?"

예민한 김시아가 강우진의 기색을 보고는 물었다. 오늘 저녁은 다낭 바닷가 식당에서 먹기로 했기 때문에 김시아는 이미 외출 차림이다.

"응, 내일부터 휴가니까."

강우진이 김시아의 허리를 불끈 안아 올리면서 말했다.

"내일 아침에 별장으로 가는 거야, 내 꿈속의 집으로."

바닷가 식당은 손님보다 종업원이 많았다. 일식당이라고 간판은 써 붙였지만, 온갖 잡탕 요리를 파는 곳이었다. 잡탕이란 국적 불명의 요리를 말한다. 뒤죽박죽 섞였는데 요리 사진은 그럴듯하게 찍어서 메뉴판을 만들어 놓았다. 그것이 신기한 김시아가 불고기에 태국식 국수, 일본식 회를 시켰다. 강우진은 김시아가 시킨 것을 따랐고 한국산 소주를 추가했다. 소주가 위스키만큼 비쌌지만 놔두었다. 인건비가 싸기 때문인지 둘의 식탁에 서비스하는 종업원을 세어 보았더니 7명이나 되었다. 김시아가 세어 본 것이다.

"오빠, 종업원한테 월급 얼마 받느냐고 물어봐."

회를 삼킨 김시아가 목소리를 낮췄다. 한국말이라 알아듣지 못할 텐데 시선도 안 주고 있다. 그래서 다가온 여종업원에게 강우진이 영어로 물었다.

"한 달 월급이 얼마야?"

작고 말라서 가운을 입은 모습이 15, 16세 정도로 보이는 여종업원이다.

"미국 달러로 말야."

"예, 30불 정도 됩니다."

종업원이 고분고분 대답하자 놀란 듯 김시아가 눈을 크게 떴다. 고개를 끄덕인 강우진이 다시 물었다.

"아가씨, 여기서 얼마나 일했지?"

"1년쯤 되었어요."

"그럼 처음 월급은 얼마였는데?"

"20불에서 30불로 오른 지 6개월 되었습니다."

"팁은 제외하고 말이지?"

"예, 요즘은 팁이 거의 없어요."

그러고는 종업원이 배시시 웃었다. 순박한 표정이다. 그때 강우진이 다시 물었다.

"아가씨 나이는?"

"스무살요."

고개를 끄덕인 강우진이 김시아를 보았다.

"이제 됐니?"

"응."

"여긴 물가가 싸니까 한국하고 임금만 비교하면 안 되지."

"내가 지금도 알바를 하기 때문인지 그냥 스치고 지나갈 수가 없어."

김시아가 이제는 뒷모습을 보이는 여종업원을 눈으로 가리켰다.

"내가 여기서 태어났다면 재일 수도 있겠다는 생각이 들었어."

"베트남에도 재벌이 있어. 재벌 딸로 태어났을지도 모르지."

"오빠."

고개를 든 강우진이 김시아를 보았다. 이제는 젓가락을 내려놓은 김시아가 강우진을 향해 희미하게 웃었다.

"난 지금 꿈을 꾸고 있는 것 같아."

"나도 널 만난 것이 꿈같다."

입에서 그냥 나왔지만 진심이다. 전혀 꾸밀 사이도 없이 말이 나왔다. 강우진이 팔을 뻗어 김시아의 손을 쥐었다.

"널 만나게 해준 창조자께 감사드리고 싶어."

"어머니가 만드셨을 거야."

김시아가 바로 말했다. 그렇다. 그날, 어머니를 화장시켜 두고 돌아오던 날 오후, 비가 내렸다. 비를 피하려고 건물 밑에 붙어 섰던 그때, 옆에 섰던 김시아의 낡은 운동화가 비에 젖고 있었지. 그때 김시아가 손을 빼더니 말했다.

"오빠, 재 팁 좀 줘."

고개를 든 강우진은 아까 그 종업원이 물잔을 들고 다가오는 것을 보았다.

"얼마 줄까?"

낮게 물었더니 김시아가 망설이다가 한국어로 대답했다.

"내가 주고 싶지만 좀 미안해서 그래."

"글쎄, 얼마?"

그때 종업원이 물잔을 내려놓고 몸을 돌리려는 참이다.

"10불."

김시아가 말했을 때 강우진이 종업원을 불렀다.

"잠깐."

멈춰 선 종업원을 가깝게 오라고 손짓한 강우진이 지갑에서 10불을 꺼내 가운 주머니에 찔러 주었다.

"팁이야."

한쪽 눈을 감았다가 뜬 강우진이 눈으로 김시아를 가리켰다.

"저분이 너한테 팁을 주라고 했어."

"고맙습니다."

종업원이 김시아를 향해 이를 드러내고 웃었다.

"복 받으실 거예요."

유창한 영어다. 자주 써먹은 것 같다.

다음 날 오전, 강우진은 호텔에서 체크아웃하고 김시아와 함께 로비로 나왔다. 그때 단정한 흰색 양복 차림의 베트남인이 다가오더니 강우진에게 인사를 했다. 50대쯤으로 마른 체격의 사내다.

"모시러 왔습니다."

"오, 후앙."

저택의 집사 후앙이다. 강우진과 김시아의 가방을 받아 쥔 후앙이 앞장섰다. 호텔 현관 앞에는 검은색 벤츠가 대기하고 있었는데 제복 차림의 운전사가 서 있다가 강우진에게 인사를 했다. 강우진이 고개를 끄덕여 인사를 받는다. 그때 김시아가 옆에 바짝 붙어 서더니 물었다.

"차 빌렸어?"

"아니, 우리 차야."

강우진이 말했다가 정정했다.

"저택의 차, 아직 내 소유는 아니지만."

운전사가 열어주는 뒤쪽 좌석에 나란히 앉았을 때 문이 닫혔다. 집사 후앙이 앞쪽에 타자 벤츠는 소리 없이 출발했다.

"아, 맞다."

김시아가 낮게 말하더니 강우진을 보았다.

"연인."

"연인?"

"연인이라는 영화, 중국인 부자하고 프랑스인 가난한 소녀가 만나는 영화."

김시아의 두 눈이 반짝였다.

"베트남이 무대였어. 배를 타고 강을 건너다가 만나. 그리고 그 낡아빠진 구두를 신고 낡은 모자를 쓴 소녀는 그 중국인 부자의 고급 차를 타고 가지."

"…."

"그 차는 이 벤츠보다 못했어. 그 남자는 오빠보다 못생겼고."

"…."

"그 소녀는 중국인의 섹스 파트너가 되는 거야."

벤츠는 곧 시내를 벗어나 달리기 시작했고 김시아의 들뜬 목소리가 차 안을 울렸다.

"포장도 안 된 시골길을 달리는 차, 그 남자는 슬금슬금 옆에 앉은 소녀의 손을 잡으려고 했지."

그러고는 김시아가 손을 뻗어 강우진의 손을 깍지 껴 쥐었다.

"오빠, 행복해."

고개를 돌린 강우진은 김시아의 눈이 번들거리는 것을 보았다.

좌우에는 끝없이 푸른 논이 펼쳐져 있더니 어느 순간 승용차는 숲길로 들어섰고 곧 비포장도로가 되었다. 차가 흔들리기는 했지만, 속력은 줄어들지 않았다. 어느덧 입을 다문 김시아가 창밖을 정신없이 내다보았다. 깍지 껴 쥔 강우진의 손을 풀지 않아서 땀이 배어 나왔다. 연인? 모른 척하고 있었지만, 강우진도 보았다. 그렇지, 그 중국 배우의 곤혹스러운 얼굴, 욕정을 감춘 무표정한 얼굴도 기억난다, 그 프랑스 소녀의 가냘프지만 미끈한 몸매가 꿈틀거리는 것도. 그러나 장면은 비슷하지만 우리는 아니다. 나는 그 중국인 아편쟁이가 아니고 김시아는 불장난에 빠진 철부지가 아니다.

"앗!"

김시아의 탄성에 강우진이 고개를 돌렸다. 차가 숲길을 빠져나가면서 앞쪽에

낮은 구릉, 초원이 나타난 것이다. 그리고 숲을 배경으로 저택이 드러났다. 숲과 하늘, 푸른 초원이 다 배경이 되어서 언덕 위의 저택은 그림으로 그린 것 같다. 차츰 가까워지면서 황토색 지붕의 2층 저택이 더 선명해졌다. 회색 벽, 베란다의 유리문이 햇살을 받아 반짝인다. 낮은 담장이 정겹게 느껴졌다. 차가 조금 더 달렸을 때 이제는 언덕 오른쪽으로 바다가 드러났다.

"아아!"

김시아가 강우진의 손을 더 세게 쥐었다. 차가 저택의 현관 앞으로 다가가 일렬로 서 있는 사람들 앞에서 멈춰 섰다. 그때 앞자리에 앉았던 후앙이 내리면서 말했다.

"저택에서는 2킬로쯤 떨어진 길도 보입니다. 그래서 미리 나와 있을 수가 있습니다, 주인님."

고용인들은 모두 8명이나 되었다. 그들의 인사를 받으면서 강우진과 김시아는 저택으로 들어섰다.

김시아가 집안 구경하는 데 30분도 넘게 걸렸다. 따라 다니기에 지친 강우진이 나중에는 집사 후앙에게 안내를 맡기고 먼저 돌아왔다. 낮 12시 10분, 바다 쪽에서 불어온 바람에 베란다 안쪽 커튼이 출렁였고 서늘한 바람결은 습기를 띠고 있다. 조금 전까지만 해도 맑고 푸른 하늘이었는데 금방 회색빛이 되었다. 그러나 아래쪽 경관은 더 은근해졌다. 비구름에 덮이면서 바닷빛도 더 진해졌다. 선착장의 요트가 더 두드러져 보였다. 베란다의 대나무 의자에 길게 앉아있는 옆으로 김시아가 다가와 섰다. 소리 없이 다가왔기 때문에 강우진이 놀라 고개를 들었다.

"구경 다 했어?"

"응, 아래층까지."

김시아가 옆쪽 대나무 의자에 앉더니 한숨을 쉬었다.

"아직도 꿈속에 있는 것 같아."

그 순간에 김시아의 시선이 언덕 아래쪽 요트로 옮겨졌다.

"아!"

김시아가 눈과 입을 함께 벌렸다.

"요트다."

"저걸 타고 바다로 나가보자."

강우진이 말했다.

"나도 아직 안 타 봤어."

그때 빗방울이 한두 개씩 떨어지기 시작했고 바람결에 물 냄새가 짙어졌다.

성북동의 대저택, 이곳은 본래 국무총리를 지낸 고위층의 저택이었다. 정선호가 매입해서 더 품위 있게 개조했기 때문에 한국의 명품 주택 10위권에 드는 건축물이다. 한국 굴지의 건설회사 사주인 정선호의 명성에 어울리는 주택이다. 오후 5시, 저택 2층의 응접실 안. 오주영과 정혜원이 소파에 나란히 앉아 TV를 보고 있었지만, 실상은 이야기 중이다.

"그럼 내가 작전을 해야 한다는 말이야?"

그렇게 물은 정혜원은 25세, 서운대 경영학과 졸업 후 2년 동안 런던의 세광 법인에서 연수를 받으면서 옥스퍼드 '경영학연구소'에서 공부를 했다. 그리고 작년 말에 귀국, 세광그룹의 주주사인 세광상사 기조실의 대리로 근무 중이다. 정혜원은 세광그룹의 후계자다. 세광의 사주 정선호의 무남독녀이기 때문이다. 그때 오주영의 얼굴에 쓴 웃음이 떠올랐다.

"그래, 어쩔 수 없어."

"기가 막혀. 무슨 007 시리즈도 아니고."

"인간사가 다 그렇다. 다 만든 거고 작전이다."

고개를 돌린 오주영이 정혜원을 보았다.

"이건 네 아빠하고 동성 강 회장님이 머리를 맞대고 결정하신 거야."

"엄청난 프로젝트네."

"그럼, 엄청나지. 재계 2위와 4위 그룹의 합병이 이루어질 테니까. 그럼 한국 제1, 세계 30대 그룹이 탄생하게 되는 거다."

"꿈도 크셔."

"이제 그만."

눈을 흘긴 오주영이 리모컨으로 TV의 음 소거를 시킨 후에 말을 이었다.

"그만 비아냥거리고 말 좀 하자."

"말해."

정혜원의 눈빛이 강해졌다. 갸름한 얼굴, 눈꼬리가 조금 치켜 올라 있지만 맑고 또렷한 눈, 곧은 콧날 밑의 단정한 입술이 굳게 닫혀 있다. 반바지에 반소매 셔츠를 입은 몸매가 날씬하다. 그렇다. 콩 심은 데서 콩 난다고 우성 인자끼리의 결합은 우성이 될 수밖에 없다. 정혜원의 아버지 정선호도 한국 제1의 영화배우였던 어머니한테서 태어났으니까 탤런트 뺨칠 만한 미남인데 이걸 어쩌냐? 정선호의 부인, 지금 정혜원을 낳은 오주영도 탤런트 출신이다. 탤런트가 되기 전에는 미스코리아 선이었던가. 그때 오주영이 말을 이었다.

"지금 강우진은 애인이 있어, 들었지?"

"있다고는 들었어."

정혜원이 쓴웃음을 지었다.

"어휴, 내가 유치하게 이래야 되나?"

"또."

"말해."

"지금 스물셋이고 대학 3년 휴학이야."

"노는 애야?"

"아니."

"강우진이 좀 놀았을 텐데. 3류 다니면서 돈 펑펑 썼을 거고. 클럽이나 나이트에서 만났대?"

"그건 아닌 것 같더라."

"뭐 하는 집안인데?"

"아버지는 돌아갔고…."

오주영이 고개를 돌려 그림만 나오는 TV를 보았다.

"어머니가 슈퍼에서 알바 하고 걔도 알바한다더라. 여동생 하나가 있는데 걔도 일하고."

"…."

"열심히 사는 가족이야, 착하지."

"알바 한다고 착해?"

"성실한 가족."

"그럼 놔두지 그래."

"뭘?"

"둘이 잘 먹고 잘살라고."

정혜원이 고개를 저었다.

"난 작전이 아니라 악역의 주인공이 되라는 말이군. 모든 비난은 나한테만 쏟아지겠어. 신데렐라를 비탄에 빠뜨린 악마로."

"그건 드라마에나 나오는 이야기고."

오주영이 웃음 띤 얼굴로 정혜원을 보았다.

"요즘 사람들은 오히려 난데없이 나타난 신데렐라를 시기한다더라. 그리고."

눈을 가늘게 뜬 오주영이 말을 이었다.

"강우진 한번 겪어봐. 엄마도 조금 알아봤는데 걔가 진국 같아."

그러고는 오주영이 탁자 밑에서 두툼한 봉투를 꺼내 놓았다.

"강우진에 대한 자료야. 참고로 봐. 재밌어."

빗발이 세지만 강우진과 김시아는 언덕을 내려갔다. 우의를 입고 있었는데도 얼굴과 다리가 흠뻑 젖었다. 뒤에서 인기척이 나더니 후앙이 달려왔다.

"주인님! 요트 선장을 부를까요?"

후앙이 다가와 묻자 강우진이 고개를 저었다.

"우린 요트 안에만 들어가 있을 거야."

"제가 모시고 가지 않아도 되겠습니까?"

"여기 키가 있으니까 괜찮아."

강우진이 주머니에서 키를 꺼내 보였다. 후앙이 몸을 돌려 뛰어 올라갔고 둘은 선착장으로 다가갔다. 빗발이 더 거칠어졌지만, 바다는 잔잔하다. 바다 위에 뿌려지는 빗방울이 부연 물보라를 일으키고 있다.

요트의 2층 조타실에서 보이는 저택과 바다는 그림 같다. 저택 위쪽의 짙은 숲이 비안개에 묻혀서 숲이 떠다니는 것 같다. 안개가 흐르고 있기 때문이다. 유리 덮개만 덮인 조타실로 비 냄새가 들어왔다. 둘은 조타실의 의자에 나란히 앉아있었는데 요트가 조금씩 흔들렸다. 그때 강우진이 일어나 김시아를 보았다.

"마실 것 줄까?"

"응."

강우진이 계단을 내려가면서 물었다.

"뭘?"

"아무거나."

김시아는 주위를 둘러보느라고 건성으로 대답했다. 요트 1층은 갑판과 휴게실, 식당이고 아래층이 선실이다. 선원 5명의 공간은 엔진실 옆쪽에 만들어진 스크류 2개짜리 고속 요트다. 1층 식당 냉장고에서 캔맥주와 생수병을 꺼낸 강우진이 다시 조타실로 올라왔을 때 난간에 기대 서 있던 김시아가 바다 쪽을 바라보며 물었다.

"오빠, 이 배는 언제 타?"

"타고 싶어?"

"아니."

김시아가 고개를 저었다.

"안 탈 거야."

"왜?"

"떠나기 싫어."

"돌아오면 돼."

"그냥 여기다 매어놓고 봐."

"봐?"

"이 배는 도망갈 때나 타는 거야."

"도망?"

강우진의 얼굴에 웃음이 떠올랐다.

"웬 도망?"

"베란다에서 이 배를 보면서 가슴이 편해졌어. 차분하게 가라앉았다고."

"도망갈 배가 있어서?"

"뭐, 그런 기분이랄까…."

"베트남은 이미 45년 전에 통일되었어. 그때 도망갈 사람은 다 도망갔다고."

김시아가 한숨을 푹 쉬면서 계단을 보았다.

"오빠, 선실이 어디야?"

김시아는 선실 안쪽 침실에서 잠이 들었다. 가죽 덮개를 씌운 침대에 모로 눕더니 둥근 선실 창밖의 바다를 보다가 금방 잠이 든 것이다. 김시아가 누운 것을 보고 나서 잠깐 밖에 나갔다가 돌아왔더니 잠이 들어버렸다. 창밖의 바다는 빗발에 덮여 부연 안개가 일어나는 중이다. 오후 3시가 되어가고 있었는데 주위는 어두워지기 시작했다. 강우진이 김시아의 발밑에 밀린 시트를 끌어 올려 하반신을 덮어주었다. 강우진이 침대 옆 의자에 앉아 김시아를 보았다. 얼굴이 정면으로 보이는 위치여서 김시아의 속눈썹까지 드러났다. 김시아의 자는 모습을 보던 강우진이 문득 이곳에 더 머물러야겠다는 생각을 했다. 그래서 김시아가 익숙해지도록 하자. 비 오는 날의 바닷가도, 맑은 날의 저택에도 놀라지도 들뜨지도 않도록 하자. 자신이 돈 많은 화교의 노리개가 되었던 프랑스 소녀가 아니라는 것을 깨닫게 하자. 자신이 강우진이라는 보잘것없는 개체의 전부라는 것을 믿도록 해줘야겠다, 이제 막 시작된 동우상사보다 더 중요한.

다음 날 오전, 아침 식사를 마친 강우진이 산책 준비를 할 때 전화벨이 울렸다. 오늘은 날씨가 맑아서 강우진은 김시아와 함께 바닷가에서 보낼 계획이었다. 전화기를 든 강우진에게 유영준이 말했다.

"사장님, 오늘은 간부사원 면접을 하셔야겠는데요. 먼저 팩스로 인적사항을 보내 드릴 테니까 보시고 오후 3시에 만나 주셨으면 합니다."

동우상사의 핵심이 될 간부사원이 선정된 것이다. 본사와 베트남 법인에서 차출된 인원이다.

"알겠습니다."

미룰 이유가 없다.

"연락 담당 마리하고 돌아다닐 거야."

강우진이 다낭에 다녀오겠다고 했더니 김시아가 말했다. 연락 담당은 고용인 중에서 장보기나 안내, 집 안에서 주인의 비서 역할까지 하는 일이다. 그래서 영어도 유창하고 깔끔한 용모의 마리라는 여자하고 돌아다닌다는 말이다.

"내 걱정은 말고 다녀와."

"어차피 나도 저택 주변은 돌아다닌 적이 없으니까 네가 먼저 구경하고 나서 날 안내해주면 되겠다."

강우진이 다가가 김시아의 이마에 입을 맞췄다.

"다녀올게."

"봤어?"

아침 식사는 따로 먹었기 때문에 점심때 응접실에서 만난 오주영이 물었다. 오늘은 정혜원이 휴가를 내고 쉬는 날이다. 커피 잔을 든 정혜원이 앞쪽 자리에 앉으면서 고개를 끄덕였다.

"다 읽어 봤어."

어젯밤 오주영이 준 봉투는 강우진에 대한 '조사보고서'가 들어있었다. 어떻게 자랐고 생활했으며 성격과 현재 상황이 기록되었다. 사진과 최근의 모습까지 비디오용 테이프에 기록되었고 김시아하고 같이 있는 장면도 찍혔다. 세광그룹의 기조실장 박준병도 고재성 못지않은 수완가인 것이다. 오주영의 시선을 받은 정혜원이 한 모금 커피를 삼키고 말했다.

"감동했어."

"감동?"

"응, 엄마하고 둘이 살면서 아버지를 숨어서 만난 그림자 생활."

"본부인한테서 난 두 아들하고는 대조적이지?"

"그놈들은 개새끼들이고."

"얘 욕하는 것 좀 봐."

"아버지를 살해하려고 했던 놈들 아냐? 유산을 강우진한테 넘겨줄까 봐서 말야."

"그러게 말이다."

"나 해볼 거야."

커피 잔을 내려놓은 정혜원이 오주영을 보았다.

"인연은 만들 수도 있지 않겠어?"

세계적인 사건이었다. 동성그룹에서 '후계자의 난' 또는 '한국 희대의 패륜' 사건으로까지 불린 강태진, 강영진이 강석규 암살 미수 사건을 일으켰을 때를 말한다. 동성그룹은 6개 사업단에 63개 계열사를 거느리고 자동차, 조선, 중화학, 금융, 전자, 유통 등 수천 개 사업장을 거느린 한국 제2의 재벌그룹이다. 사주인 강석규는 입지전적인 인물로 30년 만에 대그룹을 형성했다. 그런데 재계 4위 그룹인 세광그룹은 현 회장이 정선호, 61세로 강석규하고는 대조적인 인물이다. 정선호는 3대째 후계자로 할아버지인 정대산이 회사를 창업, 아버지 정명규에 이어서 회사를 물려받은 것이다. 할아버지인 정대산 시절에는 한국 제1의 기업이었다가 지금은 4위, 주력 업종이 전자와 항공회사, 운송과 유통, 금융업이다. 오후 4시, 이곳은 세광 소유의 르네상스 호텔 VIP실, 응접실에 넷이 둘러앉았다. 강석규와 고재성, 그리고 정선호와 비서실장 박준병이다. 동성과 세광의 회장과 비서실장들이 모인 셈이다.

"이것 참."

입맛을 다신 강석규가 정선호를 보았다. 얼굴에 쓴웃음이 번져 있다.

"가능한 한 최소한의 인원을 가동하다 보니까 힘들어요. 이건 우리 합병 작업에서 가장 큰 난관이 되겠는데."

"그렇습니다."

정선호가 웃음 띤 얼굴로 고개를 끄덕였다.

정선호는 61세. 강석규보다 5년 연하다. 그동안 강석규와는 '경제인연합회' 또는 재벌 10위까지의 '10인회' 모임을 통해 알고 지냈을 뿐이었다. 그러다가 작년 정선호의 '형제의 난'을 계기로 강석규와 부쩍 가까워졌다. 정선호의 부친 정명규는 2남을 두었는데 15년 전 임종 때 두 아들에게 그룹을 나눠서 분가시켰다. 장남 정인호에게는 건설과 해운, 중공업을 떼어주었는데 분가할 당시에는 정선호보다 재산 가치나 매출액이 두 배 정도가 높았다. 그러다가 15년 후에는 정선호의 세광그룹이 정인호의 세원그룹보다 매출액이 2배가 되었다. 정선호가 경영을 잘한 것이 아니라 가만있었던 것이 그렇게 만들었고 정인호는 기업을 확장하려고 날뛰다가 오히려 줄어든 꼴이었다. 기업도 능력보다 운이 따를 때가 있다. 그러다가 욕심 많은 정인호가 작년에 정선호의 유통과 금융업을 '먹으려고' 모든 자금력을 동원해서 '작업'을 했다가 '폭망'했다. 정인호가 '장난'을 치는 사이에 동성그룹이 정인호의 세원금융과 해운 주식을 대량 매입했기 때문이다. 기절초풍한 정인호가 대항하려고 자금을 모았지만 이미 모두 정선호의 유통, 금융의 주식 매입 자금으로 투입된 후였다. 그리고 한 달 만에 정인호의 금융과 해운은 동성그룹에 넘어갔다. 세광에 투입되었던 자금도 반격을 당해 지금도 묶여 있다. 이것으로 그때까지만 해도 재계 14위였던 세원은 33위로 추락했다. 세광 입장에서는 동성이 은인이다. 동성이 세원의 급소를 치지 않았다면 세광은 유통과 금융을 빼앗겼을지도 모르는 것이다. 이것은 막대한 자금력을 무기로 주식 빼앗기 전쟁이다. 세원이 무리하게 덤볐다가 빈틈을 보였기 때문에 당한 꼴이다. 그때부터 강석규와 정선호는 수시로 만났고 이제는 사상 최대의 작전을 구상하고 있다. 양대 그룹의 최고 실세인 넷은 이것을 '대합병작전'이라고 부르기도 한다. 이 프로젝트를 먼저 제안한 사람이 의외로 정선호다. 동성그룹의 '왕자의 난' 사건이 일어난 후에 정선호가 강석규를 초대해서 둘이 술을 마시다가 강우진과 자신의 딸 정혜원의 혼담을 제의했다. 정선호가 제의하면서 시작되었다.

"난 적극적이 아니고 방어형 정책으로 지금까지 그룹을 이끌어 왔지만 지금 처음이자 마지막으로, 그리고 최대의 프로젝트를 제안하는 겁니다."

그러고는 물기가 가득한 눈으로 강석규를 보았다.

"여러 날 생각했던 일이고 아마 10여 년 전부터 이런 구상을 했던 것 같습니다. 우리는 세를 키워야 세계로 나갈 수 있고 단단해집니다. 그러기 위해서는 합병이 최선이고 가족이 되는 것이 가장 적절한 방법이라고요…."

"…."

"이번에 동성은 숨겨진 아들이 혼자 등장했고 나는 무남독녀가 있습니다. 서로 불안한 후계 구도를 타파하는 방법도 되지 않겠습니까?"

그 말을 끝냈을 때 강석규가 대답 없이 손부터 내밀어 악수를 청했다.

회의가 계속된다. 정선호가 말을 이었다. 여전히 웃음 띤 얼굴.

"이 프로젝트가 단순한 것 같으면서도 굉장히 어렵습니다. 이것만 성사되면 순풍에 돛을 단 셈이 될 텐데요."

"글쎄 그것이 우리 넷이 직접 뛰어야 하니까 힘들다는 거요."

그러면서 강석규가 웃었다.

"지금 그놈은 다낭에서 여자하고 같이 있습니다. 이거 내가 괜히 미안해지는데요."

"아유 무슨 말씀을."

정선호가 손까지 저었다.

"제 처가 어젯밤에 혜원이한테 우진이에 대한 자료를 다 줬답니다. 그랬더니."

고개를 든 정선호가 말을 이었다.

"조금 전에 제 처한테서 연락이 왔는데, 혜원이가 그랬다는군요, 감동했다고 말입니다. 그러고 나서 해보겠다고, 인연은 만들 수도 있지 않겠느냐고 했답니다."

"오!"

숨을 들이켠 강석규가 커다랗게 고개를 끄덕였다.

"아이구, 고맙군요."

옆에 앉은 고재성도 고개를 끄덕이고 있다.

다낭에서 저택으로 돌아왔을 때는 오후 6시가 되어갈 무렵이다. 다낭에서 전화를 미리 했기 때문에 현관 앞에서 김시아가 기다리고 있었다. 김시아는 회색 바탕에 남색 꽃무늬가 박힌 원피스 차림이었는데 현관 앞이 환해져 있었다. 햇살이 별장을 넘어가 있었기 때문이다. 강우진이 잠자코 다가가 김시아의 허리를 감아 안았다. 옆에 마리가 서 있다가 웃음 띤 얼굴로 몸을 돌렸다.

"마리하고 저쪽 숲 안까지 들어갔다가 바닷가 뒤쪽까지 가 보았어."

강우진의 품에 안긴 김시아가 말을 이었다.

"이렇게 아름답고 평화롭고 조용하고 맑은 세상은 처음 봐, 오빠."

"그렇구나."

김시아를 내려놓은 강우진이 볼에 입을 맞췄다.

"내일은 바다로 나가자."

"그래."

로비로 들어섰더니 고용원이 기다리고 섰다가 강우진에게 물었다.

"식사는 2층에서 하시겠습니까?"

"그러지."

"몇 시에 올릴까요?"

"7시에."

김시아와 2층 계단을 오르면서 강우진이 고용원에게 말했다.

"샴페인도 한 병 부탁해."

저녁은 스테이크에 베트남 쌀국수, 거위 간 요리와 진한 소스에 버무린 채소, 포도주 대신 샴페인을 마셨다. 샴페인을 김시아 잔에 따른 강우진이 잔을 들어 올리면서 말했다.

"오늘을 동우상사의 설립 기념일로 하지. 지금은 축하 파티를 하는 것이고."

"응? 동우상사?"

술잔을 든 김시아가 눈을 동그랗게 떴다.

"오빠 회사, 우진상사가 아니었어?"

"그래, 우진상사였지."

"근데 동우상사로 바꿨어?"

"응."

"왜?"

강우진이 한 모금 샴페인을 삼키고는 김시아를 보았다.

"회사를 확대했어."

"어떻게?"

"동성그룹 계열사로 된 거야."

"동성그룹?"

고개를 끄덕인 강우진은 이제 사연을 털어놓을 작정을 했다. 이 작정은 베트남에 같이 올 때부터 시기를 고르고 있었는데 이번 '동우상사' 발족이 결정적인 계기가 된 셈이다. 김시아의 시선을 받은 강우진이 말을 이었다.

"내 숨겨진 아버지가 동성그룹 회장인 강석규 씨야."

김시아는 쳐다만 보았는데 눈도 깜빡이지 않는다.

"지난번 동성그룹의 '왕자의 난', '희대의 살인미수사건'은 내 배다른 형들이 저질렀던 사건이야."

"…."

"서울 돌아가면 회장님한테 너 소개시켜줄게."

"회장님?"

겨우 김시아가 그렇게 물었는데 입술도 달싹이지 않았다. 강우진이 쓴웃음을 지었다.

"응, 아직 아버지 호칭이 익숙하지 않아서 그렇게 나온다."

"…."

"자, 건배."

강우진이 번쩍 잔을 들었더니 김시아가 겨우 턱 밑까지 올렸다. 멍한 표정이었는데 놀란 것처럼 보였다.

밤 10시 반, 성북동 저택. 응접실에는 정선호, 정혜원과 오주영이 삼각으로 앉아 있다. 부드러운 분위기. 옆쪽에 대형 TV가 켜져 있지만 음 소거를 해놓았다. 응접실 왼쪽이 유리 벽이어서 정원이 내려다보인다. 넓은 정원 건너편에는 건물이 없어서 낮에는 경관이 일품이다. 그때 정선호가 입을 열었다.

"요즘은 전문 경영인 시대지만 결국 사주가 회사의 주인 아니냐? 사주가 없는 건 공기업이나 마찬가지다."

정선호가 길게 숨을 뱉었다.

"네 이야기를 했더니 강 회장이 고맙다고 하더구나. 강 회장이나 내 입장도 같다. 회사를 위해서나 임직원, 나아가 국가를 위해서도 우리 회사가 존속되고 성장해야 한다."

정선호가 정혜원을 바라보았다.

"너희들 둘의 결합으로 동성과 세광의 겹치는 업종은 엄청난 시너지를 받게 될 거야. 그래서 곧장 세계시장에서 확고한 위치를 점유하게 될 거야."

숨을 고른 정선호의 목소리가 열기를 띠었다.

"두 그룹의 합병 후에 회사는 공동경영체제로 운영될 것인데 나하고 강 회장은 공동회장으로 5년에서 7년 동안만 관리할 거다. 그러고 나서 너희들에게 회사를 물려주는 것이지."

정선호의 두 눈이 흐려진 상태에서 번들거리고 있다. 꿈속에서 말하는 것 같다.

"너희들 둘이 회장, 부회장을 맡든지 공동회장을 맡든지 부부 사이에 알아서 할 일이고…."

"…."

"너희들의 자식 하나가 동광을 경영하게 될 거야."

동광이란 동성과 세광의 상호 한 자씩을 따서 붙인 새 그룹의 이름이다. 이렇게 세상의 변화에 따라 기업도 변하는 것이다. 그때 정혜원이 물었다.

"아버지, 강우진 씨는 지금 아무것도 모르는 상황인가요?"

"그런 것 같다."

"그걸 팔자 좋다고 해야 하나요?"

"응?"

되물었던 정선호가 씩 웃었다.

"곧 변화가 있겠지."

정선호가 말을 이었다.

"우진이는 너하고 경우가 다르지만, 강 회장의 DNA를 이어받았다면 대의에 따르게 될 것이다."

정혜원도 부모에게 거역하는 성품이 아니다. 입을 다문 정혜원을 오주영이 부드러운 표정으로 바라보았다.

정혜원이 제 방으로 돌아갔을 때 오주영이 정선호에게 말했다.

"안쓰러워요."

"응? 누가?"

리모컨으로 TV 음 소거를 해제하려다 만 정선호가 오주영을 보았다.

"누가 안쓰러워?"

"우진이요."

"왜?"

"엄마하고 숨어서 26년을 산 것."

"아, 그거야."

"그리고 엄마가 죽고 나서 여자를 만났는데 또 헤어져야 한다는 것."

"무슨 말을 하는 거야?"

정선호가 이맛살을 찌푸렸다.

"더 좋은 짝을 만나게 해주는데."

"처음에는 그럴 거예요."

"그건 견뎌야지."

"우리 혜원이가 대단해요."

"그래."

정선호가 오주영에게 상반신을 기울였다.

"우진이 자료를 보고 호감이 가는 것 같아?"

"여직원 하나하고 우진상사를 운영한다는 자료를 보고 감동했대요."

"감동은 무슨…."

"우진이가 3류대 나온 거, 네 학력하고 비교해서 속상하지 않냐고 물었더니 그런 거 상관 않는다고 해요."

"애가 너무 양보하는 거 아냐?"

"아녜요."

쓴웃음을 지은 오주영이 눈을 흘겼다.

"내가 내 딸은 당신보다 잘 알아요. 혜원이는 큰 것을 보는 것이라고요."

"옳지."

정선호가 고개를 끄덕이더니 긴 숨을 뱉었다.

"내가 세원 놈들한테 한이 맺혀서 그래. 그것이 날 동성과의 합병을 결심하게 만든 거야."

결국 자식들은 부모의 도구 노릇이구나.

아침 식사를 마친 강우진과 김시아가 2층 베란다에 나와 요트를 내려다보는 중이다.

"비가 내릴까?"

김시아가 고개를 들어 하늘을 보면서 물었다. 오전 10시가 되어가고 있었는데 흐린 하늘에 습기를 머금은 바람이 불고 있다. 그래서 바다 물결이 높아졌다. 오늘은 요트를 탈 계획이었다. 12시에 선착장을 출발, 바다로 나가서 오후 6시에 돌아올 예정이다. 그때 빗방울이 떨어지기 시작했다.

"파도까지 일어서 안 되겠어."

그래도 김시아의 표정은 밝았다.

"그냥 집에서 놀아야겠다."

바람도 강해졌기 때문에 강우진은 자리에서 일어섰다.

"오늘만 날이냐? 내일 타자."

# 9장. 바람과 비

베란다에 나와 비 내리는 바다를 보고 있던 강우진이 안쪽의 전화벨 소리를 듣는다. 빗소리에 묻혀서 잘 들리지 않았다. 서둘러 응접실로 들어간 강우진이 전화기를 들었다. 핸드폰 전화기의 발신자는 고재성이다.

"네, 실장님."

"별장이냐?"

"네."

"거기 비 오지?"

"네."

"어디 나가지도 못하겠구나."

"네, 집에 있어요."

"나, 지금 다낭이다."

순간 숨을 들이켠 강우진이 무의식중에 베란다를 보았다. 반바지에 티셔츠 차림의 김시아가 난간에 두 팔을 기대고 엉덩이를 조금 이쪽으로 내민 자세로 아래를 내려다보고 있다. 강우진이 물었다.

"언제 오셨어요?"

"조금 전에."

고재성이 말을 이었다.

"사무실로 좀 나와라. 말할 것이 있어."

"네, 실장님."

일이 없다고 해도 별장에 자빠져 있는 것이 미안한 상황이다. 그룹 비서실장 사장인 고재성이 이 후진 다낭에 왜 왔겠는가? 베트남 법인 사장 유영준도 다낭에 있는 상황이다.

"지금 바로 출발하겠습니다."

강우진이 그렇게 말을 이었다.

"그래. 오빠, 다녀와."

김시아가 고개까지 끄덕이며 말했다.

"일하러 왔는데 여기서 빈둥거리면 내가 미안해지지."

다낭에 일 때문에 잠깐 가봐야겠다고만 했더니 이런다.

"갔다 올게."

비가 가슴 안에 내린 것 같은 눅눅한 기분이 수상했지만, 강우진이 김시아의 이마에 입을 맞췄다. 그랬더니 김시아가 턱을 들고 강우진의 입에 맞췄다.

질척거리는 길을 벤츠가 '아깝게' 달려가 사무실로 들어섰을 때는 오후 1시쯤 되었다. 회의실에서 유영준과 말을 하고 있던 고재성이 강우진을 보더니 고개를 끄덕였다.

"어서 오너라."

유영준이 있는데도 대놓고 친한 척한다. 강우진이 앞쪽 자리에 앉았을 때 고재성이 말했다.

"내가 기조실에서 데려온 이인성 부장을 동우상사 관리본부장으로 두고 일을 맡겨라. 이인성이 여기 있는 유 법인장하고 손발을 맞춰서 동우상사를 베트남에 있는 동성 법인 계열사 중 섬유류 업체로는 가장 큰 회사로 만들어 줄 거다."

"예, 실장님."

"이인성을 관리본부장 겸 상무로 발령을 냈다. 나는 여기까지만 관여할 테니까 나머지는 네가 알아서 해라."

"예, 실장님."

"내가 유 법인장을 이 자리에 참석시킨 것은."

어느덧 정색한 고재성의 시선을 받은 유영준이 어느덧 긴장하고 있다.

"유 법인장한테 네가 동성의 후계자라는 것을 직접 보여주려는 의도다. 이것도 회장님의 지시다."

강우진이 소리죽여 숨을 뱉었다. 이제 직접 듣고 보았으니 유영준은 동우상사를 위해서는 몸이 부서지는 것을 마다하지 않을 것이다. 강우진과 같은 배를 탔으니 출세는 보장된 것이나 마찬가지이기 때문이다.

유영준이 나가더니 곧 이인성이 들어왔다. 30대 후반쯤, 큰 키, 몸 관리도 잘해서 건장한 체격, 각진 얼굴에 부리부리한 눈, 피부는 거칠지만 눈이 맑다. 이인성이 고재성과 강우진의 중간 부분에다 대고 인사를 했다. 그때 자리에서 일어선 강우진이 따라서 고개를 숙였지만, 고재성은 눈도 깜빡이지 않았다.

"이인성입니다."

고개를 든 이인성이 이제는 강우진을 향해서 말했다.

"강우진입니다."

"모시게 되어서 영광입니다."

이인성이 정중하고 당당하게 말했기 때문에 강우진은 잠깐 말문이 막혔다. 그렇다. 강우진이 회장 아들이 아니고 그저 평범한 인간이었다면 이런 일은 안 일어나지. 강우진은 3류대인 명성대 출신이다. 동성그룹의 주력사에 명성대 출신의 비율이 한 2퍼센트나 될까? 이제 강우진은 26세, 사회생활 5개월째다. 어머니 돌아가신 지 5개월, 김시아 만난 지도 5개월. 그때 고재성이 끼어들었다.

"앉아."

둘이 동시에 앉았을 때 고재성이 먼저 강우진에게 말했다.

"지금부터 이 상무가 네 수족이 되어서 함께 행동할 거다."

고재성이 말을 이었다.

"회장님과 내 앞에서 약속했어. 이 상무는 네 심복이 될 거야."

"잘 모시겠습니다."

이인성이 앉은 채로 강우진을 향해 고개를 숙였다. 아, 이래서 재벌 2세들이 무난하게 뒤를 잇는가 보다.

비가 계속해서 내렸기 때문에 이틀 동안 요트를 쳐다보기만 했다. 어제 오후 늦게 돌아온 강우진이 오늘 또 회사에 나갔기 때문에 김시아는 저택에서 빈둥거리다가 어머니의 전화를 받았다. 오늘이 베트남에 온 지 6일째.

"오늘 몇 시 비행기야?"

어제 간다고 했다가 연락도 안 해버리는 바람에 어머니는 단단히 화가 났다. 그래서 오후 8시쯤, 한국 시간으로 오후 10시경에 전화를 걸어서 잔소리를 했던 것이다.

"응, 오후 4시."

김시아가 벽시계를 바라보면서 대답했다. 비행기는 인천에 10시가 넘어서 도착할 것이다. 강우진은 새로 생긴 회사 일에 바빠서 같이 돌아가지 못한다고 했다.

"엄마가 공항에 나갈 테니까 비행기 번호 말해."

"아유, 됐어. 나 혼자 갈게."

김시아가 펄쩍 뛰면서 말렸지만 어머니는 들은 척도 안 했다.

"미아도 같이 간댄다. 말해."

"놔두라니깐."

"말 안 해?"

어젯밤에 혼자 귀국한다고 말한 터라 핑계 댈 것도 없다. 결국 비행 편을 불러준 김시아가 핸드폰을 내려놓고 다시 베란다로 나왔다. 여전히 비가 내린다. 요트 주위로 비안개가 일어나서 요트가 구름에 떠 있는 것 같다. 난간에 상반신을 기대고 선 김시아가 물끄러미 바다와 요트를 내려다본다. 저택은 조용하다. 빗방울이 옆쪽 야자수 앞에 부딪히는 소리까지 선명하게 들렸다.

이인성은 38세. 동성그룹 입사 12년 차다. 입사 동기 대부분이 주력사 과장급, 그중 10퍼센트 정도만 부장이 되었는데 이인성도 포함되었다. 이인성보다 더 빨리 진급한 동기들도 있다. 진급하려면 자신의 PR이 대단히 중요하다. 직간접으로 상사의 눈에 드러나는 작업이 필요한 것인데 이인성은 그것이 약점이었다. 이번에 강우진의 '사부'로 선정된 것도 과장 때 고재성의 눈에 띄었던 인연으로 연결된 것이다. 오전 10시 반, 이번에 입주한 동우상사의 사장실, 이인성이 강우진에게 말했다.

"아말 오더는 호치민 공장에서 오늘 시작했습니다. 사흘 후에는 선적될 것 같습니다."

"오!"

강우진이 저도 모르게 탄성을 뱉었다. 얼굴에 웃음까지 떠올랐다. 아말 오더는 15만 불. 강우진에게 첫 바이어다. 그때 이인성이 말을 이었다.

"동시에 법인에서 동우로 넘겨진 오더 110만 불 물량이 4개 공장에서 생산될 것입니다. 그래서 이번 달 네고 액이 130만 불 정도가 되겠습니다."

이인성이 강우진 앞에 서류를 놓았다.

"검토하시지요."

강우진이 서류를 집어 들고 고개만 끄덕였다. 검토하고 자시고 할 것도 없다,

이인성이 다 처리할 테니까. 두 명짜리 회사였을 때는 사장이 부자재 싣고 다니고 제품 검사까지 했지만, 지금은 본사에만 직원이 23명이다. 호치민 사무소에는 7명, 그리고 서울 사무소에는 6명, 오영주가 서울사무실 소장이다. 강우진이 그렇게 밀어붙였기 때문이다. 강우진이 자리에서 일어섰다. 김시아를 데리러 별장에 가야 한다. 오늘 김시아가 별장을 떠난다.

저택 현관 밖에는 고용인들이 모두 나와 있었다. 집사 후앙부터 안내역 마리까지. 일렬로 선 고용인들은 비가 내렸기 때문에 제각기 다른 모양, 다른 색깔의 우산을 들고 서 있다. 김시아는 후앙부터 차례로 악수를 했다. 강우진은 웃음 띤 얼굴로 김시아의 뒤를 따르면서 우산을 받쳐주었다. 맨 끝에 서 있던 마리가 웃음 띤 얼굴로 악수를 하면서 말했다.

"마담, 또 뵈어요."

"고마워요, 마리."

"기다릴게요."

마리가 한마디를 더 했을 때 참지 못한 김시아가 마리를 껴안았다가 놓았다. 몸을 돌린 김시아가 바로 옆에 세워진 벤츠의 뒷좌석에 탔고 운전사가 문을 닫았다. 강우진은 차 뒤로 돌아서 반대편 문을 열고 들어갔다.

차가 출발하고 5분 가깝게 입을 다물고 있던 김시아가 고개를 돌려 강우진을 보았다.

"오빠."

시선이 마주쳤을 때 김시아가 긴 숨부터 뱉었다.

"행복했어."

"앞으로도 그래야지."

강우진의 대답은 조금 건성이다. 왜냐하면 '했어'라는 과거형이 마음에 들지 않았기 때문이다. 그때 김시아가 손을 뻗어 강우진의 손을 잡았다.

"오빠가 왔다 갔다 해서 내가 저택에 더 오래 있었어."

"그러네."

"저택 위쪽, 아래쪽 바닷가까지 다 둘러보았어. 내 머릿속에 다 입력되었다구."

"이따 이야기나 해주라."

비가 계속 내리는 바람에 차는 진창길을 달리고 있다. 창밖의 빗줄기를 보던 강우진이 말을 이었다.

"서울 가면 이제 아버지 만나야겠다."

고개를 돌린 강우진이 김시아를 보았다.

"너하고 같이."

강우진이 김시아의 손을 고쳐 쥐었다. 말을 잇고 싶었지만 참았다. 강우진의 시선을 받은 김시아의 눈이 흐려졌다. 먼 곳을 보는 눈이 되어있다.

공항에서 김시아를 배웅하고 돌아온 강우진에게 이인성이 말했다.

"사장님, 내일 아침 비행기로 호치민에 가셔야 합니다. 알고 계시죠?"

강우진이 고개를 끄덕였다. 공장에 가서 사장을 만나야 한다. 50만 불 가까운 물량을 생산하는 대형 공장이다. 그때 이인성이 말을 이었다.

"빅토리상사는 세광 오더도 같이 진행하고 있습니다. 오히려 세광 오더가 많죠."

"…."

"세광이 의류 부분에는 강하니까요. 세광 담당자도 만나실 수 있을 겁니다."

강우진이 고개를 끄덕였다. 오늘은 다낭 호텔에서 투숙할 예정이다. 김시아가 없는 저택에 혼자 들어가기가 싫어졌다.

고재성은 서울 동성그룹의 회장실에서 강석규와 마주 보고 앉아있다. 어젯밤 비행기로 귀국한 것이다. 오후 7시가 되어가고 있다.

"조금 전에 정혜원 씨가 호치민으로 떠났습니다."

고재성이 정색하고 강석규를 보았다.

"내일 호치민의 빅토리상사에서 우진이와 만나게 될 것입니다."

강석규는 시선만 주었고 고재성의 말이 이어졌다.

"정혜원 씨는 세광그룹 기조실 대리로 이번에 주력 공장인 빅토리상사에 동우 오더가 투입된 것에 대한 업무조정 문제로 가는 것이지요."

"…."

"자연스러운 만남이 됩니다."

"이인성은 알고 있지?"

"예, 회장님."

"빅토리 사장은 모르고?"

"예, 내막을 아는 사람은 정혜원 씨와 이인성뿐입니다."

"…."

"동우와 세광의 입장에서 서로 얼굴을 맞대고 업무조정을 하게 되겠지요."

"그래…."

강석규의 얼굴에 쓴웃음이 일어났다.

"혜원이는 기조실에서 1년 가깝게 근무했지?"

"영국에서도 대학원 다니면서 2년 동안 세광 법인 일을 했으니까요."

"으음, 우진이가 업무 면에서 밀리겠는데."

"옆에 이인성이 있으니까요. 걱정하실 것 없습니다, 회장님."

"그래도 첫인상이란 게 있지 않나?"

"정혜원 씨는 자진해서 이번에 우진이와 부딪치는 것입니다. 궁지로 몰 리는 없습니다, 회장님."

"그것 참."

강석규가 입맛을 다셨다.

"우리가 이렇게까지 해야 하다니."

"어쩔 수 없습니다, 회장님."

고개를 든 고재성이 강석규를 보았다.

"정혜원 씨가 이렇게 적극적으로 호응해준 것만 해도 작업의 절반은 성취된 셈입니다."

"하긴 강압적으로 떼고 붙이는 작업보다는 백배 낫지."

강석규가 고개를 끄덕였다.

"혜원이가 고마워."

"저는 그것이 조금 걱정입니다."

고재성이 강석규의 시선을 받더니 어깨를 늘어뜨렸다.

"정혜원 씨가 동광의 미래를 장악할 것 같아서요."

"자네는 벌써 그것까지 생각하고 있나?"

"어쩔 수 없습니다, 회장님."

"하지만 둘의 자식이 동광의 완전한 주인이 되지 않겠나?"

강석규는 고재성보다 한 걸음 더 나간 셈이 된다. 어느덧 둘의 분위기는 밝아져 있다.

바람이 몹시 불었다. 비행기가 호치민의 탄손낫 공항에 착륙하고 나서부터다. 공항 건물 밖으로 나왔더니 바람에 머리칼이 흩날렸고 야자수 잎이 펄럭였다.

"어휴, 여긴 바람의 도시군요."

강우진의 옆에 선 이인성이 말했다. 더운 날씨였는데 바람이 강해서 잠깐 더위를 잊었다. 택시에 탄 인원은 여섯. 이인성이 지사 요원 넷을 더 데리고 왔기 때문에 택시 2대가 떠났다. 오전 10시 반, 빅토리상사에서 세광, 빅토리, 동우상사의 3자 회담은 오후 2시다.

호치민의 오리엔트호텔. 방의 베란다에 선 정혜원이 핸드폰을 고쳐 쥐었다. 바람결에 원피스 자락이 펄럭였지만 놔두었다. 허벅지까지 올라간 원피스 자락이 펄럭이는 깃발 같다. 베란다 난간을 쥐고 선 정혜원이 응답했다.

"응, 준호 씨. 나 호치민이야."

"그래, 별일 없지?"

"없어."

차분하게 대답한 정혜원의 얼굴에 웃음이 떠올랐다. 박준호는 영국 주재 시절에 유학생으로 만났다. 화가이기도 한 박준호는 런던대학에서 박사 학위를 포기하고 한국으로 돌아와 지금 대학 3곳에서 시간강사를 하면서 산다. 꿈은 마음껏 그림을 그리는 것. 초등학교 교장의 장남으로 밑에 여동생이 하나 있다. 30세, 장신에 장발의 미남. 정혜원은 박준호를 처음 보았을 때 꿈에 그리던 남자가 나타난 줄 알았다. 런던의 작은 화랑에 우연히 갔다가 그림 앞에 팔짱을 끼고 서 있는 박준호를 본 것이다. 저도 모르게 다가간 정혜원이 말을 걸었고 그때부터 연애가 시작되었다. 그러니까 만난 지 3년 반이다. 그때 박준호가 말했다.

"거기서 그림 그리고 싶다."

"아."

"야자수, 검고 마른 아이들, 고흐처럼 진하게 그리고 싶어."

"그래, 이따 그려."

정혜원은 가끔 박준호를 찾아가 마포의 2층 화실에서 그림 그리는 모습을 넋을 잃고 바라보다가 돌아온다. 긴 머리가 물감으로 엉켰고 더러운 작업복을 걸친 박준호가 충혈된 눈으로 캔버스를 응시하는 모습을 보면 가슴이 터질 듯이 뛴 적도 있다. 그러다가 박준호를 끌어당겨 지저분한 마룻바닥에서 엉키면 자신도 그림의 일부가 된 것 같았다. 그때 박준호가 말했다.

"내가 요즘 그리는 그림의 제목을 정했어, 혜원아."

"뭔데?"

"바람이야."

"바람?"

"응."

정혜원이 눈을 가늘게 떴다. 바람에 머리카락이 날렸다. 숏커트한 머리칼이 이마에서 흩날리고 있다. 이곳도 바람이 센데, 마른 바람이다. 하늘이 맑아서 비가 올 것 같지는 않다. 정혜원이 다시 입을 열었다.

"준호 씨."

"응."

"밥 먹었어?"

"글쎄."

"또 생각이 안 나?"

"먹었나 봐, 배가 안 고픈 거 보니까."

"그럼 전화 끊어. 다시 연락할게."

"그래."

핸드폰을 끊은 정혜원이 몸을 돌려 방으로 들어왔다. 베란다의 유리문을 닫았더니 냉방이 잘 된 방 안이 아늑하게 느껴졌다. 소파에 앉은 정혜원이 힐끗 벽시계를 보았다. 오전 11시다. 오후 2시에 빅토리상사에서 동우상사와 3자 회담이다. 아니, 강우진을 만나야 한다. 소파에 머리를 붙인 정혜원이 눈을 감았다. 앞으로 박준호는 만나기 힘들 것이다. 박준호에게 상황 설명을 하고 헤어지자고 말할 필요는 없다, 지금까지 어떤 약속도 한 적이 없으니까. 그렇다, 박준호가 그림 제목을 붙였다는 '바람'처럼 우리는 흘러가는 존재였다. 바람이 멈췄을 때 무엇이 남는가? 아무것도 남지 않는다. 우리는 바람이었다. 그치면 없어지는 바람. 그래서 미련은 물론이고 기억도 사라진다.

낮 12시 반, 빅토리상사로 달리는 택시 안에서 이인성이 말했다.

"호치민에도 동성 지사가 있습니다. 지사장이 차를 내준다고 해서 사양했습니다."

힐끗 강우진에게 시선을 준 이인성이 말을 이었다.

"다 알고 있겠지만 우린 하청사이고 그들은 본사니까요. 본사에서 하청사에 예우를 하지는 않으니까요."

"오늘 만나는 세광 측에서는 알 거 아닙니까?"

"알 가능성이 있지만 내색하지는 않겠지요."

강우진을 살펴본 이인성이 말을 이었다.

"오늘은 인사만 하시면 됩니다. 업무 진행은 실무자들이 하면 되니까요. 이미 세광, 빅토리 측과 협의가 다 끝난 상황입니다."

"압니다."

강우진이 웃음 띤 얼굴로 이인성을 보았다.

"나도 몇 달 회사를 운영해 봐서 압니다. 두 명짜리 회사도 회사니까요."

이인성은 따라 웃지도, 그렇다고 말대답도 하지 못했다. 대답하기 거북한 점은 있지만 강우진의 캐릭터가 무겁게 느껴졌기 때문이다. 회장 아들이 다 그런 것 같지도 않다.

"동우 측이 도착했습니다."

사원 하나가 서둘러 회의실로 들어서며 말했기 때문에 정혜원은 긴장했다.

"어, 그래?"

정혜원의 옆에 앉아있던 베트남 세광 법인의 오상수 부장이 사원에게 물었다.

"누구누구야?"

"예, 동우 사장하고 본부장, 그리고 실무자 넷인가 다섯입니다."

"지금 빅토리 측과 인사를 하겠군."

본래 그렇게 하도록 스케줄이 짜였다. 빅토리상사는 근로자가 4,500명이나 되는 대형 임가공업체다. 사원이 다시 나갔을 때 오상수가 정혜원을 보았다.

"정 대리님, 이따 동우 측이 들어오면 제가 말 내리겠습니다."

"네, 그러셔야죠."

쓴웃음을 지은 정혜원이 고개를 끄덕였다. 세광그룹 본사 기조실 대리가 베트남 법인의 오더 조정문제로 현지 공장 회의에 참석하는 것은 자연스럽다. 그런데 본사 기조실 대리한테 법인 부장급이 존댓말을 붙이는 건 부자연스러운 것이다. 정혜원의 이번 작전에 가담한 베트남 법인 직원은 오상수뿐이다. 오상수는 그룹 비서실장 박준병의 비밀 지시를 받고 혼신의 노력을 다하는 중이다. 그룹 비서실장과 연결되었다는 것은 출세의 지름길이 아닌가? 더구나 듣고 보니 그룹의 대사건이다. 현지 법인 부장은, 더구나 베트남 같은 3급지 부장은 본사 과장급이다. 오상수에게는 일생일대의 기회다. 그때 방문이 열리더니 일단의 사내들이 들어섰다. 앞장선 사내는 빅토리상사 사장 탐만, 그 뒤로 공장장, 생산부장, 그 뒤로 두 명. 그리고 정혜원과 사내의 시선이 부딪쳤다. 장신, 어깨를 늘어뜨렸지만 넓은 어깨, 선이 굵은 데다 뚜렷한 용모, 조금 구겨졌어도 회색 마 소재의 캐주얼 양복도 어울렸다. 강우진이다. 시선이 곧 떨어졌고 앞장선 탐만이 떠들썩한 목소리로 말했다.

"동우 사장과 본부장이 오셨습니다."

이미 일어나있던 정혜원과 오상수에게 다가온 탐만이 소개했다.

"이쪽이 동우 사장님이시고."

강우진이 정혜원과 오상수의 중간쯤에다 고개를 숙여 보이더니 주머니에서 명함을 꺼내 오상수에게 내밀었다.

"이쪽이 세광 법인 오 부장님이십니다."

그다음이 이인성, 맨 마지막이 정혜원이었는데 세광 본사 직원으로만 소개되었다. 탐만에게 명함을 주었는데 이름을 잊어먹은 것 같다. 세광 회장의 무남독녀라면 기절하겠지. 물론 탐만은 강우진에 대해서도 모른다. 오늘 처음 봤을 때 의외로 나이가 젊다고나 생각했겠지. 인사를 주고받았을 때 말은 나누지 않았다. 서로 고개만 숙이고 악수도 안 했다.

강우진은 정혜원을 본 순간 '웬 여자?' 하는 느낌이었다. 예상 밖이었다. 시선이 마주친 순간은 1초 반쯤, 얼굴이 선명했다. 그쪽도 이쪽을 제대로 보았기 때문인 것 같다. 서로 정면으로 렌즈를 겨누고 '찰칵'한 경우라고 할까. 곧 시선을 돌렸지만 짧은 머리, 갸름한 얼굴형, 맑은 눈, 곧은 콧날과 자연스럽게 조금 벌어진 입술이 다 찍혀서 잔영으로 머릿속에 남았다. 인사를 나눌 적에 명함을 주고받고 고개를 숙이고, 이쪽저쪽에서 말소리가 들리는 분위기여서 잠깐 옆을 스쳤을 때 향수 냄새만 인상 깊었다.

회의, 먼저 오상수가 동성과의 작업을 설명하고 탐만이 두 그룹과 인연을 맺어서 기쁘다는 인사, 마지막으로 커패서티를 내줘서 고맙다는 이인성의 답례가 이어졌다. 탐만의 빅토리상사가 중심이 되었기도 해서 모두 영어를 쓴다. 이인성의 말이 끝났을 때다. 정혜원이 강우진에게 물었다.

"동우상사는 앞으로 얼마 정도의 물량을 베트남에서 작업하실 건가요? 그걸 알면 미리 계획을 세우는 데 도움이 되겠는데요."

"아, 그건…."

이인성이 바로 끼어들었다. 강우진이 알 리 없기 때문이다.

"향후 계획서까지 작성해왔으니까 담당하고 협의하도록 하겠습니다."

강우진의 시선이 정혜원에게로 옮겨졌다. 이번에는 2초쯤 시선이 부딪쳤다가 떨어졌는데 정혜원은 강우진이 위기를 넘겼다고 생각했다. 강우진이 바지사장이었기 때문이다.

실무자 회의가 시작되었을 때 강우진이 회의실을 나왔다. 이인성이 사장님께선 좀 쉬시라고 했기 때문이다. 회의에 참석해도 모르는 오더들이라 꿔다놓은 보릿자루가 될 터였다. 그래서 강우진은 공장장의 안내를 받고 빅토리상사의 공장을 둘러보았다. 강우진이 거대한 공장건물 안에서 봉제 라인을 구경하고 서 있을 때다. 옆쪽에서 정혜원이 다가왔다. 흰 가운을 입은 공원들 사이로 다가오는 정혜원의 모습이 두드러졌기 때문에 강우진은 한동안 우두커니 보았다. 5초쯤 되었을까? 다가선 정혜원이 웃음 띤 얼굴로 물었다.

"공장 크지요?"

"그러네요."

둘은 지금 한국말을 해서 옆에 선 공장장은 눈만 껌뻑였다. 이번에는 강우진이 물었다.

"왜 회의 안 하고 나왔습니까?"

"동우상사 사장님 만나는 것이 내 일이니까요."

"아, 그래요?"

"그게 기조실에서 할 일이죠."

"그렇군. 그럼 이미 내가 어떻게 해서 동우상사의 사장이 된 것도 알고 계시겠네."

"압니다."

정혜원이 똑바로 강우진을 보았다.

"이름에서 다 표시가 나는 걸요 뭘. 곧 세광 법인 사원들, 빅토리상사 측에서도 알게 될 겁니다."

그때 공장장이 주춤거리다가 둘에게 말했다. 물론 이쪽은 영어로.

"두 분, 말씀 나누시죠. 제가 바빠서 가봐야겠습니다."

고개를 끄덕인 강우진이 정혜원을 보았다.

"보고나 잘 해줘요. 내가 아무것도 모르는 바지사장이라고는 하지 마시고."

"어떻게 써 드릴까요?"

"젊고, 의욕에 차 있고, 차분하고, 냉철하며 사명감이 투철하다는 정도면 되겠는데."

"그렇게 해 드릴게요."

"세광에서 도와준 덕분에 동우상사가 기반을 굳힌 셈이죠."

"그전에는 우진상사라는 이름이었다면서요?"

"직원 두 명짜리 회사였어요. 나하고 여직원 하나하고."

"보고서 잘 써드릴 테니까 오늘 저녁에 술 한잔 사세요."

"재벌 아들로 등장하니까 바로 이렇게 여자들이 꼬이는군."

"내가 여자로 보여요?"

"당신이 회의실로 들어섰을 때 1.5초간 시선이 마주쳤는데 머릿속 잔영은 10초쯤 남았어요."

"무슨 의미로?"

"뇌가 그만큼 인상 깊게 받아들였다는 말입니다."

"그런가요?"

"난 사랑하는 여자가 있는데도 이런 일이 일어나다니, DNA가 색골 수준인 것 같아요."

"사랑하는 여자가 있으세요?"

"있어요. 베트남에 같이 왔다가 어제 먼저 보냈어요."

"난 없어요."

"누가 물어나 봤습니까?"

"솔직하게 말해주셔서 나도 대답한 거라고요."

"술 마시기 좋은 데 있습니까?"

"제가 6시쯤 호텔로 전화드릴게요."

그러고 나서 정혜원이 몸을 돌렸다.

공장건물을 나온 정혜원에게 바람이 쏟아졌다. 이번에는 습기를 띤 바람이다. 오후 3시가 조금 넘었을 뿐인데도 하늘은 어둡다. 공장이 시외에 있어서 바람결에 땅 냄새가 났다. 땅 냄새는 조금 맵고 구수하지만 비린내가 많이 섞여 있다. 물기 많은 지역이어서 그런 것 같다. 바람에 머리를 흩날리며 사무실 건물로 들어섰을 때 회의를 마친 양사 직원들이 회의실을 나오고 있었다. 정혜원과 시선이 마주친 동우상사의 이인성이 눈인사를 하더니 고개를 돌렸다. 동우상사의 2인자 이인성은 동성그룹의 본부인 그룹 기조실 부장 출신인 것이다. 강우진의 사부 역할로 파견되었을 것이다. 그때 오상수가 다가와 낮게 말했다.

"회의는 끝냈습니다."

그리고 이제부터 작전이 시작된다.

오후 8시, 시내 중심부의 사이공클럽, 현관으로 들어선 강우진에게 지배인이 다가와 물었다.

"예약하셨습니까?"

"정혜원 씨가 기다리고 있을 텐데."

"아, 따라오시지요."

지배인이 몸을 돌리면서 말했다. 이곳은 옛날 남베트남 시절부터 유명했던 클럽이다. 호치민이 사이공이었을 때의 간판을 그대로 사용했고 미군 장교 전용 클럽이 돈 많은 기업가나 외국 손님들을 맞고 있다. 안쪽 복도로 들어선 지배인이 왼쪽 방 앞에 서더니 노크를 하고 나서 물러갔다. 강우진이 문을 열자 방 안에 혼자 앉아있던 정혜원이 일어섰다. 웃음 띤 얼굴이다.

"어서 오세요."

정혜원은 이번에는 단정한 원피스 차림이다. 밝은 모래색 바탕에 희미한 흰색 체크 무늬가 있는 원피스가 무릎 밑까지 내려와 있다. 강우진도 웃음 띤 얼굴로 앞쪽 자리에 앉는다. 방은 깨끗했고 가구가 단순했지만 고급스러웠다. 방음장치가 잘 되어서 문을 닫으면 소음이 뚝 끊겼다. 종업원에게 술을 시키고 나서 강우진이 정혜원에게 물었다.

"힘드시죠?"

"아뇨, 그렇게 생각한 적 없어요."

정혜원도 따라 웃으면서 말했다.

"일은 보람이 있거든요."

"난 그걸 물은 게 아닌데."

"그럼 어떤 거 물으셨는데요?"

"무남독녀의 입장을 물은 겁니다."

순간 정혜원의 얼굴에서 웃음기가 사라졌다.

"알고 계셨어요?"

"내가 알고 있으리라는 예상은 했지요?"

"예상보다 좀 빠르네요."

"기조실 업무는 맞는데, 일부러 온 겁니까?"

"그런 셈이죠."

고개를 끄덕인 정혜원이 말을 이었다.

"그래도 좀 자연스럽죠?"

"그렇긴 해요."

그때 종업원들이 술과 안주를 가져와 내려놓았다. 위스키에 안주가 여러 개다. 술병을 든 강우진이 말을 이었다.

"내가 동우상사를 받아들였을 때부터 이런 상황을 예상은 하고 있었으니까요."

"어떤 예상인데요?"

"내 뜻대로 살지는 못할 거라는 것"

"…."

"아버지가 대기업을 물려주시겠다는데 애인 때문에 거부하고 반항하는 사람이 있어요? 그건 요즘 소설이나 드라마에도 안 나오던데."

"옛날에는 나왔죠."

의자에 등은 붙인 정혜원이 쓴웃음을 지었다.

"우리, 첫 만남이 평범하죠?"

"자연스러웠다니까요?"

한 모금 술을 삼킨 강우진이 정혜원을 보았다.

"잘 지냅시다."

"그래요."

"윗분들이 고심해서 결정을 내린 일인데 우선 따라야지요."

"우선이라고 했어요?"

"정혜원 씨도 마찬가지 입장일 겁니다. 시간이 지나면 변할 수 있어요."

"그건 그렇죠."

"난 아버지를 실망시키기 싫어요."

강우진이 잔에 술을 채우면서 웃었다.

"하지만 내가 좋아하는 사람한테 상처를 주는 것도 싫고."

"내 입장이 좀 편한 셈이네."

정혜원도 술잔을 들면서 따라 웃었다.

"난 아버지한테는 부담을 느끼지만 다른 건 잊을 수 있거든요? 난 감성이 풍부하지 못한 것 같아요."

지금 둘은 이성 이야기를 하고 있다. 강우진이 고개를 끄덕였다.

"두고 봅시다."

"그래요."

정혜원이 웃음 띤 얼굴로 강우진을 보았다.

"그 방법이 가장 나을 것 같네요."

다음 날 강우진은 한국으로 돌아왔다. 본사가 베트남 다낭에 있어서 앞으로는 주로 베트남에서 지내야 한다. 이인성까지 베트남으로 옮겨온 터라 사장이 왔다 갔다 할 수는 없는 것이다. 오후 3시 반, 강우진이 서울 사무소로 들어서자 기다리고 있던 오영주가 얼굴까지 붉히면서 반겼다. 우진상사 사무실이 이제는 동우상사 서울 사무소가 되어있다. 그리고 오영주는 서울 사무소장이다.

"별일 없지?"

직원들의 인사를 받고 소장실에 들어가 둘이 앉았을 때 강우진이 물었다.

"응, 내가 좀 어색해서 그렇지 별일은 없어."

"곧 익숙해져."

"내가 소장이 되다니, 너무 출세한 것 아냐?"

"나 봐라, 날 보고 기운을 내."

"강우진 씨는 재벌 아들이니까 그렇지."

"넌 재벌 친구고."

"이성 사이에는 애인부터 되고 나서 친구가 되는 거야."

"누가 그래?"

"들었어."

"애인 되려면 자야만 하나?"

"누가 그래?"

이번에는 오영주가 정색하고 물었기 때문에 강우진이 풀썩 웃었다. 이제 분위기가 가라앉았고 오영주의 얼굴도 차분해졌다. 서울 사무소는 베트남 본사에 원부자재를 공급하는 역할이다. 베트남에서 생산되는 원부자재 품질이 아직 기준 미달이기 때문이다. 우진상사에서 해온 일의 규모가 20배쯤 커졌을 뿐이어서 지장도 없다. 그리고 새로 충원된 직원들이 모두 계열사에서 같은 업무를 해왔다. 오영주의 직급은 동우상사의 서울 사무소장으로 부장이다. 강우진이 정색하고 오영주를 보았다. 이제 오영주도 강우진의 본색을 알지만, 아무것도 몰랐을 때부터 믿고 일해온 사이다.

"잘 부탁해. 내가 자주 못 오게 되더라도 연락은 자주 할 테니까."

"그래, 걱정 마. 다 잘 될 거야."

오영주가 고개를 끄덕이며 말했다. 다 알면서 하는 소리 같다.

오후 4시 반, 서울 사무소를 나온 강우진이 차 안에서 전화를 받는다. 고재성이다.

"지금 어디냐?"

"차 안인데요."

고재성도 오는 귀국한 것을 안다. 그때 고재성이 말했다.

"회장님이 같이 저녁 먹자고 하신다. 7시까지 인사동의 '한국장'으로 오너라."

"예, 실장님."

일단 대답부터 하고 난 강우진이 소리죽여 숨을 뱉었다. 오늘 저녁은 김시아하고 만나기로 했기 때문이다.

"오빠야?"

김시아의 목소리가 울렸을 때 강우진이 심호흡부터 했다.

"응, 그런데."

강우진이 서두르듯 말을 이었다.

"오늘 갑자기 일이 생겨서."

"무슨 일인데?"

"아버지하고 저녁."

"그럼 할 수 없지."

"미안해."

"미안하긴 뭐가?"

"내가 요즘 정신없다."

"정신 차려, 오빠."

"근데 너, 엄마한테 진짜 혼나지 않았어?"

"응, 잔소리만 쪼끔. 근데 오빠 지금 어디야?"

"회사 들렀다가 지금 오피스텔에 왔어."

"내가 어제 다시 청소했는데, 냉장고에 마실 것 사놨어."

"고맙다."

아직 냉장고를 열어보지 않은 강우진이 건성으로 인사했다.

"빨래도 해놨으니까 내복 갈아입어."

"오케."

강우진은 그제야 오피스텔이 안락하게 느껴져서 소파에 등을 붙였다. 그때 김시아가 말을 이었다.

"오빠, 비 내리는 별장, 아래쪽 바닷가가 자꾸 떠올라."

강우진이 눈을 가늘게 떴지만 머릿속 그림이 뒤죽박죽이다.

"응, 어서 오너라."

방으로 들어선 강우진에게 강석규가 고개를 끄덕이며 맞는다. 방석 위에 앉은 강석규 앞에는 이미 온갖 요리가 놓인 교자상이 있다. 한정식 상이다. 마주 보고 앉았을 때 강석규가 요리를 눈으로 가리키며 말했다.

"여긴 정식 한국식 요리야. 요즘은 퓨전식 한정식이 나와서 아예 국적 불명의 요리가 놓이는데 젊은 사람들 입맛에는 맞는 것 같더라."

강우진이 듣기만 했다. 그때 문이 열리더니 종업원이 밥과 국, 찌개류를 가져왔다. 소주도 가져와서 상에 빈틈없이 놓였다.

"나도 집에서 혼자 밥 먹는다."

수저를 들면서 강석규가 말을 이었다.

"두 놈이 각각 3년 형을 받았지만 2년쯤 후에는 가석방이 되겠지."

강태진, 강영진 형제 이야기를 한다. 강우진은 잠자코 밥을 떠 입에 넣었고 강석규의 말이 이어졌다.

"물론 애비를 죽이려고 했던 놈들이니까 같이 살기는 힘들지, 회사 생활도 할 수 없을 것이고."

"…."

"이미 재산을 받은 것도 있으니까 그걸 가지고 외국에 나가도 대를 이어서 잘 살 수 있을 거다. 가만있어도 말이다."

"…."

"사업한다고 나선다면 몇 년도 안 가서 거지 되기가 쉽겠지만 난 도와주지 않을 것이고."

"…."

"그놈들 어미부터 날 죽이려고 했으니까 그 어미에 그 자식들이지."

"…."

"나에 대해서 한이 맺혔다고?"

혼잣말로 물은 강석규의 얼굴이 일그러졌다.

"도대체 무슨 권리로 그러는지 모르겠다. 다만 결혼을 했으니까? 그것이 모든 것을 제쳐 놓고 제 주장대로 해야 하는 특권이냐? 내가, 그리고 다른 사람이 개돼지 취급을 당해야 한단 말인가?"

잔에 술을 채운 강석규가 길게 숨을 뱉었다.

"그쪽도 이유가 있겠지, 권리도 있을 거다. 그래서 법대로 할 만큼은 해 줄 거다."

강석규가 한 모금에 소주를 삼키고는 강우진에게 물었다.

"내가 집을 옮기려고 하는데, 나하고 같이 살지 않을래?"

강우진이 고개를 들었다. 시선이 마주쳤고 입안의 음식을 삼킨 강우진이 대답했다.

"싫은데요."

"왜?"

"어머니가 계신다면 그럭저럭 견디겠지만 지금은 안 계시잖아요."

"노력 해보지 않을래?"

그때 강우진이 젓가락을 내려놓고 강석규를 보았다.

"생각해보겠습니다."

"고맙다."

고개를 끄덕인 강석규도 허리를 펴고 강우진을 보았다.

"거기, 세광의 기조실 직원을 만났다면서?"

"예."

"고맙다."

"뭐가요?"

"그냥."

"들으셨어요?"

"그래."

"누구한테서요?"

"누구긴 누구냐, 고 실장이지."

"고 실장은 세광 쪽에서 들었겠군요."

"다 라인이 있다."

"두고 보기로 했어요, 자연스럽게."

"나도 들었다."

"저, 여자 있는 거 아시죠?"

"그래서 마음이 아팠다."

"어머니 생각이 나서요?"

"그래."

"꼭 세광의 딸하고 묶여야 하나요?"

"굉장히 심각한 결정이었다, 양측 다."

강석규가 정색하고 말을 잇는다.

"절대 갑자기, 즉흥적으로 이루어진 일이 아니야."

"…."

"우리는 합병 후의 사명(社名)까지 지어 놓았다. '동광'으로."

"어머니 앞에서 그 결정을 당당하게 말씀하실 수 있어요?"

"네 엄마도 당연히 반길 거다."

"아버지."

강우진이 부르자 강석규가 숨부터 들이켰다. 얼굴을 쳐다보면서 아버지라고 부른 것이다. 처음이다.

"뭐냐?"

"저, 시아하고 헤어진다는 생각만 해도 가슴이 찢어지는 것 같아요."

"…."

"그래서 엄마가 옆에 있었다면 어떻게 했을까 하고 백 번도 더 생각했어요."

"…."

"그런데 그때마다 어머니는 아버지 편을 들것 같다는 생각이 들어요."

강우진이 번들거리는 눈으로 강석규를 보았다.

"그래서 그래요."

"…."

"지금도 어머니가 보고 있는 것 같아서요."

그때 강석규가 고개를 끄덕였다.

"고맙다."

고맙다는 소리를 여러 번 했다.

"그쪽 비서실장한테 말했으니까 강 회장도 들었을 거다."

저녁을 먹으면서 정선호가 말했다.

"강 회장도 조금 마음을 놓았겠지."

"그나저나 강우진이, 생각보다 폭이 넓은 애네요."

오주영이 웃음 띤 얼굴로 말을 이었다.

"난 좀 걱정했는데."

지금 세 식구는 강우진과 정혜원의 만남에 대해서 말하는 중이다. 정혜원은 강우진을 만난 이야기를 정선호한테 직접 했고 정선호는 그 이야기를 비서실장 박준병에게, 박준병은 고재성에게 전달한 것이다. 물론 고재성이 그 이야기를 강석규한테 말한 것이다. 그때 정혜원이 말했다.

"아마 세상 물정은 제가 조금 더 아는 것 같아요."

그러더니 정혜원이 멋쩍게 웃었다.

"제가 덜 순수한 것 같단 말이에요."

다음 날 오전, 10시 반쯤 되었을 때 강우진이 어머니 앞에 서 있다. 평일 오전 시간이어서 납골당은 텅 비었다. 이곳은 VIP실로 불리는 안쪽의 좋은 위치다. 입구에서 가깝지만 아늑하고 불을 켜지 않아도 환한 곳, 비싸다. 얼마인지는 모르지만 돈 가진 사람은 죽어서도 좋은 자리를 차지한다. 어머니 사진 앞에는 지난번에 가져다 놓은 꽃이 시들어 있었다. 버리고 새로 산 장미와 국화를 꽃병에 꽂았더니 환해졌다. 어머니하고 눈높이에서 마주 보고 선 강우진이 팔짱을 꼈다. 어머니 서미연이 웃음을 머금은 얼굴로 마주 보았다.

"이해할 수 있어?"

불쑥 서미연에게 물었더니 대답이 들렸다.

"그래, 네 아버지 이해해."

"엄마는 꼭 아버지 편들더라."

"아냐, 아버지가 매정한 게 아냐."

서미연이 여전히 그 얼굴로 강우진을 보았다.

"우진아, 지금 넌 현실과 부딪치고 있단다. 너 혼자서 나서지 마. 아버지를 도우라는 게 아냐, 아버지는 너를 위해서 애쓰고 있어."

"다 그 소리."

"엄마는 행복하게 살았어. 엄마를 거기다 끼워 넣지 마."

"엄마는 처음부터 글러 먹었던 거야."

"내 사랑 우진아."

"밑천이 딸리면 사랑 타령이지."

"네가 자연스럽게 놔두자고 했지? 그럼 그렇게 해."

"시아한테 상처 주면 안 돼."

"그렇게만 생각하면 못써. 너한테는 지금 들리지 않겠지만 사랑이란 게 감정에 치우치면 상처를 크게 받는단다."

"난 겪을 거야."

"고집으로 이어갈 수 없어."

그때 강우진이 팔짱을 풀고 시선을 내렸다. 이 논쟁은 끝도 없이 이어질 것이다. 누가 옳고 그르다는 논쟁이 아니다. 양측이 다 인정하고 이해한다면서 하는 논쟁이다. 그러고는 처음부터 물러나지 않을 각오로 무장하고 있는 것이다. 끝나갈 무렵, 어차피 시간은 흐르는 법이니까, 그때 어떤 결론이 나든 또 양쪽은 합리화하겠지. 양쪽이 쓰는 '자술서'는 모두 자신이 맞다는 주장으로 적혀 있을 것이다.

"엄마."

고개를 든 강우진이 서미연을 불렀다.

"아버지가 가족들한테 다 배신당하고 엄마까지 없는 상황에서 나한테 의지하는 것이 불쌍했어."

한동안 서미연을 응시하던 강우진이 말을 이었다.

"나 혼자만 욕심을 부리는 것 같기도 했고, 그러면 엄마가 슬퍼할 것 같았고."

시선을 내린 강우진이 혼잣말을 했다.

"나를 잘 알 테니까 엄마가 좀 도와줘."

이번에 한국에 온 것은 본사가 있는 다낭에서 지내려고 서울 살림을 정리하려는 것이었다. 납골당에서 나온 강우진이 시내로 돌아가는 차 안에서 전화를 받는다. 김시아다.

"오빠, 지금 어디야?"

"어디 들렀다가 집에 가는 길이야."

지금도 강우진은 고물 승합차를 운전하고 있다. 승합차 옆에 붙인 '우진상사'도 아직 떼지 못하고 있다. 김시아가 다시 묻는다.

"바빠?"

"응, 짐 정리해서 다낭으로 보내려고."

"응?"

김시아가 놀란 듯 목소리가 높아졌다.

"아니, 왜?"

그 순간 강우진이 숨을 골랐다. 짐 옮기는 말을 하지 않았다. '우진상사'에서 '동우상사'로 바뀌었을 때 말했어야 했는데, 늦었다. 본사가 베트남 다낭에 자리 잡고 있는데 서울에 살면서 왔다 갔다 하면 되겠는가?

"내가 다낭에서 일해야 돼. 그 말을 너한테 못 했구나, 정신없어서."

잠깐 침묵했던 김시아가 물었다.

"언제 돌아가는데?"

"이틀 후에. 일 때문에 바로 돌아가야 돼."

"…."

"너 지금 어디냐?"

"집."

"성남?"

"응."

"나 짐 정리하려고 오피스텔 가는데 그리 올래?"

"응."

"너 목소리가 왜 그래?"

"내가 왜?"

"내가 다낭으로 짐은 옮기지만 서울 자주 올 거야. 일주일에 한 번은 꼭."

"…."

"네가 와도 되고."

"어쨌든 내가 지금 오피스텔로 갈게."

김시아가 서두르듯 말했다.

"짐 정리, 내가 도와줄게."

"네가 오피스텔을 써도 돼."

"내가 왜? 오빠도 없는데."

그러더니 김시아가 말을 맺었다.

"이따 봐."

김시아는 강우진의 실체에 대해서 가족에게 아직 말하지 않았다. 말했을 경우 가족들의 놀라움, 질문, 걱정 등을 우려했기 때문이다. 기쁨? 그런 반응은 전혀 예상되지 않았다. 어머니는 물론이고 동생 미아도 현대판 신데렐라를 믿는 바보가 아니다. 차라리 평범한 상대를 만나 사는 것이 더 낫다는 이유를 10가지는 내놓을 수 있을 것이다. 강우진을 우연히 만났기 때문에 이런 관계가 되었지 처음부터 재벌 아들로 나타났다면 이렇게 되지 않았다. 어머니와 미아는 강우진이 제법 잘사는 아버지를 둔 숨겨진 아들쯤으로 알고 있다. 어머니가 돌아가시고 나서 아버지의 관심을 받는 정도의 관계, 그 정도다. 뭐? 한국 제2의 재벌그룹 총수 강석규의 아들? 아마 어머니는 기절할 것이다. 그리고 깨어났을 때 오만 가지 걱정으로 밥도 못 먹겠지. 그것이 보통 어머니의 심정일 것이다. 강우진의 오피스텔에 먼저 도착한 김시아가 한동안 방 복판에 우두커니 서 있었다. 바로 뒤에 소파가 있지만 앉을 생각도 나지 않았다. 문득, 그야말로 얼토당토않게 다낭의 별장이 떠올랐다. 비가 많이 왔다. 빗발과 함께 말아지는 땅 냄새, 물 냄새, 온몸이 눅눅하게 젖는 느낌이 들었지만 포근했다. 비가 다 가려주고 덮어주는 것 같았다. 별장, 눈이 부딪치기만 하면 웃는 여자 하인들, 마리, 널 언제 만날 수 있을까? 마리와 함께 걷던 백사장, 비에 젖어 사각대던 모래, 베란다에서 내려다본 요트, 안개에 싸인 요트가 지금은 꿈속에서 본 것처럼 느껴졌다. 김시아가 길게 숨을 뱉고 나서 소파에 앉았다. 도와주러 왔지만 뭘 어떻게 해야 할지 모르겠다. 김시아의 가슴이 무겁게 가라앉는다. 아마 강우진을 만난 후에 처음 이런 가슴이 된 것 같다.

사거리에서 신호등에 멈춰 섰을 때 전화가 왔다. 발신자가 세광 기조실이다. 정혜원을 그렇게 입력시켰기 때문이다. 강우진이 핸드폰을 귀에 붙였다.

"예, 강우진입니다."

"지금 어디예요?"

정혜원이 대뜸 물었다.

"서울, 집에 가는 길입니다."

"지금 근무시간 아녜요?"

"일은 어제 다 봤고 지금은 이삿짐 챙기려고."

"아."

"짐이라야 얼마 안 돼요. 몇 박스 정도."

"언제 다낭에 가요?"

"사흘 후에."

"언제 시간 있어요?"

"오늘은 약속이 있는데."

"그럼 내일?"

"그러죠."

"그럼 내일 오후 7시에 인사동의 한식당 아리랑에서 만나요."

"7시에 아리랑."

"오늘 즐겁게 보내요."

"그러죠."

통화를 끝낸 강우진이 이쯤이면 자연스럽다고 생각했다, 즐겁게 보내라는 말이 조금 걸렸지만. 그냥 내일 봐요, 하는 게 낫지 않았을까. 그런데 꾹 누르고 내일 봐요, 하는 것도 부자연스럽다. 뒤에서 경적이 울렸기 때문에 강우진도 서둘러 차를 발진시켰다. 그러다 문득 자연스럽게라는 말이 애당초 위선처럼 느껴졌다. 위선, 위선자.

핸드폰을 귀에서 뗀 정혜원이 계단을 올랐다. 어둑하고 습기를 띤 이 계단은 지금까지 100번은 올랐을 것이다. 2층 건물은 오래되었고 2층에는 주로 화실, 연구실, 창고 등으로 쓰이고 있다. 2층 끝의 문패도 없는 철문을 노크했더니 곧 안에서 문이 열렸다. 장발에 햇빛을 보지 못해서 창백한 얼굴, 장신의 마른 몸, 후줄근한 작업복에는 온갖 물감이 묻어서 지저분했고 손에는 붓이 들려 있다. 박준호, 박준호와 시선이 마주친 순간 정혜원이 얼굴을 펴고 웃었다.

"잘돼?"

"응."

"'바람' 보려고 왔어."

방으로 들어선 정혜원이 마룻바닥에 가득 놓인 물감통, 그림, 쓰레기 사이를 지나 안쪽의 캔버스로 다가갔다. 벽에 수십 장의 그림이 놓여 있었는데 박준호는 캔버스 옆에 서더니 다시 붓으로 칠을 하기 시작했다. 정혜원은 뒤쪽에 서서 그림을 본다. 그림은 푸른색, 노란색, 검은색으로 범벅을 해놓은 유화였는데 제목을 '바람'으로 지은 것이다. 그때 정혜원이 박준호의 등에 대고 말했다.

"그림 그릴 때가 가장 행복하다고 했지?"

박준호는 붓으로 칠만 했고 정혜원이 말을 이었다.

"난 그림 그리는 준호 씨 보는 것이 가장 행복했고."

"…."

"계속해, 내가 끝날 때까지 도와줄 테니까."

정혜원의 얼굴에 웃음이 떠올랐다.

"준호 씨가 싫증이 날 때까지야. 그때가 끝날 때니까."

그러고는 한동안 정적이 흘렀다. 박준호는 열심히 색을 섞고 그림을 들여다보다가 붓칠을 한다. 그런 박준호의 뒷모습과 그림을 보면서 정혜원이 이제는 낡은 나무 의자에 앉아있다. 이윽고 정혜원이 자리에서 일어섰다. 20분쯤 지난 것 같다.

"나 갈게."

그때 박준호가 고개를 돌려 정혜원을 보았으나 말을 하지는 않았다. 아까 정혜원이 들어설 때 '응' 하고 한마디 한 것이 전부다.

방으로 들어선 강우진이 앞에 선 김시아의 허리를 안고 번쩍 들었다.

"놔."

안긴 김시아가 소리쳤다가 곧 강우진의 목을 껴안았다. 김시아를 내려놓은 강우진이 입을 맞췄다. 김시아도 익숙하게 강우진의 입술을 맞는다. 이윽고 몸을 뗀 강우진이 김시아를 끌고 소파로 다가가 나란히 앉았다.

"어떻게 짐을 꾸려야 할지 몰라서 손을 못 댔어."

김시아가 말했다.

"옷도 다 가져갈 필요 없지, 거긴 겨울이 없으니까?"

"그래, 간단하게 옷만 몇 박스 보내면 돼."

"별장으로 갈 거야?"

"그래야겠지, 집 놔두고 호텔에 갈 필요는 없으니까."

그때 김시아가 고개를 들고 강우진을 보았다.

"오빠, 나 엄마한테 혼났어."

"당연하지."

"나 베트남 못 가."

"내가 여기 오면 돼, 그리고."

강우진이 정색하고 김시아를 보았다.

"넌 다음 달부터 복학해야지."

"…."

"내가 등록금 싹 내고 갈 테니까 복학해."

"그래두."

"그래두 뭐?"

"내가 오빠한테…."

"나중에 계산하자, 우리."

강우진이 팔을 뻗어 김시아의 어깨를 감싸 안았다.

"시아야."

김시아는 대답하지 않았고 강우진이 말을 이었다.

"널 행복하게 해주고 싶어."

"…."

"그러니까 너도 날 믿고 따라줘, 알겠어?"

고개를 든 김시아가 강우진을 보았다. 두 눈이 번들거렸고 입을 열지 않았어도 그 얼굴이 대답이다. 강우진이 고개를 숙여 김시아의 입을 맞췄다. 김시아의 입에서 우유 맛이 났다.

다음 날 아침, 오피스텔에서 김시아가 차려준 아침밥을 먹고 있던 강우진이 고재성의 전화를 받는다.

"너 오피스텔이냐?"

"예, 실장님."

"혼자 있어?"

그때 강우진이 잠깐 망설였다. '예' 하나면 끝날 일이지만 이런 식으로 거짓말을 쌓으면 버릇이 된다, 김시아에게 사기 치는 버릇.

"아뇨, 같이 있는데요."

그때 고재성도 지지 않겠다는 듯이 다시 물었다.

"누구하고?"

"시아하고요."

그러고는 덧붙였다.

"아침 먹고 있어요."

김시아가 아침을 차려줬다고 한 것이다. 그때 고재성이 말했다.

"오늘 회장님이 변호사 통해서 회장님 지분을 너한테 상속하신다."

"…."

"그동안 준비 다 해놓았고 너에 대한 자료, 서류도 완벽하게 갖춰 놓았으니까 너는 회장님 지분을 다 증여받는 거다."

"…."

"주총에서도 회장님과 너한테 호의적이고 정부 당국도 마찬가지야."

그러고는 고재성이 길게 숨을 뱉었다.

"이제 네 책임이 크다."

인사동의 아리랑 한식당은 골목 안에 자리 잡은 전통 한정식당이었다. 방으로 들어선 강우진을 먼저 와 기다리던 정혜원이 맞았다.

"어서 오세요."

정혜원은 투피스 정장 차림이었는데 입술에 진홍색 루주를 발랐다. 이곳은 방에서 손님을 받았기 때문에 홀이 없다. 곧 종업원이 들어왔고 주문은 정혜원이 했다. 한정식에 소주를 시켰는데 정혜원은 몇 번 온 것 같다. 정혜원이 물었다.

"언제 가세요?"

아직 상이 나오지 않아서 마주 보고 앉은 둘 사이에는 공간뿐이다.

"내일 오후에 가야겠어요."

강우진이 말을 이었다.

"다 알아서 해주지만 내가 얼른 익숙해져야 될 것 같아서."

"둘이 했던 회사가 더 어려웠을 것 같아요."

정혜원이 웃음 띤 얼굴로 강우진을 보았다.

"우진상사를 하셨을 때요."

"그땐 멋모르고 한 건데, 그래서 사기꾼한테 당하기도 하고."

"사기꾼요?"

"원단 떼어먹히고 혼났어요."

"그래서요?"

"현지 법인에서 해결 해줬어요."

쓴웃음을 지은 강우진이 어깨를 들썩였다.

"역시 급이 다르더군요."

그때 종업원 둘이 교자상을 양쪽에서 받쳐 들고 들어왔다. 상에는 산해진미가 가득 놓여 있다.

"한정식 좋아해요?"

정혜원이 묻자 강우진이 고개를 끄덕였다.

"다 좋아해요. 가장 좋아하는 음식은 김치찌개, 다음이 순댓국, 세 번째가 비빔밥…."

"아유, 알았어요."

"난 자라면서 외식한 적이 별로 없어요. 군대 생활 할 때는 빼고 말이죠."

젓가락을 들면서 강우진이 말을 이었다.

"어머니가 꼭 집에서 먹으라고 했기 때문에요. 나도 밖에서 먹는 것이 싫었고요."

"…."

"지금도 어머니가 해준 김치찌개가 세상에서 제일 맛있는 음식으로 기억됩니다."

"돌아가신 지 6개월 되셨죠?"

"닷새 후가 6개월이네."

강우진이 눈을 크게 떴다.

"어떻게 그렇게 잘 알아요?"

"들었거든요."

강우진이 웃음 띤 얼굴로 불고기를 입에 넣고 나서 물었다.

"조사했어요?"

"네."

고개를 끄덕인 정혜원이 강우진의 술잔에 소주를 따랐다.

"좋게 표현하면 예의 있게 맞으려는 것이죠."

"나도 했어요."

술잔을 든 강우진이 정혜원을 보았다.

"내가 사랑하는 여자가 있어요."

"알아요."

강우진의 시선을 받은 정혜원이 웃음 띤 얼굴로 제 잔에 술을 따랐다.

"저도 있어요, 한때 열렬하게 사랑했다고 믿었던 남자가."

"한때?"

"지금도 별로 달라진 건 없어요. 내가 표현이 조금 이상해졌을 뿐이지."

강우진이 한 모금에 술을 삼켰다.

"난 아버지한테 시아 이야기를 했는데, 아버지가 미안하다고 하더라고요."

"이름이 시아예요? 예쁜 이름이네. 성은?"

"김시아."

"아버님이 미안하다고 하셨어요?"

"시아가 우리 어머니처럼 느껴졌거든요. 내가 그 이야기를 했더니…."

"그러네요."

고개를 끄덕인 정혜원이 소주를 한 모금 삼켰다.

"김시아 씨는 지금 상황 알아요?"

"아니요."

강우진이 천천히 고개를 저었다.

"난 절대로 못 할 것 같아요. 걔한테 상처를 줄 바에는 내가 모든 걸 내려놓는 것이 낫지, 시아를 우리 어머니처럼 그늘 속에 살게 할 수는 없어요."

"너무 과장하시는 것 같은데요."

강우진의 빈 잔에 소주를 따라주면서 정혜원이 말을 이었다.

"시아 씨가 어떻게 어머니하고 같은 경우래요? 만난 지 6개월밖에 안 되었고, 또 상황이 다르잖아요."

정혜원이 똑바로 강우진을 보았다.

"그렇다고 오해하지는 마세요. 내가 강우진 씨를 어쩌려고 하는 건 아니니까."

"…."

"난 어제도 그 남자 만나고 왔어요. 그림을 그리는 그 남자 뒷모습을 뒤에 앉아서 쳐다보기만 하다가 돌아왔죠. 그래요. 강우진 씨한테 전화하고 나서 그 남자 화실에 올라갔어요."

"…."

"그 남자 뒷모습을 보면서 이 남자가 그림 그리다가 죽을 때까지 내가 도와줘야겠다는 생각이 들었어요. 그럴 수도 있을 것 같더라고요. 강우진 씨하고 나하고 나란히 앉아서 그 남자 뒷모습을 볼 수도 있을 것 같았어요."

그때 강우진이 술잔을 들고 한 모금에 삼켰다. 술병이 빈 것을 본 정혜원이 벨을 눌러 술을 시켰다.

"그럼 시아도 그런 관리가 가능하다는 생각도 하셨겠네?"

강우진이 묻자 정혜원이 정색했다.

"그런 경우도 예상하지 않고 나를 만났어요?"

"난 당장 아버지 입장부터 생각했어요. 그것이 어렵다는 것을 알면서도…."

"자연스럽네."

눈동자가 흐려진 채 정혜원이 강우진을 응시했다.

"시간에 맡기자고 했지만 결국은 자기 합리화, 변명이죠."

강우진이 술잔을 내려놓았다.

"우리 둘 중 어느 한쪽이 강해지면 일이 풀릴 텐데…."

정혜원의 얼굴에 웃음이 떠올랐다.

"아니죠. 한쪽이 약해지면 이런 일이 없었을 텐데 우리 둘은 다 강해요."

강우진이 오피스텔에 돌아왔을 때는 오후 10시 반이다. 정혜원과 한정식집에서 나와 근처의 카페에 또 들렀기 때문이다. 카페에서 맥주 한 잔씩을 마시고 헤어졌는데 서로 말은 통한다는 느낌을 받았다. 그리고 둘 다 매여 있는 몸이라는 사실을 상대방을 보면서 재확인했다. 반면교사라고 했던가? 강우진은 박준호를, 정혜원은 김시아를 다시 보게 된 것이다.

다음 날 오전, 강우진은 소공동의 고려호텔 라운지에서 강석규, 고재성과 셋이 둘러앉아 있다. 베트남으로 떠나기 전에 강석규가 만나자고 했기 때문이다. 오전 10시, 강우진은 오늘 1시 비행기다. 라운지의 밀실에는 셋뿐이다. 강석규가 커피잔을 내려놓더니 강우진을 보았다.

"너하고 같이 살려고 집도 옮겼어. 그러니까 한국에 왔을 때는 오피스텔로 가지 말고 성북동으로 와라."

강석규가 저택을 옮긴 것이다.

"예, 알겠습니다."

고분고분 대답한 강우진이 말을 이었다.

"다낭에서는 별장을 숙소로 하겠습니다."

"그래야지, 시내에서 좀 멀겠지만 비워두는 것보단 낫다."

잠깐 둘이 말을 멈췄을 때 고재성이 끼어들었다.

"앞으로 동우상사가 급성장할 테니까 관리에 신경 쓰도록 해."

"예, 알겠습니다."

"지금은 세광의 도움을 받지만 곧 동성 오더만으로도 세광을 압도하게 될 거야."

"예, 실장님."

고분고분 대답한 강우진을 보자 강석규가 쓴웃음을 짓고 나서 물었다.

"어젯밤에 혜원이 만났냐?"

"예, 아버지."

고개를 든 강우진이 말을 이었다.

"서로 애인 이야기를 했습니다. 정혜원 씨도 사랑하는 남자가 있더군요."

그때 강석규가 고개를 돌려 고재성을 보았다. 강석규의 시선을 받은 고재성이 헛기침부터 했다. 당황한 것 같지는 않다.

"예, 정혜원 씨가 만나는 남자가 있습니다. 대학에 가끔 시간강사로 나가는 화가인데요. 제가 보고 받기로는 깊은 관계는 아닌 것 같습니다."

강석규는 처음 듣는 말인지 표정이 어둡다. 그러나 내색도 못 하고 다시 강우진을 보았다.

"혜원이한테도 네가 만나는 여자 이야기를 해주었다고?"

"예."

강우진이 강석규를 보았다. 강석규가 김시아 이름을 모를 리가 없다. 아마 고재성한테서 백 번도 더 이름을 들었을 것이다, 보고 받을 때 말이다. 그런데도 만나는 여자로 표현하는 것이 서운했다. 혜원이는 이름으로 부르고 시아는 만나는 여자라고 해?

"정혜원 씨가 만나는 남자는 2년이 넘었다는데요. 그리고 앞으로도 계속, 죽을 때까지 만난다고 했습니다."

"그게 무슨 말이냐?"

"관계를 끊을 수 없다고요."

이제는 고재성도 숨만 쉬었고 강우진이 말을 이었다.

"정혜원 씨도 부모 결정을 거역할 수는 없다고 했습니다. 그래서 서로 자연스럽게 만나자고 하더군요. 저도 마찬가지고요."

"어떻게 말이냐?"

강석규가 묻자 강우진이 시선을 내리면서 대답했다.

"둘 다 입장이 비슷하니까요."

"그래."

의외로 강석규가 선선히 고개를 끄덕이며 말했다.

"이제는 우리가 너희들을 이해해야 되겠구나. 어쨌든 애비는 고맙게 생각한다."

강우진이 인사를 하고 라운지를 나갔을 때 현관까지 배웅하고 돌아온 고재성에게 강석규가 말했다.

"애들이 착해."

강우진과 정혜원을 말하는 것이다.

"예, 그렇습니다."

한숨을 쉰 고재성이 앞쪽 자리에 앉았다.

"둘 다 순진한 것 같습니다."

"혜원이 남자는 누구야? 알고 있었나?"

"예, 보고 드리지 않아서 죄송합니다."

고개를 숙여 보인 고재성이 말을 이었다.

"세광의 박 실장한테서 들었는데 30세로 화가지만 생활 무능력자라고 했습니다. 지금 시간강사로 한 달에 1백만 원 정도 수입이 있는데 영국에 있을 때부터 혜원 씨가 생활비, 작업비 조로 한 달에 5백만 원 정도를 지원했다고 합니다."

"…."

"박 실장은 그 남자하고의 관계는 연인 사이가 아니라 후원자 사이로 보는 것이 맞을 것이라고 했습니다."

"어쨌든."

숨을 고르고 난 강석규의 얼굴에 쓴웃음이 번졌다.

"요즘 애들은 순수하다고 해도 머릿속 계산이 분명해. 우리하고는 달라."

"그렇습니다."

긍정은 했지만 고재성은 꺼림칙한 표정이었고 강석규도 마찬가지다.

"나, 갈게."

탑승 게이트의 플라스틱 의자에 앉아서 강우진이 말했다. 낮 12시 10분, 20분 후에는 탑승이다.

"응, 오빠. 도착하면 전화해."

김시아의 목소리는 조금 가라앉았다.

"학교 꼬박꼬박 다니고."

"걱정 마."

강우진이 등록금을 내준 것이다. 그리고 일단 몇 달간의 용돈과 잡비로 김시아 통장에 천만 원을 입금해 놓았다. 강우진이 핸드폰을 고쳐 쥐고 말했다.

"아버지한테 네 이야기 했어."

"응?"

놀란 듯 김시아의 목소리가 높아졌다.

"왜?"

"왜라니? 내가 널 사귀고 있다고."

"…."

"다음에 같이 아버지 만나 뵙자."

"오빠."

"왜?"

"난 아직 엄마한테도 오빠 이야기 안 했어. 오빠가 동성의 상속자라는 이야기."

"다음에 내가 할게."

"그러지 마."

"왜?"

"왜 자꾸 서둘러? 그럼 내가 더 불안해져."

"불안?"

"응. 그냥 놔둬."

강우진이 물끄러미 앞쪽 전광판을 보았고 김시아의 말이 이어졌다.

"요즘 오빠가 조금 이상해."

"내가?"

"응. 초조해진 것 같기도 하고."

"그럴 리가…."

"오빠, 건강 조심해."

"응."

"항상 오빠 생각하고 있다는 거 알지?"

"그럼."

"사랑해."

"나도."

"전화 끊을게."

"그래."

통화가 끝났을 때 강우진이 길게 숨을 뱉었다. 그래도 가슴이 답답했다.

"박준호 이야기를 했다고?"

놀란 오주영이 정혜원을 보았다. 성북동의 저택 안, 오주영과 정혜원이 응접실에 앉아있다. 오후 8시 반, 정선호는 아직 들어오지 않았고 둘이 저녁을 먹고 나서 강우진을 만난 이야기를 하는 중이다. 정혜원이 고개를 끄덕였다.

"응, 다 했어. 만나서 지금까지 사귄 이야기를 다."

"아이구, 얘가 자존심 세우느라고…."

오주영이 신음했다.

"야, 그런 이야기 뭐하러 해? 네 아빠한테는 그런 말 하지 마."

"아빠도 알고 있는데 뭐."

"그래도 그 이야기를 강우진한테 했다는 말은 하지 마."

"아이구, 참. 그게 뭐 대수라고."

"강우진도 제 여친 얘기 했지?"

"물론이지. 이름도 말했어, 김시아라고."

그때 오주영이 혼잣말을 했다.

"내가 알아봐야지. 자세하게."

# 10장. 바람 위의 시간

동우상사는 동성그룹의 주력 계열사로 급성장을 했다. 동성그룹이 전폭적인 지원을 했기 때문에 당연한 일이었다. 베트남에 본사를 두었지만 한 달 만에 베트남을 벗어나려는 시도를 했다. 베트남에서 소화할 수 있는 물량이 동성의 오더에 비해서 적었기 때문이다. 베트남에서는 값싼 노동력을 이용하는 의류제품 생산이 고작이다. 전자나 중화학 제품은 시설도 없고 전문 생산 인력은 전무(全無)한 상태다. 베트남이 우리나라도 아닌 터에 거기다 엄청난 투자를 해서 공장을 짓고 인력을 양성할 필요는 없는 것이다. 생산기지가 있는 한국이나 기타 선진국에 오더하는 것이 경제적이다. 투자했다가 베트남이 법령 하나만 바꾸면 쪽박을 차고 쫓겨나게 되는 것이다.

"먼저 동우상사 본사를 이탈리아 밀라노로 이전하는 것이 유리합니다."

이인성이 말했다.

"이곳 본사는 지사로 유지하면 됩니다, 사장님."

오전 10시, 다낭 본사의 사장실에서 강우진과 이인성이 마주 앉아있다. 강우진이 고개를 들어 이인성을 보았다.

"준비를 다 해놓은 상황이죠?"

"그렇습니다, 사장님."

이인성의 얼굴에 희미하게 웃음기가 떠올랐다.

"동우상사를 주력 계열사로 설립할 때부터 계획했던 일입니다."

강우진이 고개를 끄덕였다. 동우상사를 주력 계열사로 성장시킬 계획인데 베트남에 본사를 둘 수는 없는 것이다.

밤, 베란다로 나온 강우진이 밤바다를 내려다보았다. 요트는 아직도 선창에 매여 있어서 보안등 빛에 비친 흰 선체가 선명하게 드러났다. 베란다 난간에 팔꿈치를 기대고 선 채 강우진은 한동안 움직이지 않았다. 별장은 조용하다. 아래층의 불빛이 정원을 비췄고 바다 쪽으로 고개를 들자 수평선에 점 3개가 떠 있다. 오후 9시 반, 한국과는 시차가 2시간이어서 서울은 밤 11시 반일 것이다. 이윽고 허리를 편 강우진이 몸을 돌려 응접실로 들어섰다. 탁자 위에 놓인 전화기가 죽은 곤충처럼 느껴졌다. 그러나 전화기를 들 생각은 일어나지 않는다. 김시아에 이어서 정혜원의 얼굴이 떠올랐기 때문이다. 그것을 본인은 의식하지 못하고 있다.

"너 복학했다면서?"

어머니 이선옥이 묻자 김시아가 고개를 들었다.

"미아한테 들었어?"

"미아한테 들었다니? 너, 나한테는 비밀로 하려고 했어?"

"아니?"

"등록금은 어떻게 했어?"

"아, 냈으니까 복학한 거지."

"돈은 어떻게 했는데?"

마침내 이선옥이 물었고 김시아는 외면했다. 집에는 둘뿐이다. 김미아는 편의점 알바를 갔다. 벽시계가 오후 11시 50분을 가리키고 있다. 그때 김시아가 대답했다.

"오빠가 내줬어."

"…."

"나중에 갚는다고 했어."

"…."

"지금 와서 사양하는 것도 위선 같아서 받았어. 나중에 갚을 거야."

"너 우진이 아버님이 뭐 하는 분인지 알고 있는 거야?"

"응?"

놀란 김시아가 숨을 죽이고는 이선옥을 보았다. 이선옥이 이맛살을 찌푸렸다.

"알아? 몰라?"

"왜?"

"왜라니? 그럼 아직도 모르고 있단 말야?"

"아니, 글쎄…."

"우진이가 말 안 해?"

"…."

"뭐 하는 분이야? 건물 몇 개 갖고 임대료 받고 사는 분이야? 강남에 그런 부자 많다던데…."

"…."

"아니면 사채업 하는 분이라든가."

"…."

"무슨 회사 가지고 있는 분이냐?"

"응."

마침내 김시아가 고개를 끄덕였다.

"사업하셔."

"무슨 사업?"

"무역회사인가 봐."

"그렇구나."

고개를 끄덕인 이선옥이 김시아를 보았다.

"우진이가 제 아버지한테 네 이야기 했다더냐?"

"응."

이선옥이 숨을 들이켰다가 김시아를 보더니 곧 고개를 돌렸다. 입안의 말을 내놓지 않는 것 같다. 그때 김시아가 말을 이었다.

"날 이번에 아버님한테 데리고 가려다가 바빠서 못 갔어."

이선옥은 외면한 채 대답하지 않았다.

고려호텔 라운지로 들어선 오주영은 창가의 자리에 앉아있는 박만홍을 보았다. 오전 11시 10분, 약속 시간에 10분이 늦었다. 오주영을 본 박만홍이 벌떡 일어서서 고개를 숙여 인사를 했다.

"아유, 미안해요. 차가 막혀서."

"아닙니다, 사모님. 저도 방금 왔습니다."

박만홍은 세광그룹 비서실의 상무다. 관리 담당 상무 중 하나지만 주로 회장 주변의 일을 처리하는 임무를 맡고 있어서 최측근인 셈이다. 자리에 앉았을 때 박만홍이 오주영의 앞에 서류를 놓았다.

"김시아는 복학했습니다."

박만홍이 말을 이었다.

"서류를 보시면 아시겠지만 성적은 상위권이고 장학금도 받았는데 가정형편이 좋지 않아서 휴학했다가 복학한 것입니다."

박만홍은 43세, 이런 일이 전문이라 요점만 말했다.

"집은 성남시에 있고 가족관계는 어머니와 여동생 하나까지 셋인데 둘 다 알바를 합니다."

"…."

"어머니는 슈퍼에서 시간제로 일하고 동생은 편의점 알바를 하는데요."

"…."

"동생이 얼마 전에 급성백혈병으로 입원해서 수술을 받았습니다."

고개를 든 박만홍이 오주영을 보았다.

"치료비가 5천여만 원이 나왔는데 지불인이 강우진 씨였습니다."

"…."

"김시아의 등록금도 강우진 씨가 보낸 것으로 확인되었습니다."

"…."

"둘이 만난 건 얼마 되지 않은 것 같습니다. 강우진 씨 어머님이 돌아가신 전후가 아닌가 생각됩니다."

박만홍은 강우진과 정혜원과의 상황을 아는 터라 강우진에게 존칭을 붙이고 있다. 이윽고 오주영이 고개를 끄덕이더니 서류를 집어 들고 일어섰다.

"수고했어요. 내가 또 연락드릴게요."

오주영은 차도 시키지 않았다.

"응? 무슨 일이야?"

핸드폰을 귀에 붙인 정혜원의 얼굴에 저절로 웃음이 번졌다. 박준호다. 박준호가 전화를 걸어오는 경우는 1년에 한두 번 정도다. 대부분 정혜원이 연락을 했다. 오후 1시, 정혜원은 점심 식사를 마치고 회사 근처의 커피숍에 앉아있다. 그때 박준호가 말했다.

"시간 있으면 화실로 와줄래?"

"그래."

당장 대답한 정혜원이 손목시계를 보았다.

"뭐, 먹고 싶은 거 있어?"

"없어. 그냥 와."

"내가 2시까지 갈게."

핸드폰을 귀에서 뗀 정혜원이 자리에서 일어섰다. 그때 문득 이렇게 양쪽을 유지해도 좋겠다는 생각이 들었다. 박준호는 전혀 부담이 없는 존재인 것이다. 강우진과는 상반된 인격체, 둘 다 놓치고 싶지가 않았다.

"무슨 일이야?"

화실로 들어선 정혜원이 물었다. 이번에는 박준호가 캔버스 앞에 서서 정혜원을 쳐다보고 있다. 이글거리는 눈, 창백한 얼굴에 입은 굳게 닫혀 있다. 저 모습을 처음 보았을 때 반했었다.

"왜 그렇게 봐?"

정혜원이 다시 물었을 때 박준호가 다가왔다. 정혜원의 심장 박동이 빨라졌다. 박준호의 이글거리는 두 눈이 무엇을 뜻하는지를 알았기 때문이다.

"아유, 싫어."

말은 그랬지만 정혜원의 목소리에 교태가 섞였고 얼굴이 상기되었다. 몸이 저절로 비틀어지면서 숨이 가빠졌다. 그때 다가온 박준호가 정혜원의 허리를 감아 안았다.

"이, 짐승."

곧 입이 막히면서 번쩍 들렸다. 정혜원은 자신의 몸이 침대 위에 던져진 순간 헐떡이며 말했다.

"거칠게 해줘."

밀라노로 날아가는 비행기 안, 비즈니스석에 강우진과 이인성이 나란히 앉아 있다. 뒤쪽에는 이번 출장에 수행한 직원들 넷이 타고 있다. 밀라노에 동우상사 본사를 설립하려는 선발팀이 가는 것이다. 이미 회사 건물까지 매입했고 정부에 법인등록까지 마친 상태다. 이인성이 강우진에게 상반신을 기울이며 말했다.

"베트남에서는 세광의 협조를 받아서 의류 부분을 수출하게 되겠지만 이제 이탈리아 동우 법인에서는 전자와 고급의류, 자동차 부품까지 생산, 수출하게 될 것입니다."

이인성은 이탈리아 법인의 상무도 겸임하게 되는 것이다. 고개를 끄덕인 강우진이 이인성을 보았다.

"이탈리아로 옮겨가게 되면 한국에 오갈 기회가 적어지겠는데, 그렇죠?"

"예, 아무래도."

이인성의 눈동자가 흔들렸다.

"밀라노 저택도 마음에 드실 겁니다."

강우진의 거처다. 사진으로 보았지만 대저택이다. 정문에서 현관까지 50미터 정도의 정원이 있는 전에 고위층이 살던 2층 저택이다. 하인과 하녀 4명까지 구해 놓았다고 했다. 강우진의 얼굴에 웃음이 떠올랐다.

"내가 김시아를 부르면 어떻게 될까요?"

순간 이인성이 숨을 들이켰다가 각진 얼굴을 펴고 웃었다.

"막지는 않으실 것입니다."

"…."

"하지만 실망하시겠지요."

이인성이 정색한 얼굴로 말을 잇는다.

"전 사장님이 그러실 리는 없을 것 같다고 생각합니다."

"왜요?"

"일부러 분란을 일으키실 이유가 없다고 생각하거든요."

"그래요?"

이번에는 강우진이 쓴웃음을 지었다.

"이 상무는 내가 동성의 대주주에 집착한다고 생각합니까?"

"아닙니다."

일단 부정은 했지만 이인성이 주춤거리며 말을 잇지 못한다. 그때 강우진이 똑바로 이인성을 보았다.

"난 아버지의 외로움이 조금 지워졌을 때를 기다리고 있는 겁니다."

"…."

"아버지는 내 어머니를 잃고 얼마 되지 않아서 본처와 본처 자식들에게도 배신당했어요. 그래서 의지하실 데가 나 하나뿐이란 겁니다."

"…."

"아버지의 그 믿음을 나는 배신하지 못하고 따라온 겁니다. 난 동성의 지분에는 눈곱만큼도 관심이 없어요."

"…."

"사장 포함해서 직원 2명짜리 회사를 끌고 나가면서 얼마든지 행복해질 수 있다고요."

강우진의 얼굴에 다시 웃음이 떠올랐다.

"시간이 흐르기만을 기다리는 겁니다. 난 다른 욕심 없어요."

옷을 입는 정혜원의 등에 대고 박준호가 말했다.

"부탁이 있어."

"부탁?"

브래지어를 차면서 정혜원이 고개만 돌려 박준호를 보았다. 정혜원은 침대 끝에 걸터앉았고 박준호는 아직도 누워있는 상태, 그때 박준호가 말했다.

"응, 마지막 부탁이야."

"말해."

팬티를 입으면서 정혜원이 말을 이었다.

"여행 가고 싶어? 보내줄게."

"나 백억만 줘."

"응?"

팬티를 입은 정혜원이 눈을 크게 떴다가 활짝 웃었다.

"그래, 줄게. 백만 원."

"백억."

"억?"

"그래 억, 1백억."

"억 소리 나네."

그러면서 정혜원이 웃었다. 박준호가 정색하고는 있지만 장난하는 것으로 아는 것 같다. 그때 박준호가 말했다.

"그럼 나 떠날게. 그리고 영영 네 앞에 나타나지 않을게."

"무슨 말야?"

"이 개 같은 그림도 다 집어치우겠어. 그리고 어디로 사라질 거야."

"도대체."

서둘러 스커트를 입은 정혜원이 돌아서서 똑바로 박준호를 보았다.

"왜 그래, 갑자기? 미쳤어?"

"너하고 동우상사 강우진의 가십이 나왔더군. 그거 사실이지?"

숨을 들이켠 정혜원을 향해 박준호가 말을 이었다.

"잠깐 나왔다가 언론을 막았는지 사라졌지만 난 그걸 믿어."

"…."

"네 행동이 조금 이상해진 것과도 연결이 되고, 일일이 말할 필요는 없겠지?"

"…."

"간단하게 표현해서 내가 요즘 네 '간식' 노릇을 한다는 느낌."

"…."

"백억만 줘. 네 부모한테 말하면 내놓을 거야. 그럼 네 뒤는 깨끗해지지."

그러고는 박준호가 이를 드러내고 웃었다. 아름다운 모습, 전에 이 모습에도 반했는데.

"여기 밀라노야."

수화기에서 울리는 강우진의 목소리에 메아리가 붙었다. 동굴 안에서 말하는 것 같다.

"밀라노?"

처음에는 그것이 카페나 식당 이름인 줄 알았던 김시아가 되물었다.

"이탈리아 밀라노야."

강우진이 말을 이었다.

"우리 회사를 이곳으로 옮겼어."

"별장은?"

"별장?"

되물었던 강우진이 가라앉은 목소리로 대답했다.

"비워놓았지."

"그 집 좋았는데."

김시아의 눈이 흐려졌다.

"이젠 가기 힘들겠네."

"왜? 언제든지 갈 수 있지."

강우진이 말을 이었다.

"가고 싶으면 말만 해."

"학점 따느라고 바빠."

강우진과 안 만난 지 26일째다. 아침에 눈을 뜨면 날짜를 세는 버릇이 들었다. 곧 한 달이 되겠구나, 그때 강우진이 말했다.

"내가 일주일쯤 후에 갈게."

"일주일?"

"응, 우리 안 만난 지 26일째지?"

그 순간 김시아는 목이 메었다. 오빠도 세고 있었구나. 가슴이 저리도록 보고 싶은 내 마음을 알까? 강우진이 말을 이었다.

"널 떠올리면 심장이 졸아드는 것 같아. 보고 싶어서 가슴이 아파. 생각만으로도 이렇게 될 수가 있는 거냐?"

그 순간 김시아의 눈에서 눈물이 흘러내렸다. 나도, 하고 말하려고 했지만 강우진의 말이 머릿속에 여운으로 울리고 있어서 깨기가 싫었다. 그래서 한참 후에야 한마디 했다.

"사랑해."

통화를 끝낸 김시아가 핸드폰을 물끄러미 보았다. 자주 강우진과의 순간이 멈췄으면 좋겠다는 생각이 든다. 지금도 그렇다. 시간아, 흐르지 말고 멈춰라. 그래서 지금의 감동을 계속해서 지니게 해다오.

핸드폰을 내려놓은 강우진이 고개를 들어 창밖을 보았다. 낮 12시 반, 서울은 오전 7시 반일 것이다. 창밖으로 도시의 야경이 보인다. 이곳은 지대가 높은 주택가여서 멀리 두오모의 첨탑이 불빛에 싸여 장엄하게 빛나고 있다. 창가로 다가간 강우진이 이곳으로 김시아를 데려와 구경시켜 주겠다고 마음먹었다. 다음 주면 12월 초순, 곧 방학이다. 겨울의 밀라노, 여기서 볼로냐, 베로나, 베네치아를 돌다가 남쪽으로 로마, 나폴리를 거쳐 카프리섬도 가야겠다. 그러려면 10일 계획은 세워야 할 텐데, 가능할까? 회사 일을 보면서 왔다 갔다 해도 되지 않을까? 갑자기 몸에 활기가 일어났기 때문에 강우진이 자리에서 일어섰다. 창가로 다가가 문을 열었더니 찬바람이 쏟아져 들어왔다. 밖은 바람이 세게 불고 있었다. 강우진은 창문을 닫았다.

"우진이가 밀라노에서 연락했어?"

오주영이 묻자 정혜원이 고개를 끄덕였다. 오후 7시 반, 회사에서 돌아온 정혜원은 오주영과 저녁을 먹는 중이다.

"옮긴 다음 날 전화가 왔어. 저택에 입주했대."

"동성에서 알아서 준비했겠지, 어떤 집이라던?"

"우리 밀라노 지점 이야기를 들었더니 2층짜리 저택인데 건평이 200평쯤 되고 부지가 1천 평은 되나 봐."

"아이구, 비싸겠다."

"저택에 하인이 넷, 고급 주택가의 고지대여서 가격대도 높다는데."

"풀장은 있고?"

"당연하지."

그때 고개를 든 오주영이 정혜원을 보았다.

"근데 너 요즘 왜 그래?"

"뭐가?"

"컨디션이 안 좋은 것 같아서."

"아닌데?"

"야, 난 못 속인다. 그리고 넌 속에 있는 것이 다 드러나."

"내가 유리 인간이야?"

"우진이 일이 아니면 뭐야?"

"별일 없어, 내가 좀 피곤해서."

정혜원이 고개를 저었다. 박준호 때문이다. 그 웃기는 인간이 백억을 요구한 지 일주일이 지났다. 그동안 연락도 안 하고 오지도 않았지만, 그 인간이 그냥 뱉고 말 품성이 아니다. 전에는 그 은근함이, 그 정(靜)적인 끈기가 신비롭게까지 보였지만 막상 백억을 요구받은 상황에 이르러서는 최악의 협박범을 만난 셈이었다. 그러나 이것을 어머니나 아버지한테 말할 수는 없다. 말하게 되면 부모의 기대가 한순간에 무너질 것이다. 무남독녀로 키워온 자식이니 더 그렇다. 그런 놈에게 집착했던 상속자에 얼마나 실망하겠는가. 혼자 처리하기로 마음을 굳힌 것이다. 그때 오주영이 힐끗 정혜원을 보았다.

"너하고 우진이는 잘 맞아. 아빠하고 난 만족해."

이래서 도저히 말 못 한다.

옛말에도 호랑이도 제 말 하면 온다고 했다. 그것은 올 때가 되었다는 말이다. 당연히 올 것이 조금 늦춰졌기 때문이지, 다음 날 오전 7시, 정혜원이 출근 준비를 할 때 박준호의 전화가 왔다. 정혜원이 제 방에서 전화를 받는다.

"응."

전에는 오빠 소리가 들어갔지만 오늘은 빠졌다. 그때 박준호가 말했다.

"그거, 부모님께 말씀드렸어?"

"정말 왜 이래?"

그러면서 정혜원이 핸드폰의 녹음장치가 제대로 가동되는 것을 확인했다. 된다.

"지금 제정신이야, 백억을 달라니?"

"네 이름값이 그 정도는 되어야겠지."

"내가 경찰에 고발하면 어떻게 되는지 알지?"

그때 박준호가 짧게 웃었다.

"경찰 이야기가 예상보다 빨리 나오는구나, 정혜원."

"넌 무능력자에 낙오자야, 병신아. 내가 일찍 꿈에서 깨어나게 해준 것을 고맙게 생각한다."

다시 박준호가 웃었는데 끽끽 소리가 유령의 웃음소리 같았다.

"넌 나를 싸게 산 장난감처럼 취급했는데 난 그것까지는 감수하겠어."

"이 무기력한 조루증 환자야. 앞뒤도 없는 무식한 문자 쓰지 마."

"마침 조루증 이야기가 나와서 말인데 너하고의 섹스 필름이 10개가 넘어. 그걸 강우진한테 가장 먼저 보낼 작정이야."

"…."

"내가 무기도 없이 나설 것 같았냐? 그 '바람'이라는 개떡 같은 그림을 그리면서도 그 궁리를 했어."

"…."

"그다음에는 유튜브로 터뜨리겠어."

다시 끽끽거리는 웃음소리가 들린 후에 박준호가 말을 이었다.

"그 더러운 화실도 정리했어. 날 찾기 어려울 테니까 마지막으로 1주일 기한을 더 준다. 일주일 후에 다 준비해 놓아야 할 거야."

그러고는 전화가 끊겼다.

강우진이 입금해준 용돈 천만 원은 그대로 두고 알바 자리를 찾았지만 시간 맞는 곳은 24시간 편의점뿐이었다. 그것도 밤 근무여서 복학 후의 바쁜 학교 일정에 맞추기가 힘들었다. 그래서 통장의 돈을 야금야금 빼 쓰면서 김시아는 살을 깎아 먹는 느낌을 받는다. 그냥 아프다. 개운하지가 않고 돈을 쓸 때마다 슬프다. 오후 2시 반, 오늘은 4교시 강의를 받고 나서 교내 식당의 4천 원짜리 도시락을 먹었다. 복학한 학생이 둘 있지만 어울릴 여유도 없었기 때문에 김시아는 혼자 다닌다. 식당에서 늦은 점심을 먹고 난 김시아가 밖으로 나왔을 때 핸드폰이 울렸다. 발신자를 보았더니 모르는 번호다. 그래서 다시 가방에 넣고 끊어지기를 기다렸다. 10번쯤 울린 벨 소리가 그치더니 잠시 후에 짧은 수신음, 문자가 왔다는 신호음이다. 김시아가 교정 잔디밭 끝 쪽의 빈 벤치에 앉아 핸드폰을 꺼냈다. 약간 추운 날씨여서 교정은 학생들이 드문드문했다. 곧 기말고사여서 한가한 분위기는 아니다. 핸드폰에는 문자가 들어와 있다. 조금 전에 발신자 불명의 전화에서 온 문자다.

'안녕하십니까? 강우진 씨하고 관계되는 일 때문에 전화드렸는데요. 저는 세광그룹 본부 기조실 상무 박만홍입니다. 요즘 이상한 전화가 많기 때문에 죄송하지만 세광그룹 본부 전번으로 전화를 걸어주시면 제가 기다리고 있겠습니다.'

그래 놓고 밑에 전번이 찍혀 있다. 잠깐 전번을 보던 김시아가 버튼을 눌렀다. 세광그룹이 무슨 일인가? 오빠는 동성그룹인데? 하는 의문이 일어났지만 강우진과 관계되는 일이란다. 그룹 본사 교환이 받더니 곧 기조실로, 거기서 상무한테로 연결이 된다. 직통 전화가 있겠지만 믿음을 주려고 이러는 것 같다.

"여보세요."

굵은 사내 목소리.

"저, 방금 문자 받은 김시아인데요."

"아이구, 김시아 씨."

사내가 반색을 했다.

"제가 박만홍 상무입니다. 전화드려서 놀라셨지요?"

"아뇨."

"죄송합니다. 제가 상의드릴 일이 있는데요. 물론 강우진 사장과 관련된 일 때문입니다."

"무슨 일인데요?"

"사적인 일입니다. 그래서 전화상으로 말씀드리기가 그렇구요."

"…."

"그렇다고 불쑥 뵙자고 하는 것도 실례이고 이상한 사건들도 많고 그래서 이렇게 회사로 다시 전화하시게 했습니다."

맞는 말이다. 핸드폰 번호를 주면서 그리로 연락하라고 했다면 안 했을 것 같다. 그때 사내가 말을 이었다.

"세광 본사가 소공동에 있습니다. 아시지요? 본사에 와주시면 제가 현관으로 사람을 보내지요."

"…."

"내일도 괜찮습니다. 언제라도 시간을 내주시면 제가 기다리겠습니다."

"오늘 갈게요."

기다릴 것 없다. 강우진이 세광에서 무슨 일일까? 그때 박만홍이 반색하고 말했다.

"그럼 기다리겠습니다. 시간만 정해 주시면 직원을 현관으로 보내지요."

이런 칙사 대접이 있나?

오후 4시, 김시아는 세광그룹의 기조실 상무실에서 박만홍 상무와 마주 보고 앉아있다. 이곳까지 기조실 직원의 안내를 받아서 들어왔고 앞에 오렌지 주스 잔까지 놓였다. 인사를 마친 후에 둘 사이에 잠깐 흐르는 정적, 부자연스럽지만 당연한 과정이다. 먼저 박만홍이 입을 열었다.

"이렇게 와주셔서 고맙습니다. 그리고 죄송합니다."

김시아의 시선을 받은 박만홍이 쓴웃음을 지었다.

“제가 어쩔 수 없이 이 일을 맡았습니다만 제의로 들어주시지요.”

“무슨 일이신데요?”

마침내 김시아가 물었다. 지금까지 세광 본사에 들어와 압도당했던 분위기가 조금 풀린 상태다. 그러나 아직 긴장감은 다 지워지지 않았고 박만홍의 말을 듣다 보니 슬슬 불안해졌다. 그때 박만홍이 말했다.

“동성의 후계자가 된 강우진 씨와 우리 세광의 후계자인 정혜원 씨 이야기를 드리려고요.”

“…”

“두 그룹은 각각 한국 재계 서열 2위, 4위 그룹으로 후계자 문제에 봉착해 있습니다.”

박만홍의 얼굴이 긴장으로 굳어졌다.

“후계자가 그룹을 직접 관리하는 것은 아닙니다. 상징적인 존재로라도 지배주주의 역할을 하면 되는 것입니다. 주인 없는 회사는 없으니까요. 그래서 강우진과 정혜원을 내세운 두 그룹이 합병작업을 추진해왔습니다.”

“…”

“두 그룹 상속자들의 결혼으로 그룹의 합병이 이뤄지는 것이지요. 그렇게 되면 두 그룹은 시너지를 받아 대번에 한국 제1의 그룹, 세계 50대 그룹 안에 진입하게 됩니다. 국가를 위해서도 엄청난 이득이 되는 셈이지요.”

그러더니 박만홍이 한숨을 쉬고 나서 가라앉은 표정으로 김시아를 보았다.

“말씀드리기 거북하지만 강우진 사장과 정혜원 씨는 이미 몇 번 만난 사이이고 둘 다 그룹 합병에 대한 대의는 이해한 상태입니다. 정혜원 씨는 강우진 사장과의 결혼에 동의한 상태고요. 물론 정혜원 씨 혼자만입니다. 강우진 사장은 아직 동의하지 않았습니다.”

"…"

"강 사장은 김시아 씨를 사랑하고 있는 것 같습니다. 아버님의 제의를 거역하지 않으면서도 김시아 씨를 놓지 않으려는 것 같습니다."

"…"

"김시아 씨 한 분만 대의를 위해서, 아니 솔직히 두 그룹의 수십만 직원을 위해서 결심을 해주신다면 우리는 그 보상을 해 드릴 것입니다."

"…"

"백억을 드리지요. 물론 비밀로 하겠습니다. 강우진 사장이 알게 되면 결혼을 파기해버릴 가능성도 있지만 우리는 이렇게 하는 것이 솔직한 보상이라고 생각했습니다. 말뿐인 보상은 있을 수가 없는 일이지요."

"…"

"이런 말씀, 참으로 죄송하게 생각합니다. 하지만 이렇게라도 말씀드리는 것이 두 분을 아니, 가족을, 나아가서 그룹 전체와 국가를 위해서 이롭다는 생각입니다. 부디 고려해 주시지요."

그러고는 박만홍이 김시아 앞에 명함을 내려놓았다.

"연락을 주시지요. 결심을 해주시기만 한다면 아까 말씀드린 대가를 드리겠습니다. 부디 이해 해주시기 바랍니다."

오전 8시 반, 회사로 가는 차 안에서 강우진이 전화벨 소리를 듣는다. 핸드폰을 들었더니 발신자가 정혜원이다. 강우진이 핸드폰을 귀에 붙였다.

"아, 일찍 전화하셨네."

"회사 출근하셨어요?"

정혜원이 대뜸 물었다. 목소리가 밝다.

"하는 중인데요, 혜원 씨는?"

"지금 내렸어요."

"지하철?"

"아니."

"회사 앞에서?"

"공항에요."

"어디 가시려고?"

"도착했어요."

"어디?"

"밀라노."

강우진이 숨을 들이켰다. 이 여자는 자주 놀라게 한다. 이것도 있는 집 여자만의 특권 같다.

한 시간 반 후에 강우진과 정혜원은 밀라노 공항에서 나오는 차 안에 앉아있다. 강우진이 곧장 차를 돌려 공항으로 가서 정혜원을 싣고 온 것이다. 운전사에게 호텔을 알려준 강우진이 정혜원을 보았다.

"밀라노에도 세광 지사가 있죠?"

"네, 있지만 이번은 휴가 내고 온 거예요."

"휴가?"

"네. 일주일간."

"부럽네, 일주일이나."

"거긴 사장이라 1년도 휴가 낼 수 있잖아요."

"그런 회사도 있어요?"

"출근 체크는 안 할 테니까요."

"스트레스 받는 일 있어요?"

"그렇게 보여요?"

"아니면 사생활에 문제가 있든지."

강우진은 웃으면서 제깍제깍 받아넘겼는데 정혜원이 고개를 끄덕였다.

"있어요."

"뭐가요?"

"사생활."

"남자관계?"

"네."

"그 남자가 어디 있는데요?"

밀라노라는 대답을 기대한 강우진이 정혜원을 보았다. 정혜원 성격이면 응당 그 수준의 대답이 나와야 한다. 그때 정혜원이 강우진을 보았다.

"서울."

"서울? 서울에다 두고 왔어요?"

"나한테 백억을 내래요."

정혜원의 두 눈이 번들거렸다. 눈 주위가 조금 붉어졌고 입술도 벌어졌다. 그때까지 강우진은 그냥 받아들였다. 표정의 변화는 있지만 말이 자연스럽게 넘어갔기 때문이다. 그때 정혜원이 말을 이었다. 여전히 시선은 준 채로.

"내가 사귀고 있다는 남자 말했죠, 그림 그린다는 남자."

"했죠."

"그놈이 지금 날 협박하고 있어요. 백억을 내지 않으면 나하고 찍은 섹스 테이프를 유튜브에 돌리겠다고."

"농담이 아니네."

"섹스 테이프가 많대요."

"어휴."

강우진의 시선이 앞에 앉은 운전사를 스치고 지나갔다. 이탈리아인 운전사라 한국말은 알아듣지 못한다. 이제는 정혜원이 고개를 돌려 반대쪽 창밖을 보면서 말했다.

"대놓고 우리 부모한테 말해서 백억을 가져오라는군요. 그놈이야 밑바닥 인생이라 손해 볼 것 없죠, 지금까지 내가 보내준 생활비로 살아왔으니까."

"…."

"어머니 아버지한테 이 말을 전할 엄두가 나지 않아요. 백억이란 돈보다 기가 막힐 두 분을 생각하니까 다 버리고 떠나고 싶었어요."

"어쨌든 잘 왔어요."

강우진이 앞쪽을 향한 채로 말했다.

"섹스 테이프가 많아요?"

"몰라요. 그놈 말로는 수십 장이라니까."

"많이 찍었네."

"…."

"그놈이 언제까지 백억 내라고 해요?"

"일주일. 이제 6일 남았네."

"전화 내버리고 다른 전화 써요."

"…."

"부모님한테는 여기 있다고 말해드려요. 그놈 이야기는 하지 말고."

말을 그쳤던 강우진이 잠깐 정혜원의 옆얼굴을 보더니 고개를 돌려 운전사에게 말했다.

"피에트로, 차 집으로 돌려."

알아들은 정혜원이 고개를 돌려 강우진을 보았다. 이제는 강우진이 정혜원의 시선을 옆얼굴에 받은 채 말을 이었다.

"내 집에 방이 많아요. 이왕 나한테 털어놓았으니까 나하고 같이 있어요."

"오늘 학교 안 가?"

일 나가던 이선옥이 현관 앞에서 고개를 돌리고 물었다. 오전 7시 반, 화요일 이 시간에는 김시아가 이선옥과 같이 집을 나갔었다. 소파에 앉아있던 김시아가 이선옥을 보았다.

"오늘 휴강이야."

"비싼 등록금 받고 휴강이 뭐야?"

"글쎄 말야."

"밥통에 밥 많아, 밥 먹어."

서둘러 문을 여는 이선옥의 표정은 밝다. 미아의 병도 나았고 시아는 다시 복학했으며 그리고 돈 걱정이 사라졌기 때문이다. 속은 꺼림칙하지만 시간이 약이다. 부담도 시간이 녹여준다. 김시아가 길게 숨을 뱉었다. 어머니가 박만홍 상무의 조건을 듣는다면 어떤 반응을 할지는 생각하기도 싫다. 그것은 잔인한 일이다. 김시아 자신도 결정하지 못하고 있기 때문이다. 그것 때문인지 강우진하고 통화를 안 한 지 오늘까지 나흘째다. 생각나면 전화를 했는데 이제는 망설여졌고 강우진도 바쁜 모양이다. 김시아는 눈을 질끈 감았다. '강우진과는 환경이 맞지 않는다.' 문득 그 생각이 활자로 되어 머릿속에 박혔기 때문에 김시아가 소스라쳤다. 벌떡 상반신을 세운 김시아가 앞쪽의 벽을 노려보았다. 색이 바랜 벽의 귀퉁이가 조금 벌어져 있다.

"나쁜 년."

눈을 치켜뜬 김시아가 벽에 대고 욕을 했다. 집 안에는 김시아 혼자다. 미아는 알바 마치고 지금 돌아오는 중이다. 김시아가 말을 이었다.

"그렇게 합리화하고 돈 받을 작정이지? 이 교활한 년."

그때 김시아가 다시 떠들었다.

"위선자 같은 년, 그럼 그것 다 뿌리치고 강우진과의 순수한 사랑을 찾는다구? 야, 초딩도 웃어."

"그럼 돈 안 받고 헤어지면 돼."

"미쳤냐? 니가 무슨 성모님이나 돼? 왜 준다는 돈을 안 받아?"

"다 싫어, 그냥 혼자 살 거야."

"받고 헤어져, 그리고 우진 씨한테 이야기 해버려."

"경멸하겠지?"

"우진 씨를 놓치기 싫어. 그 이야기를 우진 씨한테 털어놓고 상의해야 돼."

"그건 너무 이기적이야. 나만 생각하는 거야. 그건 좋지 않아."

머릿속 생각을 마구 쏟아 내었다가 김시아는 결국 입을 다물었다. 그러자 눈에서 눈물이 쏟아졌다. 방법이 없다. 아니, 모르겠다. 욕심대로 살 것인가? 다 내려놓을 것인가? 그게 다 제대로 될까?

"애가 갑자기 밀라노로 떠났다구?"

정선호가 옷을 벗으면서 물었다.

"왜 지금 말하는 거야?"

"나도 저녁때 전화 받고 알았어요."

"이런."

몸을 돌린 정선호가 오주영을 보았다. 오후 8시 반, 오늘은 정선호가 일찍 퇴근한 셈이다.

"그럼 우진이한테 갔단 말이네?"

"그래요."

오주영의 표정을 본 정선호가 이맛살을 찌푸렸다.

"그런데 왜 웃어?"

"지금 혜원이가 우진이하고 같이 있다네요."

"밀라노에서 만났다구?"

"집에 갔대요."

"집에?"

"우진이 집으로."

그 순간 정선호가 숨을 들이켰다.

"집으로 가다니?"

"혜원이가 공항에서 전화했더니 우진이가 와서 제집으로 데려갔답니다."

정선호가 잠자코 응접실로 나와 소파에 앉았다. 따라 나온 오주영이 말을 잇는다.

"집이 크고 하인들이 여러 명이라네요. 방이 호텔 방보다 좋대요."

"벌써 그렇게 되었나?"

혼잣소리로 말한 정선호가 고개를 들고 오주영을 보았다.

"그 애, 우진이하고 교제한다는 애, 어떻게 되었지?"

"어떻게 되긴요. 시간이 흐르면서 정리가 되겠죠."

앞에 앉은 오주영이 말을 이었다.

"요즘 제대로 된 애들치고 이성 친구 없는 애들이 어디 있어요? 없는 게 이상한 애지."

"…."

"제대로 된 애들은 스스로 주변 정리를 해 나간다구요."

"말 나온 김에 말하는데."

정색한 정선호가 오주영을 보았다.

"혜원이는 그놈 정리를 한 거야, 그 거머리 같은 놈 말야?"

이제는 오주영이 외면했고 정선호가 말을 이었다.

"1층 화장실 옆에 걸려있던 그림도 그놈이 그린 거지? 그 그림값으로 몇천만 원 줬겠지? 그리고 내가 모를 줄 알아, 그놈한테 혜원이가 매달 돈 보내는 거?"

정선호가 자리에서 일어섰다.

"우선 그놈부터 정리해, 괜히 김칫국부터 마시지 말고."

욕실로 다가가면서 정선호가 덧붙였다.

"강 회장이 그놈 존재를 알면 어떻게 될지 생각해봐. 아직도 한국 사회에서는 남자, 여자의 이성 교제를 다르게 본다고."

"접니다, 사장님."

이인성이 앉은 자세를 반듯하게 세우고는 전화기에 대고 말했다.

"늦은 시간에 죄송합니다, 사장님."

"아, 괜찮아."

수화기에서 고재성의 목소리가 선명하게 울렸다. 고재성은 그룹 비서실장 겸 사장이다. 서울은 지금 오후 9시, 밀라노 동우상사 본사 전무이사실 안이다. 이인성이 말을 이었다.

"정혜원 씨가 오늘 아침에 밀라노에 왔습니다, 사장님."

"…."

"그래서 사장님이 출근하시다가 정혜원 씨 연락을 받고 공항으로 가신 것 같습니다."

"그래서?"

놀라서 듣고만 있던 고재성이 재촉했다.

"어떻게 되었나?"

"예, 지금 두 분이 저택에 있습니다."

"저택?"

"예, 사장님 저택 말씀입니다."

숨을 들이켰던 고재성이 다시 물었다.

"그래서 사장님은 아직 출근 안 했어?"

"오늘은 재택근무 하신다고 했습니다."

"알았어."

"다시 보고 드리겠습니다."

이것은 중대한 사건이다. 동성그룹과 세광그룹에는 대통령이 방문한 것보다도 더 비중이 크다.

"뭐? 혜원이를?"

10분 후, 회장실에서 보고를 받은 강석규가 되물으면서 웃었다.

"우진이가 집으로 데려갔단 말야?"

"예, 회장님."

고재성의 얼굴에도 웃음기가 떠올랐다.

"공항으로 가서 집으로 데려갔다는 것입니다."

"그렇군."

"오늘은 집에서 재택근무를 한다는대요."

"그래야지."

"일이 잘 풀리는 것 같습니다."

"하느님이 도와주시는 거야."

생뚱맞게 하느님을 찾았지만 이 분위기에서는 어색하지 않다. 강석규가 말을 이었다.

"이제 슬슬 날짜를 잡는 것이 낫지 않을까?"

"예? 그것은."

정색한 고재성이 강석규를 보았다.

"좀 정리할 일이 있습니다."

"김시아란 애 말이지?"

"예, 회장님."

"걔가 상처받지 않도록 잘 해결될 수 있을까?"

"예, 노력해보겠습니다."

고재성의 어깨가 늘어졌지만 강석규가 말을 이었다.

"내년 초에는 성사시키도록 해."

"예, 회장님."

일단 대답을 했다. 내년 초라면 이제 다섯 달 남았다. 지금이 9월이니까 2월까지 끝내야 할 것이다.

손등으로 눈물을 닦는 정혜원에게 강우진이 휴지통을 밀어주었다. 저택 2층 응접실 안, 둘은 소파에 앉아있다. 거대한 샹들리에가 천정에 달려 있었는데 응접실의 장식은 모두 중세 분위기다. 저택을 가구째 매입했기 때문이다. 휴지로 얼굴을 닦은 정혜원이 강우진을 보았다.

"미안해요, 이런 상황을 보여서."

"아니, 천만에."

고개까지 저은 강우진이 지그시 정혜원을 보았다.

"정혜원 씨를 다시 보았어요."

"…."

"아니, 놀랐다고 표현해야 할 것 같아."

강우진이 부드러운 시선으로 정혜원을 보았다.

"그 일을 부모님도 아닌 나한테 털어놓았다는 건 솔직하다기보다 용감한 행동이죠."

그때 고개를 든 정혜원이 붉어진 얼굴로 쓴웃음을 지었다.

"용감해요?"

"황산벌의 계백 장군이 떠올랐어."

눈만 크게 뜬 정혜원을 향해 강우진이 정색하고 말을 이었다.

"김유신의 5만 대군을 향해 5천 기마군을 이끌고 결사적으로 뛰어드는 계백 장군."

"…."

"순수하고 장렬하고 멋져요."

"…."

"내가 처리해줄게요."

그때 정혜원이 고개를 저었다.

"난 다 끝내자고 여기 온 건데."

'이렇게 되면 정혜원은 자연스럽게 물러나게 되는 것일까?'

저녁을 함께 먹고 나서 각자 방에 돌아왔을 때 강우진의 머릿속에 떠오른 생각, 인간은 겉으로 표현하고만 사는 것이 아니다. 다른 생각도 인간을 형성하고 있다. 속과 다른 행동으로 나아가 펼쳐지는 인생, 그것으로 타인들은 그 인간을 판단한다. 지금 강우진의 머릿속에서 쉴 새 없이 생각이 떠오른다.

'의지할 데가 없어서 날 찾아온 정혜원에게 안쓰러운 결말이다.'

'정혜원도 그것을 각오했다지 않은가?'

'정리하는데 어떻게 도와줄 것인가?'

'시아가 모르는 사이에 정리될 수도 있겠구나.'

'아버지가 이 상황을 알면 어떻게 반응할까?'

'나는 어떤가?'

이 대목에서 강우진이 눈동자의 초점을 잡고 앞쪽 벽을 노려보았다.

'너는 동성과 세광의 연합, 그리고 동광의 미래에 대해서 은근히 꿈을 꾸고 있었지?'

'아버지의 의도를 따르는 것처럼 하고 말이다.'

'네 욕심….'

'네가 이혼녀와의 결혼을 위해 왕위를 버렸다는 영국 왕을 비웃은 적이 있었지?'

'그때 뭐라고 했더라? 현실과 맞지 않는 로맨티스트, 왕궁에서만 살아온 몽상가여서 가능한 일이라고 했지?'

'그랬던 네가 시아를 만나서 영국 왕 행세를 한 것 아니냐?'

'어때? 이제 정혜원의 내막을 알게 되니까 자연스럽게 돌아갈 수 있겠어?'

'지금 뭘 망설이는 거야?'

'결정한 것이 아무것도 없다구? 자연스럽게 시간에 맡기자고 했지?'

벽시계가 밤 9시 반을 가리키고 있다.

오전 6시, 서울 시간이다. 고재성은 항상 6시에 일어나기 때문에 침대에서 눈을 떴다가 전화벨 소리를 들었다. 탁자 위에 놓인 핸드폰의 벨이다. 침대에서 일어난 고재성이 핸드폰을 들고 발신자를 보았다. 강우진이다. 핸드폰을 들고 응접실로 나가는 동안 벨 소리가 세 번 더 울렸다. 자고 있는 와이프를 깨우고 싶지 않았다. 두 번째 이유는 예감이 이상했다. 지금 강우진은 정혜원과 함께 있을 것이다. 이탈리아 시간은 오후 10시경, 이제는 한국과 8시간 시차가 나기 때문에 바로 계산이 된다. 응접실의 소파에 앉은 고재성이 응답했다.

"응, 웬일이냐?"

"실장님, 너무 일찍 전화드렸지요?"

"아니, 내가 이 시간에 일어난다고 언젠가 너한테 말한 것 같은데."

"그래서 전화드렸어요."

"어때, 이탈리아, 살 만하냐?"

"예, 실장님."

"아침 일찍 무슨 일이냐? 거긴 오후 늦은 시간이겠지만."

"상의, 아니 부탁드릴 일이 있어서요."

"회사 일이야?"

"아뇨, 개인적인 일인데요."

"아, 그래?"

"저기, 정혜원이 지금 저하고 같이 있는데요, 실장님."

"정혜원이?"

"네, 오늘 아침에 밀라노에 도착했거든요. 그래서 제가 집에 데려왔어요."

"아, 그래?"

이인성한테 보고를 받아놓고 모르는 척하기가 거북해진 고재성이 전화기를 귀에서 조금 떼었다가 붙였다.

"그랬구나, 네가 데려왔어?"

"예, 상의할 일이 있다고 해서요."

"상의?"

고재성이 조금 긴장했다. 상의라니? 그때 강우진이 말했다.

"좀 문제가 있어요, 실장님."

"무슨 문제인데?"

"정혜원 씨 문제인데요. 저한테 상의했는데 제가 해결할 능력이 없어서요."

"…."

"저한테 털어놓는 것이 조금 고맙기도 하더라고요."

"무슨 문제냐? 말해 봐."

이제는 긴장한 고재성이 심호흡까지 하고 나서 덧붙였다.

"내가 알아야 도울 것 아니냐?"

"정혜원이 남자가 있다고 하네요. 몇 년 사귄 남자가요."

"그 이야기를 해? 남자 이야기를?"

"그 문제 때문에 밀라노에 온 건데요, 도망 온 것이나 같아요."

"말해."

이제는 고재성이 숨까지 죽였다. 강우진이 오히려 차분하게 말을 잇는다.

"남자가 헤어지는 조건으로 백억을 요구한다네요. 1주일 기한이래요."

"그놈이?"

"네, 그림 그리는 실업자래요. 정혜원이 3년 동안 매달 생활비까지 줬다는군요."

"…."

"돈을 내지 않으면 그동안 찍은 섹스 테이프를 모두 유튜브에 깔겠다고 했다는데요."

"…."

"수십 장이 된다고 해요."

"그 이야기를 너한테 해?"

고재성은 자신의 목소리가 남의 목소리처럼 들렸다.

"너한테 말하러 온 거야?"

"예, 실장님."

고재성은 한동안 숨만 쉬었다. 핸드폰을 아예 귀에서 떼어놓고 숨을 10번쯤 쉰 것 같다. 강우진도 아무 말 않고 기다리고 있다. 이윽고 정신을 가다듬은 고재성이 다시 입을 열었다.

“우진아.”

“예, 실장님.”

“네 생각은 어떠냐?”

“무슨 생각요?”

“정혜원에 대한 생각, 솔직히 말해 봐.”

“처음에는 당연히 황당했죠.”

“그렇지.”

“그다음에는 얘가 고단수인가라는 생각이 들더라구요.”

“고단수?”

“미리 터트려서 판을 깨거나 반대로 동정심을 유발해 사태를 진정시킨다는….”

“그렇게까지 생각했니?”

“그다음에는 얘가 정신상태가 이상한 것이 아닌가 하는 생각도….”

“그렇지.”

“그러다 결론을 냈어요.”

“어떻게?”

“도와주고 싶다는 것으로요.”

“….”

“일단 그런 나쁜 놈으로부터는 구해야 할 것 같아요.”

“그렇지.”

갑자기 고재성의 목소리가 커졌다. 눈동자의 초점을 잡은 고재성이 고개까지 끄덕였다.

“네가 나보다 낫다.”

"아이구!"

오전 10시 반, 오늘은 경제 장관들과 조찬회동을 마치고 늦게 회사로 출근한 강석규가 고재성의 보고를 받고 나서 뱉어낸 말이 이 비명 같은 한마디다. 고재성은 강우진의 말까지 거의 한마디도 빼놓지 않고 그대로 보고했다. 머리 좋기로 소문난 고재성이다. 자신의 주관은 전혀 넣지 않고 그대로 보고를 한 것이다. 강석규는 그동안 한 번도 말을 자르거나 되묻지도 않고 듣기만 했다. 입을 꾹 다문 채 고재성한테서 시선을 떼지 않고 듣더니 끝났을 때 이 비명을 내놓은 것이다. 그 한마디 비명이 이 사건에 대한 강석규의 마음인 것인가? 다시 한동안 시간이 흐른 후에 강석규가 고재성에게 지시했다.

"저쪽하고 상의해."

세광그룹 비서실장 박준병은 웃고 들어왔다. 물론 박준병은 급수가 고재성보다는 낮다. 재계 서열 2위 그룹과 4위 그룹의 차이가 아니다. 경륜과 영향력, 능력까지 포함해서 경제계가 그렇게 인정해주고 본인도 그것을 수긍하고 있다. 그냥 만나자고만 해서 저런 얼굴로 들어왔겠지만, 고재성은 화가 치밀어 올라서 외면해 버렸다. 이곳은 시티호텔의 라운지 안, 밀실이다. 고재성의 기색을 본 박준병의 얼굴이 대번에 굳어졌다.

"아이구, 실장님, 어디 편찮으십니까?"

앞쪽에 앉으면서 박준병이 물었다.

"아니, 그런 건 없습니다."

애매하게 대답한 고재성이 앞쪽에 앉은 박준병을 물끄러미 보았다. 테이블 위에는 각종 음료수가 놓였기 때문에 종업원이 오가지 않는다. 이제는 입을 다문 박준병이 잠자코 고재성을 보았다. 그때 고재성이 입을 열었다.

"정혜원 씨 문제인데요."

"예, 그런데 문제라고 하셨습니까?"

박준병이 조심스럽게 물었다. 이제는 바짝 긴장하고 있다. 박준병도 정혜원이 밀라노에서 강우진과 함께 있는 것을 아는 것이다. 정선호에게 불려가서 그 이야기를 듣고 화기애애한 분위기가 되었던 것이 바로 몇 시간 전이다. 그때 고재성이 물었다.

"알고 계세요?"

"뭘 말씀입니까?"

"정혜원 씨의 남자 말입니다."

"아아."

박준병이 고재성을 보았다. 눈빛이 조금 강해져 있다. 그 눈빛에 '그게 어떻단 말이오?' 또는 '그쪽은 없어?' 등의 도전적인 부분이 조금 섞인 것 같다. 그래서 이렇게 묻는다.

"왜 그러십니까?"

"아, 글쎄, 그 남자에 대해서 어디까지 알고 있습니까?"

"무슨 일 있습니까?"

박준병의 머릿속에 김시아의 얼굴이 떠올랐다. 박만홍이 김시아를 만난 사실이 알려졌는가? 그래서 이쪽에서 그놈을 걸고 들어가려는 것인가? 그때 고재성이 입맛부터 다시고 나서 말했다.

"그놈이 정혜원 씨를 협박하고 있는 것을 알고 있습니까?"

"예? 협박요?"

박준병의 목소리가 커졌다.

"그, 그게 무슨 말씀이신지…."

"그놈이 정혜원 씨한테 백억을 내라고 협박하고 있어요."

"일, 일백억요?"

그 금액은 박만홍이 김시아한테 제시한 금액인데, 박준병이 잠깐 헷갈렸다. 그 금액까지 알려졌나? 흐려진 눈으로 박준병이 고재성을 쳐다보았다. 그러고는 저절로 이렇게 말이 나왔다.

"누가요?"

"누구라니? 그놈이 정혜원 씨한테 백억을 내라고 협박하고 있다는 거요."

"그, 그것이."

"그렇지 않으면 섹스 테이프를 유튜브에 폭로하겠다면서요."

"  ,  스 테이프…."

"그 테이프가 수십 장 있다는군요, 수십 번 한 테이프 말요."

고재성이 '수십 번'을 강조했다.

"그놈이요?"

박준병의 목소리는 비명 같았다. 그러고는 안간힘을 쓰듯이 물었다.

"누가 그런 이야기를 합니까? 누구한테서 들으셨습니까?"

"정혜원 씨가 밀라노에 가서 강우진 사장한테 털어놓은 겁니다."

"그, 그게…."

"지금 밀라노 저택에 둘이 같이 있는데 정혜원 씨가 그 이야기를 하려고 갔다는 겁니다."

"…."

"내가 강우진 사장한테서 직접 들었어요."

고재성이 마지막 망치질을 했다.

오전 7시, 강우진이 전화벨 소리를 듣는다. 탁자 위의 전화기를 집어 든 강우진이 발신자가 강석규인 것을 보았다. 강우진이 전화기를 귀에 붙였다.

"예, 접니다."

"일어났냐?"

"예, 출근 준비하고 있어요."

"거기 혜원이가 있다면서?"

강석규가 그렇게 물었다.

"예, 아버지."

"내가 고 실장한테서 들었다."

"…."

"그게 사실이냐?"

"사실인 것 같아요."

"걔가 너한테 그 이야기를 다 털어놓은 이유가 뭐라고 생각하냐?"

"본인 말로는 말하고 끝내려고 왔다고 하던데요."

"그렇게 끝내겠다구?"

"그래서 제가 도와주겠다고 했습니다. 그래 놓고 생각하다가 고 실장님한테 연락한 것이고요."

"그건 잘했다."

강석규가 가라앉은 목소리로 말을 이었다.

"그래서 고 실장이 세광 쪽에 알려주려고 갔다. 이런 일은 당사자 측에서 나서야지."

"…."

"걔도 너를 통해서 전달되는 것을 예상했을 테니까."

"…."

"그런데 네 생각은 어떠냐?"

"뭐가요?"

"혜원이 말이다. 걔를 그대로 받아들일 수 있을 것 같으냐?"

"아직 그건 생각해보지 않았는데요."

"과거가 없는 사람은 없다. 하지만 그런 문제를 일으킬 정도라면 본인의 책임도 큰 거야. 세상에, 수십 번의 테이프를 찍도록 했다니, 아무리 모르고 있었다고 해도 말이다."

"…."

"세상에서 억울하게 죽은 사람이 절반 이상이라고 한다. 그것이 세상사고 인간사다. 이젠 이 상태를 뒤집어서 없었던 일처럼 하는 것이 무리인 것 같지 않으냐?"

"아뇨."

강우진이 대번에 대답했기 때문에 강석규가 잠시 멈칫했다. 미국식 대답이라면 긍정이겠지만 지금은 한국말이다. 그래서 강석규가 물었다.

"지금 뭐라고 한 거냐?"

"우선 이 일부터 해결하는 것이 급선무라고 생각합니다. 그놈이 제시한 기한이 이제 5일 남았으니까요."

강우진이 말을 이었다.

"그리고 저는 그 일을 털어놓고 도움을 받으려고 온 정혜원을 오히려 용기 있는 여자라고 생각합니다. 이 일로 오히려 정혜원에게 믿음이 생겼어요."

강석규가 유도한 대사가 아니다. 진심이 나왔다.

벽시계가 오전 9시 45분을 가리키고 있다. 방 안에서는 숨소리도 들리지 않는다. 이곳은 세광 그룹 회장실 안, 정선호 회장과 비서실장 박준병이 앉아있다. 서로 외면하고 있는 것이 싸우고 있는 것 같은 분위기다. 방금 정선호는 박준병한테서 정혜원의 사건을 보고 받았다. 박준병이 고재성한테서 들은 이야기를 가감 없이 그대로 전한 것이다. 이런 사건은 주관은 빼고 그대로 전하는 것이 판단에 도움이 되기 때문이다. 지금 다 듣고 난 정선호가 5분이 넘도록 침묵을 지키고 있다. 5

분이면 긴 시간이다. 뉴스 브리핑도 5분이면 다 끝난다. 정선호의 눈은 흐려져 있다. 바로 어제만 해도 날짜 잡으라고 오주영에게 말하지 않았던가? 그랬던 것이 정혜원이 섹스 테이프, 유튜브, 백억, 그 얘기를 하려고 밀라노에 갔다니 돌아버릴 지경이다. 그때 정선호가 고개를 들었다.

"그놈은 지금 어디 있나?"

"자취를 감췄습니다."

박준병이 바로 대답했다.

"그 집도 혜원 씨가 얻어준 것이기 때문에 몸만 빠져나갔습니다."

"찾아."

"예, 회장님."

일단 대답부터 하고 난 박준병이 정선호를 보았다.

"회장님, 경찰에 신고하는 것이 어떻겠습니까?"

박준병이 번들거리는 눈으로 정선호를 보았다.

"강우진 씨도 이해하는 마당에 신고하는 것이 낫겠는데요."

"…."

"경찰이 빠를 것도 같고요."

"…."

"아주 악랄한 놈이니까 법으로 처리하면 몇 년은 교도소에…."

"경찰에 신고하면 사건 내막이 밝혀지지 않겠나?"

정선호가 눈을 치켜뜨고 박준병을 보았다.

"그럼 어떻게 되겠나? 그 기집애는 말할 것도 없지만 내 체면이?"

"…."

"아니, 우리 회사 체면이 말야."

박준병이 고개를 숙였다. 이 체면이란 것은 수만 명의 임직원을 거느린 세광을 말하는 것이다, 정선호가 곧 세광이니까.

1층 식당에서 아침을 먹던 강우진이 정혜원을 보았다.

"혜원 씨, 오늘 베네치아 관광이나 합시다. 난 회사에다 말했어요."

놀란 정혜원이 포크를 내려놓았다. 얼굴이 놀람으로 굳어 있다.

"베네치아에요?"

"가봤어요?"

"아니, 못 가봤어요."

"나도 안 가봤는데 밀라노에서 오전 10시 반에 출발하는 특급열차가 있어요. 그걸 타고 갑시다."

"…"

"이박 삼일쯤 어때요? 이왕 간 김에 그 정도는 돼야지, 곤돌라도 타보고 밤에 술도 한잔하고."

"…"

"그까짓 것 잊어버리고요. 섹스 테이프 터뜨리면 어때? 그 자식이 자폭하려는 건데, 양아치 새끼는 그런 식으로 디지라고 놔두는 거지."

커피 잔을 든 강우진이 말을 이었다.

"내가 알아서 처리할 테니까 나한테 맡기고 여행이나 갑시다."

정혜원이 마침내 시선을 내렸기 때문에 강우진이 고개를 끄덕였다.

"그럼 티켓하고 호텔 예약할게요."

"알았습니다."

김필한 경정이 수첩을 덮으면서 말했다.

"전번만 알면 곧 찾습니다."

"기한이 사흘 남았어요."

박준병이 정색하고 말을 잇는다.

"그놈이 터뜨리기 전에 잡아야 합니다."

"그 새끼가 핸폰을 갖고 다니기만 해도 포착이 돼요, 요즘은."

쓴웃음을 지은 김필한이 말을 이었다.

"추적 장치를 갖고 다니는 것이나 마찬가지라구요."

"부탁합니다, 그리고…."

"걱정하지 마세요. 그런 야비한 양아치 새끼는 사회에서 박멸해버려야 합니다."

"꼭 비밀로…."

"아, 그럼요. 피해가 없도록 해야지요. 언론이나 유튜브에 퍼뜨리지 못할 겁니다."

그러고는 김필한이 자리에서 일어섰다. 김필한은 서울경찰청 소속 강력반 반장으로 박준병과는 아는 사이다. 대기업 비서실장쯤 되면 다양한 인맥을 쌓아놓아야 한다. 김필한은 양아치 제거용 인맥인 셈이다.

'연락은 안 할 거야.'

이것이 김시아의 결심이 되었다. 온갖 상상을 한 끝에 내린 결론이다. 아무 말 않고, 연락도 않고 견디기로 한 것이다. 무언(無言), 저쪽이 어떤 추측을 하건 상관없다. 연락 안 한다, 박준병한테도, 그리고 강우진한테도. 이것이 고심 끝에 내린 결론이다. 그리고 어떻게 하느냐고? 흐르는 시간에 맡겨두겠다. 그 방법밖에 없다. 시간이 무엇을 가져다줄지는 시간을 타고 가봐야 알겠지. 시간은 온갖 것을 내포한 바람이다. 나는 그 바람에 몸을 맡긴다. 바람아, 나를 데려가라. 김시아가 편의점 문을 열면서 생각에서 깨어났다. 오후 7시, 어제부터 편의점 알바를 시작했다.

탁자 밑에서 담배를 꺼낸 강석규가 이번에는 라이터를 찾기 시작했다. 없다. 담배를 끊은 지 15년쯤 되었는데 가끔, 1년에 서너 번, 그러니까 서너 개비쯤 피우기는 했다. 그런데 오늘, 갑자기 담배 생각이 난 것이다. 물론 정혜원 사건 때문이다. 그 사건 자체라면 이렇게 담배 생각이 안 났을 것이다. 강우진과의 통화가 끝나고 나서 가슴이 먹먹해지도록 감동했기 때문이다. 이윽고 서랍에서 라이터를 찾아낸 강석규가 담배에 불을 붙이고는 소파에 앉았다. 오후 7시 반, 이곳은 동양호텔의 팬덤하우스, 33층 최상층에 있는 팬덤하우스의 존재는 호텔 임직원만 아는 곳이다. 이곳이 강석규의 별장이고 안가(安家)인 것이다. 저택에 혼자 남게 되면서부터 강석규는 자주 이곳을 이용했다. 침실 하나에 응접실, 거실, 헬스장, 혼자 요리할 작은 주방까지 마련된 이곳이 아늑했기 때문이다. 강석규의 얼굴에 쓴웃음이 떠올랐다. 강우진의 말이 기억났기 때문이다.

'오히려 정혜원에게 믿음이 생겼어요.'

지금도 귀에 쟁쟁하게 울린다. 감았던 눈을 뜬 강석규가 핸드폰을 들었다. 버튼을 누르자 신호음 두 번 만에 고재성의 목소리가 울렸다.

"예, 회장님. 접니다."

"지금 여기로 올 수 있나?"

강석규가 물었다.

30분쯤 후에 강석규와 고재성이 마주 보고 앉아있다. 고재성은 잠자코 강석규의 가슴께에 시선을 준 채로 기다리고 있다. 군더더기 말은 필요 없고 불렀으니 말씀하시라는 자세다. 강석규도 바로 본론을 꺼냈다.

"지금 거긴 몇 시야?"

"12시가 되어갑니다."

거기는 밀라노를 말한다. 강석규가 다시 물었다.

"지금 저쪽은 어떻게 하고 있나?"

"조금 전에 연락했더니 경찰에 수사 의뢰를 했다고 합니다."

"…."

"신고는 했지만 경찰 측에서 신중하게 처리할 것 같습니다."

"…."

"곧 잡게 될 것이라고 하는데요."

그러고는 고재성이 헛기침을 했다.

"그렇게 되면 그놈의 뜻대로는 되지 않을 것 같습니다."

그때 강석규가 고개를 들었다.

"우진이는 오히려 걔한테 믿음이 생겼다고 하는군. 내가 전화했더니 그래."

이번에는 고재성이 입을 다물었고 강석규가 말을 이었다.

"그놈이 날 생각해서 그런 말 하는 것 같기도 하고…."

"…."

"날 실망시키지 않으려고 말야."

"회장님."

숨을 고른 고재성이 시선을 올려 강석규의 목을 보았다.

"우진이는 강합니다. 시련을 견디어낼 성품입니다."

"무슨 말이야?"

"약하지 않다는 말씀입니다. 회장님 지시에 그냥 따르는 것이 아니라 주관이 분명한 사내입니다."

"…."

"견디고 있습니다. 그냥 놔두시지요."

"놔두라고?"

"예, 우진이 스스로 결정하도록 말씀입니다."

"…."

"한 시간쯤 전에 밀라노로 연락을 해봤더니 우진이가 정혜원하고 베네치아로 떠났더군요. 호텔에 2박 예약을 했습니다."

"…."

"저는 이번 일로 우진이가 정혜원하고 가까워졌다고 생각하지 않습니다. 곤경에 빠진 정혜원을 도와주는 상황이라고 믿고 있습니다."

"…."

"그리고 김시아에 대한 감정이 식은 것도 아니라고 생각합니다."

"그럼 뭐야?"

불쑥 강석규가 묻자 고재성이 심호흡부터 했다.

"제 세대하고는 사고가 다른 것 같습니다. 시간이 흐르는 대로, 그러니까 서두르지 않고 자연에 맡기는 것 같습니다."

"내 아들이 부처님이란 말인가?"

혼잣소리처럼 말한 강석규가 쓴웃음을 짓고 고재성을 보았다.

"자네도 점점 도 닦는 도인 같은 소리를 요즘 자주 하고 있어, 귀에 걸면 귀걸이, 코에 걸면 코걸이 식으로 말야."

그러나 고재성은 숨만 쉬었다.

"곤돌라를 나무로 만들어야 운치가 있을 텐데."

정혜원이 말하자 강우진이 풀썩 웃었다.

"난 구경하느라고 곤돌라가 플라스틱인지 모르고 있었네."

"사진으로 보는 게 훨씬 낫죠, 안 그래요?"

"아니."

고개를 저은 강우진이 정혜원의 시선을 받았다.

"난 이런 더러운 물, 시궁창 냄새, 소음에다 가끔씩 튀는 물보라, 이런 것이 더 좋아요."

"…."

"이게 사람 사는 곳이고 이래야 진짜 사람들이지, 안 그래요?"

강우진이 손을 뻗어 더러운 운하의 물을 쥐더니 앞에 앉은 정혜원에게 뿌렸다. 정혜원이 비명을 지르면서 두 손으로 얼굴을 덮었다. 곤돌라가 흔들렸고 뒤쪽의 뱃사공이 웃었다.

"아유, 냄새."

얼굴을 찡그린 정혜원이 가방에서 손수건을 꺼내 얼굴을 닦았다.

"아유, 옷에 냄새 다 배었어."

"씻으면 돼요."

강우진이 다시 손을 운하에 담그면서 말을 이었다.

"세상에 깨끗한 사람은 하나도 없어."

그러고는 다시 물을 뿌릴 시늉을 하자 정혜원이 두 손으로 얼굴을 막고 비명을 질렀다. 그때 뱃사공이 노래를 부르기 시작했다. '산타 루치아'다. 강우진이 지갑을 꺼내 100불짜리 지폐를 빼내더니 뒤쪽으로 내밀었다. 뱃사공이 노래를 부르면서 재빠르게 돈을 낚아채었다.

"팁은 먼저 주는 게 나아요."

강우진이 앞쪽에 앉은 정혜원에게 낮게 말했다.

"그래야 서비스가 분명해지거든."

뱃사공의 노랫소리가 더 커졌다.

"언니, 누가 찾아."

동급생이 다가와 말했기 때문에 김시아가 고개를 들었다.

"누구?"

"몰라. 어떤 남잔데, 지금 복도에 서 있어."

강의실까지 찾아오다니, 이런, 강의 시작 전이다. 서둘러 자리에서 일어나면서 김시아의 머릿속에 박준병의 얼굴이 떠올랐다. 강의실을 나온 김시아는 창가에 서 있는 사내를 보았다. 박준병이 아니다. 그러나 부하 직원을 보낼 수도 있지. 그때 사내가 다가오더니 고개를 숙였다. 30대쯤, 단정한 양복 차림, 사내가 말했다.

"저 동성그룹 비서실의 양하구라고 합니다. 회장님께서 시간 있으시면 만나고 싶다고 하셨는데요. 제가 학교 앞 주차장에서 기다리고 있다가 강의 끝나면 모시고 가고 싶습니다."

한마디씩 정중하게 말을 하느라고 굉장히 긴 시간이 지난 것 같다. 말을 찬찬히 듣다가 깨달았는데 이쪽 강의 시간까지 체크 해놓고 온 것 같다. 이 시간 강의가 끝나면 오늘 강의는 없다. 김시아가 숨을 들이켰다. 강우진의 아버지다. 동성그룹의 회장보다도 그것이 더 비중이 크지.

2시간 후인 오후 4시 무렵, 김시아가 동양호텔 32층 라운지의 밀실로 들어섰다. 물론 문 앞까지 비서가 안내해준 것이다. 창가의 테이블에 앉아있던 강석규가 자리에서 일어나 김시아를 맞는다.

"어서 오너라."

당장에 말을 내렸지만 부드러운 목소리, 그러나 정색한 얼굴이다. 김시아는 고개를 숙여 절을 했다. 당연히 얼어붙어서 입도 떼지 못할 형편, 다리가 휘청거려서 강석규 앞까지 5미터쯤 되는데도 1백 미터쯤 떨어진 것 같다.

"거기 앉아라."

강석규가 김시아가 앉을 때까지 기다렸다가 자리에 앉는다. 테이블 위에는 음료수가 10종류도 넘게 진열되어 있다. 강석규가 손으로 음료수를 가리키며 말했다.

"마시고 싶은 거 마셔."

"네, 감사합니다."

김시아가 처음 목소리를 내놓았다. 그러나 시선은 강석규의 가슴 아래쪽에 두고 있다. 무서워서 더 이상 못 올라간다. 그때 강석규가 말했다.

"미안하구나, 이렇게 불러서."

"아닙니다."

"내가 우진이 모르게 불렀어."

강석규가 길게 숨을 뱉었다.

# 11장. 항로(航路)의 선택

“인간은 짐승보다 더 어리석을 때가 많은 것 같다.”

강석규가 말했을 때 김시아는 시선을 들다가 말았다. 방 안은 조용하다. 김시아는 숨도 죽이고 있다. 강석규의 말이 이어졌다.

“같은 실수를 반복하게 돼, 온갖 합리화를 하면서 말이다.”

“…”

“그리고 끝까지 제 과오를 인정하지 않으려고 온갖 구실을 다 만들어 붙이는 것이지.”

강석규가 길게 숨을 뱉었다.

“우진이하고 연락하고 있냐?”

“못 한 지 며칠 됐습니다.”

“그래?”

잠시 입을 다물었던 강석규가 말을 이었다.

“혹시 누가 찾아오거나 연락 온 데가 있느냐?”

“…”

“아니, 그보다도, 우진이가 지금 어떤 상황인지 알고 있는 거냐?”

그때 김시아가 고개를 들었다. 처음 강석규와 시선이 마주쳤다.

“네, 알고 있어요.”

“어떻게?”

"우진 씨가 세광그룹 상속자하고 만난다는 것을요."

"우진이가 말했어?"

"아뇨."

시선을 내렸던 김시아가 고개를 들었다. 강석규와 시선이 마주친 김시아의 눈동자가 흔들렸다.

"그럼 어떻게 알았어?"

강석규가 다시 물었을 때 김시아는 흔들리는 마음을 집중시켰다. 갑자기 세광 기조실 상무 박만홍의 얼굴이 떠올랐고 가슴이 북받쳤다. 김시아가 똑바로 강석규를 보았다.

"세광 기조실 상무님한테서 들었어요."

"뭐? 세광? 기조실 상무?"

강석규가 호흡을 고르고 나서 다시 물었다.

"기조실 상무가 너한테?"

"네."

"뭐라고 했는데?"

김시아는 입을 다물었다. 이제는 온몸에 찬 기운이 덮였고 심장 박동이 거칠어졌다. 다시 시선을 내린 김시아에게 강석규가 물었다. 이제는 달래듯이 목소리가 가라앉았다.

"말해라, 괜찮다."

"…."

"놀랐겠구나. 그것도 내 책임이다."

"…."

"그걸 우진이는 알고 있어? 세광이 널 찾아온 걸 말이다. 아니, 찾아간 거냐?"

"만나자고 해서 만났어요."

"만나서 뭐래?"

"…."

"말해도 괜찮아. 그런 일은 나한테 말해주는 거야. 네가 죄인도 아니고."

"…."

"대답할 가치도 없어서 연락을 끊었어요."

고개를 든 김시아가 강석규를 보았다. 얼굴이 하얗게 굳어 있지만 눈동자는 흔들리지 않았다. 강석규는 시선을 받은 채 기다렸다. 그때 김시아가 말했다.

"기조실 상무님이 백억을 줄 테니까 인연을 끊으라고 하셨어요."

"…."

"대답을 달라고 하셨는데 차라리 아무 말 않고 연락을 끊는 것이 낫다고 생각해서 가만있었어요."

"…."

"일주일 기한을 주셨는데 어제가 그날이었어요."

"…."

"죄송해요."

"…."

"저 우진 씨 안 만날게요. 그러니까 그렇게 전해주세요."

그때 강석규의 얼굴에 쓴웃음이 번졌다.

"미안하구나."

이번에는 김시아가 입을 다물었고 강석규의 말이 이어졌다.

"내가 그 사람들을 대신해서 사과하겠다. 정말 미안하다."

"…."

"만일 그쪽에서 또 연락이 오거든 다 나한테 말했다고 해라. 그럼 다시 연락 안 할 거다."

시선을 내린 강석규가 길게 숨을 뱉었다.

호텔 방은 특실이어서 침실이 2개다. 2개가 모두 욕실이 딸린 방이다. 오후 11시 반, 씻고 화장대 앞에 앉아있던 정혜원이 전화기를 들었다. 서울은 오전 7시 반이다. 버튼을 누르자 곧 어머니 오주영이 전화를 받는다.

"응, 어디냐?"

대번에 묻는 오주영의 목소리가 삭막했다. 감정 억제가 서툰 오주영의 목소리를 들으면 단박에 분위기를 알아차릴 수가 있다. 지금은 극도의 불안정한 상태, 이런 목소리는 처음 듣는 것 같다.

"베네치아."

숨을 들이켠 정혜원이 각오를 했다. 무슨 일이 터졌나? 그놈이 연락한 것일까? 그때 오주영이 말했다.

"우진이하고 같이 있다면서?"

"응."

그쯤은 예상했다. 동우에서 동성으로 그리고 세광으로 정보가 흘렀겠지. 그때 오주영이 다시 가라앉은 목소리로 물었다.

"그놈이 백억을 내라고 했어?"

정혜원이 숨을 들이켰다. 잠깐 정신이 멍해졌을 때 오주영이 다시 물었다.

"기한이 일주일이라며? 내일까지냐?"

"…."

"그놈이 그, 테이프를 갖고 있어?"

"…."

"혜원아, 들어?"

이제 오주영의 목소리는 비명 같다. 어느새 어금니를 문 정혜원이 전화기를 고쳐 쥐었다. 섹스 테이프 이야기는 강우진한테만 했는데…, 그때 오주영이 소리쳤다.

"말해! 엄마도 알아야 할 것 아냐!"

"누구한테 들었어?"

"강우진한테!"

오주영이 바로 대답했다.

"우진이가 제 회사 비서실장한테 그놈 잡으라고 하면서 이야기를 다 해준 거다! 비서실장은 우리 박 실장한테 말했고."

"아버지도 알아?"

"그럼 알아야지!"

"…."

"테이프가 수십 개라며?"

"…."

"그놈 신고했으니까 곧 잡을 거다. 직접 연락하지 마."

그때 정혜원이 전화기를 귀에서 떼었다.

다음 날 아침, 룸서비스로 시킨 아침을 먹으면서 정혜원이 강우진을 보았다.

"밤에 곰곰이 생각했어요."

뜬금없는 말이었지만 강우진이 바로 대답했다.

"생각이 많은 건 좋지 않아요."

정혜원의 얼굴에 저절로 웃음이 떠올랐다.

"왜요?"

"그놈의 생각이 많아지면 초점이 흐려져요. 특히 주관이 많이 개입되는데 나중에는 결론이 엉뚱하게 나요."

"지금 무슨 말을 하는지나 알아요?"

"바로 그렇다니까?"

계란 껍질을 벗기면서 강우진이 정색했다.

"말이 길어지는 건 자신이 없기 때문이라고 들었어요. 그래서 자꾸 갖다 붙이는 것이라고."

"그럼 닭은 정말만 말하겠네, 꼬꼭, 꼭, 하고."

"이런, 참."

쓴웃음을 지은 강우진이 정혜원을 보았다.

"봐요. 이렇게 말이 길어졌다가 본론을 잊어먹고 있잖아요? 무슨 생각을 한 거요?"

"내가 우진 씨한테 그 이야기를 한 건 결국 주위에 그 사실이 알려지도록 바란 것이라구요."

"그렇군."

"어젯밤 어머니하고 통화했어요."

"…."

"어머니가 다 알고 계시더군요. 동성의 비서실장이 우리 비서실장한테 말했대요."

"내가 말했어요."

"내가 우진 씨한테 말한 건 그걸 예상했다고 봐야 돼요."

그때 강우진이 유심히 정혜원을 보았다.

"괜찮아요?"

"고마워요."

"밥 먹고 구경 갑시다."

다시 포크를 든 강우진이 말했다.

"아직 볼 게 많이 남았어요."

서울 동성그룹 회장실에서 강석규와 고재성이 앉아있다. 방금 고재성은 강석규로부터 김시아를 만난 이야기를 다 들었다. 충격을 받은 고재성이 눈만 껌벅이다가 입을 열었다.

"박 실장은 여러 번 만났는데 그런 이야기를 입 밖에도 내지 않다니, 화가 납니다."

"그런 이야기를 할 수 있나?"

강석규가 이맛살을 찌푸렸다.

"너 같으면 했겠냐?"

"못 했을 것 같습니다."

시선을 내린 고재성이 말을 이었다.

"그건 박 실장이나 박 상무가 한 결정이 아닌 것 같습니다."

"그렇겠지."

"세광 회장 사모님하고 상의했을 가능성이 있습니다."

"내 생각도 그래."

"참 기가 막힙니다."

고개를 든 고재성이 강석규를 보았다.

"물론 우연이지만 백억을 내라는 협박을 당하면서 백억을 주겠다는 회유를 하는 상황이 말씀입니다."

"누가 들으면 백억이 아이들 과잣값인 줄 알겠다."

"회장님."

정색한 고재성이 강석규를 보았다.

"지금 우진이는 정혜원과 함께 베네치아 관광을 하고 있습니다."

"…."

"호텔의 같은 방을 사용하고 있습니다. 물론 침실은 2개짜리 특실입니다만…."

"…."

"이렇게까지 상황이 되었으면 결론을 내려야 한다고 생각합니다만."

"…."

"김시아한테 제의한 내용이 우진이한테 알려지면 파국입니다. 그때는 양쪽이 상처를 입게 됩니다. 우진이와 정혜원 양쪽 말씀입니다."

"…."

"지금 우진이의 머릿속 대부분을 차지하고 있는 것은 동성입니다. 아버님의 부탁이기도 하구요. 어떻게든 그것을 맞춰보려고 노력하고 있는 것입니다."

"됐어."

고개를 든 강석규가 고재성을 보았다.

"세광과의 혼인은 잊겠다. 그러니까 나머지는 자네가 알아서 마무리 짓도록."

고재성이 길게 숨을 뱉었다. 오더가 떨어졌다.

이번에도 전원이 꺼져 있었기 때문에 박준호는 쓴웃음을 지었다. 오후 6시 반, 대림동의 선짓국 식당 안, 오늘도 식당은 혼잡했다. 근처에 공사장이 있어서 이 시간에는 인부들이 몰려들기 때문이다. 오늘이 8일째 되는 날이다. 정혜원이 그것을 모를 리 없다. 수저를 든 박준호가 한 모금 선짓국 국물을 떠먹었다. 길 건너편 고시원에 방을 잡아놓고 식사는 이곳에서 하고 있다. 이곳은 고시원 투숙자, 공사장 인부, 그리고 조선족들이 많이 사는 지역이어서 유동인구가 많다. 숨기에 적당한 곳이다. 순댓국을 절반쯤 먹던 박준호가 다시 핸드폰을 들고 버튼을 눌렀다. 집착이 강한 성품이어서 한 곳에 집중하면 다른 것은 잊는다. 지금은 전화에 집중하고 있다. 오후 6시쯤부터 지금까지 20번도 더 버튼을 눌렀을 것이다. 그때 식당 안으로 두 사내가 들어섰다. 그 순간 박준호가 눈을 치켜떴다. 이 식당의 손님이 아니다. 다른 부족, 외계인이다. 일주일 동안 이 근처에서 살다 보니까 금방 구별이 된다. 그때 식당 안을 둘러보던 두 사내의 시선이 박준호에게로 옮겨졌다. 그러더니 둘이 박준호를 향해 다가왔다. 거리는 5미터밖에 되지 않는다. 식당에서 항상 출입문을 향해 앉는 버릇이 들었고 뒤쪽 주방 옆의 후문도 봐 뒀지만 박준호는 사내들이 다가섰을 때 엉거주춤 일어났을 뿐이다. 그때 사내 하나가 말했다.

"나, 최 형사야."

베네치아에서의 이틀째 밤, 둘은 운하가 내려다보이는 2층 카페에 앉아있었는데 야경이 모든 것을 잊게 할 만큼 감동적이었다. 불을 밝힌 곤돌라는 검은 우주를 떠다니는 천사의 배 같았고 운하 건너편의 불을 밝힌 가게, 카페는 신(神)들의 별장 같았다. 고개를 들면 바다가 보였다. 바다 위로 비치는 도시의 불빛이 또 다른 우주 같았다. 운하 위의 다리로 관광객들이 오가고 있다. 얼굴까지 다 보였는데 모두 행복한 표정이다. 근심 걱정은 모두 베네치아 밖에 던져놓고 온 것 같다. 강우진이 유리문은 굳게 닫혀 있는 것을 나중에야 발견했다. 그래서 소리도 들리지 않아서 모든 것이 무성영화처럼 보였다. 고개를 든 강우진이 정혜원을 보았다.

"느꼈어요?"

"뭘요?"

눈동자의 초점을 잡고 정혜원이 물었을 때 강우진도 어깨를 늘어뜨렸다. 정혜원에게 냄새와 소리의 비밀을 알려주려고 했다. 그러나 포기했다. 어렵게 사는 사람도 있고 쉽게 지내는 사람도 있다. 괜히 끌고 들어와서 번잡하게 만들지 말자. 좋으면 내가 들어가서 맞추도록 하고 상대방을 끌어들이지 않으련다. 그때 정혜원이 말했다.

"우리가 좀 일찍 만났다면 좋았을 텐데요."

그럼 박준호 만나기 전? 3년 전이면 나는 숨겨진 자식으로 군대에서 뺑뺑이를 치고 있을 텐데, 너하고는 공주와 천민만큼 차이가 나서…, 그때 정혜원이 말을 잇는다.

"참 화가 나요."

고개를 돌린 정혜원이 다시 냄새 안 나는 아래쪽을 보았다.

"우린 이제 다시 만날 날이 없겠죠?"

유리문을 열면 지독한 시궁창 냄새가 날 것이다.

다음 날 오후, 베네치아에서 돌아온 정혜원이 어머니 오주영의 전화를 받았다.

"끝났다."

오주영이 대뜸 말했다. 이곳은 강우진의 저택, 방 안이다. 오후 4시 반, 정혜원이 욕실에서 씻고 나왔을 때 전화를 받았다. 오주영이 말을 이었다.

"그놈, 경찰에 체포되었어. 그 테이프도 다 회수했단다."

"…."

"언론에도 노출 안 되었어. 이젠 끝났어."

"…."

"이제 그놈은 죗값을 받아야지. 에휴, 시원하다."

"…."

"혜원아, 들어?"

"응."

"지금도 같이 있어? 베네치아야?"

"아니, 조금 전에 돌아왔어."

"어디로?"

"밀라노."

"밀라노 어디?"

"강우진 씨 집."

"…."

"나 오늘 저녁에 여기서 나갈 거야."

"어디로?"

"런던."

"…."

"엄마, 다시 연락할게."

"우진이한테 고맙다고 말해."

"그럴 거야."

"어쨌든 우진이 덕분에 우리가 빨리 행동을 취했으니까."

"그래."

"너도 잘했다."

"미안해, 엄마. 아버지한테도 면목이 없어."

"네가 착해서 그래. 그놈이 나쁜 놈이지 넌 되었다."

"우리, 잘 끝났지?"

우리란 표현에 조금 헷갈렸는지 오주영이 잠깐 주춤했다가 입을 열었다.

"그래 잘했어."

애매한 대답이다. 그때 정혜원이 말을 이었다.

"나하고 강우진 씨 말야, 엄마."

"…."

"엄마 걱정 마, 잘 끝났으니까."

그러고는 정혜원이 핸드폰을 귀에서 떼었다.

"그놈 잡혔대요."

옷을 갈아입고 나온 정혜원이 웃음 띤 얼굴로 강우진에게 말했다. 소파에 앉아 있던 강우진이 시선만 들었다.

"고마워요."

"뭐가 고맙다고…."

"저 지금 떠나려고."

"아니, 어디로?"

"런던. 옛날에 살던 곳 좀 돌아보고 쉬려고."

"집에 말은 했어요?"

"네, 어머니한테. 어머니한테서 조금 전에 연락이 왔거든요."

"이거 갑자기 간다니까 정신없네."

자리에서 일어선 강우진이 정혜원에게 손을 내밀면서 물었다.

"우리 다시 만날 수 있는 거죠?"

"언제든지."

정혜원이 강우진의 손을 힘 있게 흔들었다. 웃음 띤 얼굴이다.

문자가 왔다. 전화를 받지 않았더니 문자가 온 것이다. 발신자는 세광 기조실 박만홍, 김시아가 물끄러미 문자를 보았다.

"김시아 씨, 미안합니다. 지난번 일은 없던 일로 해주시면 고맙겠습니다. 다시 한번 사과드리며 이제는 연락 안 하겠습니다. 부디 행복한 나날이 되시기를 진심으로 빕니다."

고개를 든 김시아가 자리에서 일어섰다. 알바 나갈 시간이 되었다.

오후 4시 반, 전철에 앉아있던 김시아가 이번에는 진동으로 해놓은 핸드폰이 울리는 것을 들었다. 바지 주머니에서 꺼낸 핸드폰에 강우진의 이름이 있다. 김시아는 핸드폰의 수신 거부 버튼을 눌렀다. 지금까지 다섯 번 전화가 걸려왔고 지금은 여섯 번째다. 이제는 신호음이 울리지 않을 것이다. 강석규를 만나 사과까지 받았어도 이제 강우진은 다가갈 수 없는 존재가 되었다. 사람은 환경의 동물이다. 다 제쳐놓고 둘만의 감동이 만들어질 수가 있는가? 그건 다 꾸민 수작이다.

"별일 없지?"

고재성이 그렇게 물었지만 강우진도 그가 다 알고 있다는 느낌을 받는다. 어렸을 때부터 그는 언제나 다 알고 있는 사람이었다. 그런 선입관은 쉽게 지워지지 않는다. 그래서 대답이 이렇게 나왔다.

"뭐, 그저 그래요."

"지금 어디냐?"

"밀라노로 돌아왔어요."

"베네치아에서는 이틀 관광했구나."

"이박 삼일요."

"거긴 지금 몇 시냐?"

"오후 6시 되어가요."

"여긴 오전 2시 되어간다."

8시간 시차가 나니까 맞다. 지구는 둥글다. 그때 고재성이 다시 물었다.

"정혜원 씨하고 같이 있어?"

"조금 전에 런던으로 떠났어요."

"런던?"

"예, 옛날 살던 데 돌아본다고."

"뭐라고 안 해?"

"다 끝났다고 하데요. 서울에서 연락을 받은 것 같아요, 어머니한테서."

"그렇군."

"그놈이 잡혔다면서요?"

"그래, 네가 연락해준 덕분에 빨리 처리되었어. 요즘이 어떤 세상이라고 그런 공갈범이 통하겠냐?"

"잘되었어요."

"그렇구나. 일이 이렇게 진전될지는 생각도 못 했다."

"정혜원 씨가 정직해요, 용감하고."

"용감?"

고재성이 되묻더니 말을 이었다.

"그렇구나. 처리하는 방법이…."

"그런데 실장님."

"뭐냐?"

"시아가 전화를 안 받더니 이젠 통화거부를 해놓았는데요."

"…."

"무슨 일 있는지 궁금해요."

"글쎄."

"나하고 정혜원 씨 관계를 알고 그러는 것 같은데요."

고재성은 입을 다물었고 강우진이 말을 이었다.

"실장님, 시아한테 상처 주기 싫습니다. 그래서…."

"상처가 없을 리 없지."

고재성이 말을 끊었다.

"상처를 예상하지 못했다면 그게 이상한 사람이지."

이제는 강우진이 입을 다물었고 고재성의 말이 이어졌다.

"너하고 김시아의 상황, 아니 생활환경 말이다. 이건 너희들 둘의 잘못은 아니지만 서로 극복해야 할 과제였다. 그렇지 않으냐?"

"…."

"그런데 극복하는 과정에서 서로 상처를 받을 수밖에 없는 거지. 그런데 그것을 견디지 못한다면 어쩔 수 없는 일 아니겠냐?"

"…."

"정혜원은 네 말대로 정직하고 용감하게 처리했다. 스스로 불구덩이에 뛰어들어서 몸에 붙은 벌레를 태워버린 느낌이 들 정도로…."

"…."

"김시아는 너하고의 연락을 끊는 것으로 처리를 하는구나."

"미안합니다. 제가 처리해야 할 일까지 실장님께 말씀드린 것 같네요."

"화났어?"

"깨달았어요."

"여유를 갖고 처리해 봐."

"예, 실장님."

"회장님께서 너한테 연락하겠다고 하시는 걸 내가 만류했다. 이해하겠지?"

"알겠습니다."

"잘했다."

뜬금없는 칭찬이었지만 고재성의 목소리는 가라앉아 있다. 빈말이 아닌 것 같다.

넉 달이 지났다. 처음 한동안은 마음이 뒤숭숭해서 중심을 잡지 못했는데 일에 집중했다. 직원들은 강우진이 없어도 회사를 끌고 나갈 수 있도록 단련되었기 때문에 그냥 결재만 해도 되었다. 그러나 그렇게 놔두지 않았다. 묻고 연구하고 확인하면서 업무에 익숙해져 갔다. 업무는 알수록 일거리가 많아지는 법이다. 석 달이 지났을 때부터 전무 이인성의 보고를 받으면서 지시를 내릴 수도 있게 되었다. 빠른 습득이다. 그러나 자만하지 않고 겸손하게 대처했다. 아버지 강석규가 어떤 식으로 그룹을 경영해왔는지는 이제 직접 듣지 않아도 알 수 있었다.

"사장님, 출장 다녀오겠습니다."

이인성이 말했을 때는 오후 3시쯤 되었다.

"본사에 업무보고를 해야 됩니다."

고개를 끄덕인 강우진이 결재 서류에 사인을 하면서 물었다.

"지금 아이 방학이죠?"

이인성은 가족과 함께 밀라노 아파트에 살고 있었는데 딸이 초등학교 5학년이다. 밀라노에서 학교에 다니고 있다.

"예, 방학입니다."

그때 이인성의 시선을 받은 강우진이 말을 이었다.

"가족하고 같이 서울로 가서 2주쯤 머물다 와요, 휴가를 내서."

"아닙니다, 사장님."

당황한 이인성이 뒷머리를 만졌다.

"괜찮습니다."

"서울에 한동안 못 갔을 테니까 인사할 곳도 많겠고."

정색한 강우진이 이인성을 보았다.

"가족 항공요금은 회사에서 부담하도록 하고, 비즈니스석으로 해요."

"사장님, 그건…."

"그쯤은 해 드려야지요."

"감사합니다."

마침내 이인성이 고개를 숙였다. 가족들이 좋아할 것이다.

최수영이 다가와 앞쪽 자리에 앉더니 물었다.

"아직 안 시켰어?"

"선배 오면 시키려고."

오후 7시 10분, 이곳은 인사동의 식당 안, 주위는 손님들로 떠들썩하다. 다가온 종업원에게 한정식과 막걸리를 시킨 최수영이 웃음 띤 얼굴로 김시아를 보았다.

"어때, 결정했어?"

김시아가 고개를 들었다.

"가요."

"오!"

탄성을 뱉은 최수영이 하이파이브를 하려고 손바닥을 내밀었다가 내렸다. 김시아가 눈만 흘겼기 때문이다.

"좋아. 그럼 내일 출발이다."

"이박 삼일은 안 돼요."

"그래, 일박 이일로 하지."

최수영과 강릉으로 여행을 가려는 것이다. 며칠 전부터 최수영이 끈질기게 겨울 여행을 졸랐는데 그 이유는 뻔했다. 같이 밤을 보내자는 것이다. 음식이 나왔기 때문에 김시아는 젓가락을 들었다. 최수영과 만난 것은 강우진과 연락을 끊은 지 석 달이 지났을 때다. 그저 잘 있는지 전화를 했던 최수영은 김시아가 반갑게 응대하는 것에 놀랐을 것이다. 만나자는 제의에 금방 승낙을 하자 정신이 번쩍 들었겠지. 그리고 지금 다섯 번째 만나 여행을 떠나게 되었다.

그렇다. 김시아는 강우진과 헤어지기로 결심했다. 그러다가 최수영의 전화를 받은 것이다. 최수영의 전화는 김시아의 결심을 촉진하는 계기가 되었다. 최수영이 아니라 다른 남자가 연락을 해왔더라도 이런 상황까지 진전되었을 것이다. 그동안 김시아가 깨달은 사실이 있다. 인간은 욕심을 버리면 편안해진다는 것이다.

강우진과의 시작은 낭만적이었지만 우리는 현실을 살아가는 인간이다. 환경이 다른 상대에게 억지로 맞추느니 비슷한 조건에서 상대를 만나는 것이 훨씬 더 행복해질 수 있다는 현실이다. 요즘 김시아는 차츰 최수영에게 적응해가는 중이다. 최수영은 가난하지만 열심히 살아가는 평범한 남자다. 사랑이란 무엇인가? 처음에 감동이 계속된다 해도 시간이 지나면 다 같아진다. 그래서 실망을 느끼느니 욕심을 버리고 살겠다.

"너, 한국에 언제 올 거냐?"

강석규가 묻자 강우진은 전화기를 바꿔 쥐었다. 1월 초, 신년 휴가가 끝나고 열흘쯤 지났을 때다. 오전 10시, 서울은 오후 6시가 되었다. 강우진은 출근한 지 1시간쯤 지났고 강석규는 퇴근 시간이다.

"연초라 좀 바빠서요. 아직 계획이 없는데요."

"거기서 6개월째지?"

"네, 6개월 좀 넘었네요."

"그동안 한 번도 안 왔지?"

"네."

"이제 익숙해졌다고 들었다. 조만간 일정 잡고 서울에 와."

"네, 그럴게요."

"별일 없지?"

그렇게 물은 것은 사생활이겠지. 정혜원이나 김시아, 그 둘 중 하나를 말해도 강석규는 부담을 느끼지 않을 것 같은 분위기다. 강우진이 차분하게 대답했다.

"네, 잘 지내고 있습니다."

정혜원 소식은 듣지 않은 지 넉 달째가 되어간다. 김시아는 그보다 더 되었고, 누구한테 묻지 않았고 물을 사람도 없다. 그래서 소식을 단절했더니 점점 기억에서 지워지는 느낌이다. 그때 강석규가 말했다.

"내가 어제 네 엄마한테 다녀왔다. 잘 있더라."

"…."

"네 엄마한테 사과하고 왔어. 널 한동안 괴롭혔다고 말이다."

"…."

"이제는 다 너한테 맡기겠다. 네가 바라는 대로 해라."

"아뇨, 제가 이제는 그렇게 될 것 같지가 않습니다."

강우진이 앞쪽의 벽을 응시한 채 말을 잇는다.

"같은 실수를 반복할 수는 없으니까요."

그 실수는 무엇인가? 서로 사랑하면 어떤 것도 극복할 수 있을 것이라는 오만이다. 이것도, 저것도 다 갖겠다는 욕심이다. 사랑이 전부가 아니고 분수를 몰랐다는 실수를 깨달은 것이다.

살아 있는 동안은 시간이 가는 법이다. 고통받는 사람에게는 1시간이 10일 같고 보람을 느끼는 사람에게는 1년이 하루 같은 시간이겠지만 시계의 초침은 모두에게 일정한 시간을 준다. 그렇게 다시 6개월이 지났다. 그동안 강우진은 한 번 서울에 다녀왔는데 어머니의 유골함 앞에 한 번 서보았고 사흘 동안을 아버지 강석규의 새 저택에서 보냈다. 3박 4일의 서울 출장이었다. 정혜원도, 김시아도 찾지 않았고 듣지도 않았다.

그동안 정혜원은 회사를 그만두고 런던에 자리를 잡았다. 이번에는 런던대학의 동양사 박사과정에 등록해서 공부를 시작했다. 매일 학교, 도서관, 아파트를 오가는 생활이라 강우진에 대해서 보지도 듣지도 못했다.

김시아는 최수영과 애인 사이가 되었고 대학을 졸업하고 바로 대양상사 베이징으로 발령을 받았다. 그래서 오늘 최수영과 환송 파티를 하는 중이다. 장소는 인사동의 한정식 식당, 둘의 단골 식당이다. 실속파인 최수영은 손님을 둘만 초대했다. 김시아의 친구 고유니와 박성아다. 둘 다 김시아보다 대학을 먼저 졸업하고 직장에 다닌다.

"뭐, 몸만 가면 되는 거니까 편하겠다."

박성아가 막걸리 잔을 들면서 말했다.

"숙소 식당까지 있다니까 호텔 생활이지 뭐."

"월급이 얼마라고?"

고유니가 묻자 김시아는 눈을 흘겼다.

"또 돈 타령."

"대양그룹이 좀 짜다던데."

"자, 그만."

최수영이 막걸리 주전자에 소주를 부으면서 말했다.

"내일 오후 4시 비행기니까 오늘은 쓰러지게 마셔도 돼."

"오늘 밤 둘이 같이 잘 텐데 그래도 돼?"

박상아가 묻자 최수영이 고개를 끄덕였다.

"돼."

"어지간하셔. 요즘은 사흘에 한 번꼴로 최 선배 오피스텔에서 자던데."

"곧 아파트로 옮길 거야."

"와, 샀어?"

고유니가 묻자 최수영이 고개를 저었다.

"23평 전세."

"얼마?"

"4억."

"서울 아니겠네."

"아유, 그만."

김시아가 짜증을 냈지만 고유니가 말을 이었다.

"어쨌든 최 선배는 착실해. 입사 4년 만에 재계 2위의 동성그룹에서 대리로 진급, 땡전 한 푼 없이 출발해서 4억짜리 아파트 전세금을 내다니."

"거기에다."

박성아가 말을 받았다.

"시아 같은 애를 딱 잡았으니 이제 둘이 뭉치면 시너지를 받겠다."

"그래, 내년 말쯤이면 6억쯤 모아서 서울 아파트 전세로 진입."

고유니가 이었을 때 술잔을 내려놓은 김시아가 말했다.

"욕심을 버리면 이렇게 행복해. 너희들도 신데렐라가 되는 꿈만 버리면 돼."

"난 네가 오늘 그런 명언을 뱉는 것을 듣고 놀랐다."

밤, 오피스텔의 침대에 나란히 누워있을 때 최수영이 말했다. 고개만 돌린 김시아의 어깨를 최수영이 당겨 안았다.

"신데렐라가 되는 꿈을 버리라는 말 말야. 나도 여자들은 대부분 공주병이 있다고 생각해왔거든."

"…."

"꿈이 클수록 상처가 커지는 법이지. 그러다 사회 부적응자가 되고…."

"…."

"우리 동성의 후계자인 강우진 씨가 다음 달에 상사의 기조실 상무로 옮겨와. 지금은 밀라노 계열사 사장을 맡고 있는데 회장한테 인정을 받은 모양이야."

"…."

"하필 내가 있는 상사로 오는군. 하긴 난 영업부의 말단 대리라 얼굴 보기도 힘들겠지만 말야."

"…."

"평이 좋더군. 관리 능력도 뛰어나다는 거야."

"자기, 왜 그 얘기를 하는 건데?"

최수영의 가슴에 얼굴을 붙인 김시아가 물었다. 둘이 있을 때는 자기라고 부른다. 그때 최수영의 얼굴에 웃음이 떠올랐다.

"네가 신데렐라 얘기를 꺼내는 바람에 떠오른 거야. 회사에 소문이 났어. 강우진 씨가 신데렐라를 만났다가 헤어졌다고."

김시아를 안은 팔에 힘을 주면서 최수영이 말을 이었다.

"강우진 씨가 신데렐라를 찼다는군. 현실을 감당하지 못한 거지."

"…."

"그 여자는 택시 운전사 딸이었다는 거야. 강우진 씨한테 차이고 나서 LA로 가서 룸살롱에 나가고 있대."

그때 김시아가 킥킥 웃었기 때문에 최수영도 따라 웃었다.

"이런 이야기 줄거리는 다 그렇지."

"응. 나 안아줘."

김시아가 최수영의 목을 두 팔로 감아 안으면서 몸을 붙였다.

밀라노에서 돌아온 셈이다. 밀라노 동우상사 사장에서 동성그룹 주력 회사인 동성상사 기조실 상무로 이동이 된 것이다. 기조실은 회사 전체를 관장하는 부서였기 때문에 업무를 익히라는 강석규의 배려다. 동성상사의 기조실장은 유백만 전무다. 올해 45세, 그룹 기조실장 고재성의 부하로 근무하다가 주력사 기조실장으로 영전되어 간 터라 강석규의 심복 라인이다. 처음 상사에 온 날 강우진의 인사를 받은 유백만이 둥근 얼굴을 펴고 웃었다. 오전 8시 50분.

"자, 사장님께 인사를 하러 가지."

유백만은 강우진과 함께 곧장 비서실로 들어섰다. 기조실장실 옆이 사장실이다. 동성상사 사장 최성용은 그룹의 63개 계열사 사장 중 서열 1위다. 따라서 그룹 공식 서열로는 회장 강석규에 이어서 2번째지만 실제로는 기조실장 겸 사장 고재성에게 밀려서 3위다. 비서실 직원들은 둘이 들어서자 일제히 일어섰고 여비서가 사장실 문을 열어주었다.

"오, 왔나?"

기다리고 있던 최성용이 자리에서 일어나 손을 내밀었다.

"강우진입니다. 잘 부탁합니다."

강우진이 허리를 꺾어 절을 했더니 최성용이 이를 드러내고 웃었다.

"여기서 후계자가 수련한다는 것이 상사로서는 명예로운 일이지. 아마 강 상무를 누가 데려갈 것이냐고 공모를 한다면 난리가 날걸?"

최성용은 48세, 27살 때 공채로 들어와서 21년간 동성에서 단련한 인물, 고재성의 입사 3년 후배다. 반백의 머리, 큰 키에 마른 체격, 호남형 용모다. 인사를 마친 강우진이 자리에 앉았을 때 최성용이 말을 이었다.

"기조실에서 먼저 영업부를 맡기겠어. 영업부장 회의에 옵서버 자격으로 참석하면 업무를 파악하게 될 거야."

"예, 사장님."

"필요한 것, 의문 나는 것이 있으면 기조실장이나 나한테 직접 보고해줘."

"예, 사장님."

"부사장, 다른 전무들은 거치지 않아도 돼. 유 실장하고 나만 통하면 돼."

"감사합니다, 사장님."

"강 상무는 밀라노 동우에서 1년간 있으면서 평이 좋았어. 본사에도 소문이 다

났다구."

"저는 별로 한 일이 없는데요."

"회사는 소문이 많은 곳이야. 특히 후계자는 말이지."

"조심하겠습니다."

"아니, 그런 뜻이 아니라."

최성용이 웃음 띤 얼굴로 손을 내저었다.

"위축되지 말라고 하는 소리야."

"감사합니다, 사장님."

밀라노에서 1년 동안 행동을 조심하기는 했다. 술 마시러 다닌 적도 없고 여자도 만나지 않았다. 회사와 집을 오가기만 했고 쉬는 날에는 업무 관련 책을 보거나 근처 유적지를 찾아다녔다. 그랬더니 역사와 문화에도 흥미가 일어났고 시야가 넓어지는 느낌이 들었다.

기조실에는 기조실장 유백만 전무 밑에 상무 3명, 부장 3명, 과장 9명 구조로 편성되어 있었는데 과장은 팀장이다. 9개 팀이 있는 셈이다. 상무급은 비서 1명, 전무는 3명인데 강우진한테도 비서가 배정되었다. 진재영, 26세, 입사경력 3년, 선화여대 영문과 졸, 사장 비서실에 있다가 강우진의 비서로 내려왔으니 좌천된 셈인가? 그런데 강우진을 대하는 태도는 차분하다. 비서실 여직원 대부분은 미인이다. 평균 이하의 용모를 가진 여직원을 채용할 이유가 없다. 진재영은 눈에 확 띄는 미인이다. 늘씬한 몸매, 170쯤 되는 신장에 이목구비가 뚜렷하다. 피부는 대리석 같다.

"책상 위에 기조실 구조와 명단을 적어 놓은 조직도를 놓아두었습니다."

진재영이 맑은 목소리로 말했다. 상무실 안, 둘은 소파에 마주 앉아있다.

"실장님, 사장님하고 인사를 하셨으니까 두 분 상무님이 방에 계시는데요, 인사하시겠어요?"

"해야지."

강우진이 웃음 띤 얼굴로 말을 받았다. 선임자인 것이다.

"내가 인사 간다고 전해."

진재영이 잠자코 자리에서 일어섰다.

한정수 상무, 42세, 재무담당.

민영호 상무, 43세, 기획, 조직담당.

둘은 한정수 상무실에서 기다리고 있었는데 강우진이 방마다 찾아가는 수고를 덜어주려는 배려였다. 회장 아들이 아니었다면 전혀 기대할 수 없는 배려다. 둘 다 정중하게 강우진을 맞았고 앞으로 업무파악, 진행에 적극적으로 협조하겠다는 약속까지 먼저 해주었다. 같이 근무하게 되어서 영광이라는 말까지 해주는 바람에 강우진이 웃고 말았다. 그것을 본 둘이 따라 웃었는데 강우진은 그 분위기가 차라리 편했다. 미래의 후계자하고 친분을 맺게 될 기회가 온 것이다. 이런 분위기에서 선임이라고 턱을 치켜들 인간은 존재하지 않는다. 이것이 정직하고 자연스러운 분위기다.

회의실, 이제는 강우진의 휘하조직, 영업담당 상무 휘하의 부장 1명과 과장 3명이 모여서 기다리고 있다. 전임 영업담당 기조실 상무는 영업본부 제2 본부장 겸 전무로 영전되어서 나갔다. 이 자리는 영전되어 나가는 자리인 것이다. 강우진이 들어서자 넷은 일제히 일어섰다. 모두 긴장한 얼굴, 기조실 간부들은 큰 사고가 없는 한 다 영전되어서 나간다. 능력을 인정받아서 기조실 간부가 되었기 때문에 이들은 이미 선택받은 인간들이다. 조태길 부장, 36세, 입사경력 10년, 영업3부 부장에서 기조실로 영전된 지 2년 반, 2년 후 이사 진급을 하면서 기조실에 남아 있거나 영업부로 내려가는 것이 예상 코스다. 김병문, 양창호, 박문규 과장, 아직 이름도 다 외우지 않아서 오늘은 얼굴만 익혔다. 앞으로 그들이 적극적으로 자신의 이름, 실적 등을 알리게 되겠지, 부서장에게서 멀어지면 곧 도태되니까. 강우진이 밀라노 동우상사에서 1년 동안 겪어본 것이다. 가만있어도 접근해 온다.

동성상사는 역삼동에 33층짜리 자체 빌딩을 소유하고 있다. 빌딩 1층에 3개 은행이 지점을 설치해놓은 외에는 빌딩 전체를 동성상사가 사용하고 있다. 근무 인원은 2,700여 명, 그래서 지하 1층에는 대형 식당이 있다. 동성상사 전용 식당이다. 점심시간, 뷔페식 식단이어서 강우진과 조태길이 나란히 서서 차례를 기다리고 있다. 식당 안은 직원들로 가득 찬 상태, 1천 명쯤을 수용할 수 있는 규모여서 버글버글하다. 낮은 목소리로 이야기를 나누지만, 그것도 와글와글하게 들린다. 그때 강우진 앞쪽에서 직원 둘이 이야기를 시작했다.

"회장 아들이 기조실 상무로 왔다면서?"

"응, 영업 상무로."

"기조실이 긴장하겠는데?"

"아니, 기회를 잡았다고 생각하겠지."

"그럴까?"

"잘 보이면 미래가 보장될 테니까."

"그렇군."

"그래서 계열사들이 모셔가기 경쟁을 벌였다는 거야."

"결국 우리가 잡았단 말이군."

그때 사내 하나가 힐끗 이쪽을 보더니 입을 다물었다. 강우진이 누군지 안 것 같지는 않다. 그렇지만 다음 말은 목소리를 죽여서 들리지 않았다. 그 소리를 강우진 뒤에 섰던 조태길이 듣고 힐끗 눈치를 보았다. 강우진이 쓴웃음만 지었기 때문에 조태길은 입을 열지 않았다.

'서둘지 않는다.' 이것은 강우진이 밀라노에서부터 세운 근무 원칙이다. 서둘면 빨리 되는 것이 아니라 대부분 실수, 시행착오가 일어난다. 두 번째는 튀지 않겠다는 것이다. 인간은 자주 자신의 존재를 부각하려는 본능이 있다. 특히 사회생활을 하는 인간들이 그렇다. 물론 요즘은 그래야 눈에 띄고 인정을 받는다. 경쟁사회인 것이다. 강우진은 자신의 입장을 고려한 끝에 나서지 않기로 계획을 세웠다. 묵묵히 제 일을 찾아서 하자, 그랬더니 마음이 편해졌다. 밀리더라도, 평가가 나쁘더라도 마음이 편해야 능률이 오른다.

근무한 지 일주일쯤 되었을 때 아침 식탁에서 강석규가 불쑥 물었다.

"너 요즘 잘한다면서?"

강석규의 얼굴에 웃음이 떠올라 있다.

"이제 술도 한잔하고 그래라."

"너 이 자식."

강우진의 손을 쥔 조영철이 뒷말을 잇지 못하고 어깨를 부풀렸다. 조영철은 강우진의 몇 안 되는 친구 중 하나다. 그중 생활환경이 비슷해서 절친 중에 든다. 강우진이 조영철의 어깨를 주먹으로 툭 쳤다. 조영철과는 1년 만에 만났다.

"자식 그대로네."

다 포함된 말이다. 이곳은 이태원의 리도 클럽. 록 음악이 낮게 깔린 어두운 홀, 드문드문 자리를 메운 남녀, 조용한 분위기, 소리 없이 오가는 종업원, 안쪽 플로어에서는 흐린 조명 아래서 서너 쌍이 흔들거리고 있다. 조영철이 강우진의 잔에 위스키를 따르면서 물었다.

"이제 서울로 온 거야?"

"응, 그런 셈이지."

"상사 기조실 상무라면서?"

"응, 벼락출세한 거지."

"자식, 웃지도 않고 말하네."

"넌 대리 진급했어?"

"내년이다, 이 자식아."

"그래도 3년 만에 진급이네, 잘됐다."

술잔을 든 강우진이 한 모금에 술을 삼켰다. 그때 조영철이 말했다.

"여자 불렀어. 내 애인하고 걔 친구야."

"네 애인이라니, 누군데?"

"넌 모르는 애야."

"또 바꿨군."

"너 안 만난 사이에 둘 바꿨다. 셋인가?"

"됐고."

"나야 성격이 깔끔해서 겹친 적은 없어. 끝내고 다시 시작했으니까."

"난 안 그렇단 말이냐?"

"너는 맺은 적도 끝낸 적도 없지. 내가 보기에는."

"내 얘기 했어?"

"내가 그럴 줄 알았지."

쓴웃음을 지은 조영철이 지그시 강우진을 보았다.

"그래서 넌 동성상사의 하청 회사 직원이라고 했어. 내 애인한테도 말야."

"뭐가 그렇게 복잡해?"

"동성이라고 하면 대기업 아니냐? 그럼 호감을 느낄 것 같아서."

"이 미친놈이."

"동성의 하청 회사라고 하면 좀 깔보겠지."

"네 의도가 뭐야?"

"하청 회사 말단 사원이란 말이다."

"야, 골치 아프다. 그냥 보내."

"난 너한테 부담을 덜어주려고 그런 거란 말이야, 이 자식아."

"이런 젠장."

"오늘 하룻밤 즐기고 다시 안 보면 되는 거야, 인마. 그러니까 하청 회사 말단 사원으로 어깨에다 힘 풀고 놀아."

"뭐 하는 여잔데?"

"내 애인 1년 선배인데 남자한테 차였다는군."

"차여?"

"내가 너를 하청 회사의 가난한 말단 사원이라고 했어. 하지만 의리 있고 남자다운 놈이라고 했더니 윤아가 그럼 요즘 배신을 당해서 슬럼프에 빠진 제 1년 선배를 데려오겠다는 거야."

"이 자식이 소설 썼군."

"너한테 딱 맞는 여자라는 거다. 윤아가 바로 네 파트너를 찍은 거야."

조영철의 목소리가 열기를 띠었다.

"널 그대로 말해줬다면 이런 기회가 만들어지지도 않았어."

"그래, 수고했다."

술잔을 든 강우진이 빙그레 웃었다.

"그동안 수단이 많이 늘었구나."

10분쯤 후에 두 여자가 다가왔는데 강우진의 심장 박동이 빨라졌다. 지금까지 수백 번 소개를 받았지만 이런 경우는 처음이다. 둘 다 괜찮았기 때문이다.

"어서 와요."

자리에서 일어선 조영철이 둘에게 말했다. 테이블 앞에 선 두 여자에게 조영철이 강우진을 소개했다.

"여기 내 친구, 김우진."

조영철이 왼쪽 여자를 가리키며 강우진의 성을 바꿔 소개했다.

"여긴 내 친구 오윤아, 그리고…."

그때 오윤아라는 여자가 인사를 했다.

"안녕하세요. 여긴 제 선배…."

"정애경입니다."

여자가 나긋한 목소리로 인사를 했다. 낮고 맑은 목소리, 제각기 인사를 마친 넷이 자리 잡고 앉았을 때 조영철이 입을 열었다.

"잘 어울리는 두 쌍이야. 민심의 기대에 배신하지 말아야 해."

위스키를 두 병째 비웠을 때 강우진에게 정애경이 물었다. 조영철이 오윤아와 함께 플로어로 나갔을 때다.

"여친 없으세요?"

"지금은."

강우진이 웃음 띤 얼굴로 정애경을 보았다.

"있다가 없다가 하는 거죠. 왔다가 가는 게 인생 아닙니까?"

"달관한 분 같으시네요."

정애경의 얼굴에도 웃음이 떠올랐다.

"저도 오랜만에 다른 사람 만나요."

다른 사람이란 다른 남자겠지. 상대의 이력을 알고 나서 대처하는 것이 더 어렵다는 느낌이 들었기 때문에 강우진이 고개를 끄덕였다. 그때 정애경이 말을 잇는다.

"그동안 일만 했거든요."

"무슨 일을 하시는데요?"

"광고대행업, 저는 광고문안 작성을 맡아요. 들어보셨어요?"

"대충은 압니다."

"짧고 쉽게, 그리고 감동을 주는 표현, 머릿속에 항상 그것을 가지고 살지요."

"생활도 그렇게 되면 곤란할 텐데."

정색한 강우진이 정애경의 눈을 보았다.

"억지로 만들면 반작용이 크더라구요. 가만 놔두는 게 오히려 나아요."

"…."

"짧게 끝내자, 쉽게 만들자, 감동을 만들자는 생각을 머리에 박고 산 적이 있었지요. 그랬다가 실패했습니다."

"…."

"시간이 흐르면서 치유가 되더군요."

"시간."

혼잣소리처럼 말한 정애경이 흐린 눈으로 강우진을 보았다.

"그래요, 시간. 그냥 시간에 맡기고 사는 것이 나아요."

클럽에서 나왔을 때는 10시가 되어갈 무렵이다. 택시를 탄 넷은 강남의 아귀찜 식당으로 갔다. 늦은 시간이었지만 식당은 만원이다. 식당에서 아귀찜에 소주를 마신 넷은 다시 3차로 웨스턴호텔 라운지로 옮겨갔다. 밤 11시 반, 오늘은 금요일이다. 라운지의 창가에서는 강남의 야경이 내려다보였다.

"자, 어때? 여기서 강릉까지 2시간이면 간다."

조영철이 번들거리는 눈으로 셋을 둘러보았다.

"내가 술을 좀 마셨지만 음주단속 걸릴 일 없고 운전에 전혀 지장이 없어. 어때? 여러분 의견이?"

예상하지 못했기 때문에 강우진이 눈만 크게 떴고 여자 둘도 금방 반응하지 않았다. 그때 조영철이 말을 이었다.

"내일 새벽에 강릉에 도착, 토요일, 일요일을 보내고 월요일 새벽에 돌아오는 거야, 어때?"

강우진이 고개를 돌려 정애경을 보았다. 정애경이 먼저 반대하는 것이 순서다. 그때 오윤아가 대답했다.

"난 찬성."

술잔을 든 오윤아가 옆에 앉은 정애경의 어깨를 다른 손으로 당겨 안았다.

"이쪽도 찬성."

정애경이 몸을 세우더니 조영철과 강우진을 보았다. 웃음 띤 얼굴이다.

"미안해요. 분위기 깨는 것 같지만 난 안 돼요."

"언니, 왜 그래? 시간 있다고 했잖아?"

"아니, 분위기도 다 좋은데 술 마시고 거기까지 가는 건 좀 그래."

"좋아, 그럼 대리운전을 시키지."

조영철이 서두르며 말했다.

"지금은 고속도로가 텅 비었어. 내 차로 두 시간이면 돼."

정애경은 입을 다물었고 강우진은 숨을 삼켰다. 여기서 반대할 수는 없다. 첫째 예의에 어긋나고 그보다 더 중요한 것, 정직하지 못한 짓이다. 정애경의 분위기가 좋았기 때문이다.

대리운전사는 조영철이 2시간 안에 안전하게 도착시켜주면 보너스로 10만 원을 더 준다는 제의를 흔쾌히 수락했다. 그리고 서울 톨게이트를 빠져나간 지 1시간 50분 만에 강릉 경포대의 국제호텔 현관에 도착했다. 오전 2시 반이다. 조영철은 스위트룸을 예약해 놓았는데 방이 3개여서 강우진과 정애경은 각방을 쓸 수가 있다.

다음 날 아침, 7시에 일어난 강우진이 샤워를 하고는 바닷가로 나왔다. 호텔 앞쪽을 벗어나 위쪽으로 5백 미터쯤 올라가면 소나무 숲이 나온다. 7월 초여서 대기는 신선했고 아직 피서철은 되지 않아서 바닷가는 한산하다. 셔츠에 바지 차림으로 소나무 숲을 걷던 강우진이 다시 바닷가로 나왔다. 이곳은 백사장이 좁고 바닷가에 바위가 많은 곳이다. 바위 위에 앉은 강우진이 바다를 보았다. 바람이 조금 세어서 파도 끝이 거칠게 일어나고 있다.

정애경이 물끄러미 김우진의 옆모습을 보았다. 소나무에 가려서 김우진의 옆모습 일부만 보였다. 거리는 30미터쯤 되었나? 바람결에 김우진의 머리칼이 날리고 있다. 일찍 일어나 방에서 왔다 갔다 했을 때 방문 열리는 소리가 났다. 궁금해서 창밖을 보았더니 바닷가를 걷는 김우진이 보였다. 그래서 방을 나와 김우진이 간 쪽으로 따라 걸었더니 바위 위에 앉은 모습을 이곳에서 찾았다. 정애경이 소나무 둥치에 몸을 기대고는 김우진을 응시하고 있다. 파도 소리가 들렸고 소나무 사이를 지나는 바람 소리도 들린다. 이제 최병수는 내 몸에서 슬슬 빠져나가고 있다. 아마 30퍼센트쯤 남아 있으려나, 머릿속에만 들어있는 것이 아니다. 2년 반 동안 겪어온 터라 최병수와 몸이 합체가 되어있었던 것 같다. 냄새에서 몸동작, 식성, 버릇까지. 자신도 모르는 사이에 최병수가 몸에 들어와 있었다. 몸이 합쳐졌을 때는 말할 것도 없지. 그러다가 최병수가 떠났을 때는 하마터면 죽을 뻔했다. 죽은 것이나 마찬가지였지, 갑자기 반쪽이 되었으니. 귀신처럼 모든 곳에 붙어있던 최병수의 흔적, 그것을 떼어내는 데 백약이 무효였다. 결국, 시간뿐이었다. 김우진의 말이 맞다. 누구한테 들었는지 모르지만 김우진의 말을 듣고 나서 호감이 느껴졌다. 대기업 하청 회사의 말단 직원이면 어떠냐? 최병수가 회사 사장 아들이며 후계자라고 으스댔지만, 그 회사도 하청 회사다. 그때 바위 위의 김우진이 일어서다가 고개를 돌려 이쪽을 보았다. 그러더니 고개를 돌렸다가 다시 이쪽으로 몸까지 돌렸다. 이번에는 정면으로 시선이 마주쳤고 정애경은 온몸이 굳어졌다.

"여긴 어떻게?"

다가간 강우진이 물었을 때 정애경이 애매한 웃음을 짓고 대답했다.

"호텔에서 내다보고 따라온 거죠."

그러고는 덧붙였다.

"딴 의도는 없어요. 오해 마세요."

"그러죠. 오해 안 합니다."

정색한 강우진이 한 걸음 다가섰다.

"우리 해장이나 먹으러 갑시다."

강우진이 손을 뻗어 정애경의 손을 쥐었다.

"별 의도 없이 잡은 것이니까 오해 말아요."

김우진의 손은 따뜻하고 컸다. 거기에다 악력이 세었는데 정애경은 마치 손이 둥지 안에 들어간 새처럼 느껴졌다. 그리고 자연스러웠기 때문에 손을 잡힌 채 소나무 숲을 빠져나왔다.

횟집에서 매운탕을 시켜놓고 강우진이 호텔에 전화를 했다. 오전 8시 반이다.

"어? 너희들 어디야?"

조영철이 대뜸 물었다.

“우리 매운탕 시켰는데, 나올래?”

“아니.”

대번에 거절한 조영철이 말을 이었다.

“우리가 끼는 게 별로 바람직하지가 않네. 거기서 잘 해봐라.”

“알았어.”

“오후에 속초나 다녀오지.”

“좋아.”

“어때? 오늘 밤 너희들 분가해 나갈 수 있겠냐?”

“그저 물 흐르는 대로.”

“지랄.”

“전화 끊는다.”

조영철의 뒷소리를 듣지 않고 강우진이 전화를 끊었다.

“전 석 달 전에 애인하고 헤어졌어요.”

매운탕 국물을 떠먹고 난 정애경이 입맛을 다시면서 말했다. 매운 국물 때문인지 볼이 붉어져 있다.

“윤아가 날 위로해준다면서 어제 데리고 나온 거죠.”

강우진은 고개만 끄덕였다. 정애경이 말을 이었다.

“우진 씨 만나서 좋았어요. 왠지 기운이나요. 다시 시작할 수 있을 것 같아요.”

“…”

“그래요, 시간이 약이죠.”

“…”

“그런데 제가 왜 헤어졌는지 궁금하지 않으세요?”

“전혀.”

강우진이 바로, 그것도 머리까지 저으면서 대답했다.

“돈 받을 것이 있다든가 상해를 입었다면 내가 도와드릴 수 있겠지만.”

“그건 아녜요.”

정애경의 얼굴에 쓴웃음이 번졌다.

“그냥 털어놓고 싶기 때문이죠. 털어서 날려 버리려고.”

“그럼 털어요.”

강우진이 손을 들어 주인을 부르고는 소주를 시켰다. 해장술을 먹지 않으려다가 시킨 것이다. 강우진이 잔에 술을 따를 때까지 쳐다만 보던 정애경이 입을 열었다.

“결혼까지 약속했는데 남자가 딴 여자를 만났어요.”

“…….”

“부모가 소개해준 여자래요. 만난 지 두 달 되었다는군요. 남자 아버지 거래처 사장의 딸이라는군요.”

강우진이 소리 죽여 숨을 뱉었다. 다 똑같은 이야기, 그러나 본인은 죽을 생각까지 하는 사연.

식당을 나왔을 때는 오전 9시가 되어 갈 무렵이다.

“호텔로 돌아갈까요?”

식당 앞에 선 강우진이 묻자 정애경이 바로 고개를 저었다.

“아니, 둘만 있도록 놔두죠. 그들도 그걸 바랄 것 같으니까.”

“하긴.”

강우진이 고개를 끄덕이고 정애경에게 다시 물었다.

“거긴 어때요?”

“뭐가요?”

"거기도 혼자 있고 싶어요?"

"우진 씨 좋을 대로."

그때 강우진이 한 걸음 발을 내딛으면서 말했다.

"설악산이나 갑시다. 이젠 산을 보고 싶군."

"좋아요."

정애경의 목소리가 밝아졌다.

"산길을 걷고 싶어요."

택시를 타고 설악산까지는 1시간도 안 걸렸다. 설악산 근처에서 차가 밀렸어도 그렇다. 제각기 셔츠에 구두 차림이었기 때문에 강우진은 설악산 입구의 등산복 가게로 들어섰다.

"여기 왜요?"

따라 들어선 정애경이 묻자 강우진이 둘러보면서 말했다.

"이틀 동안 이 차림으로 돌아다닐 수는 없으니까요."

"옷 사시게요?"

"신발까지 다."

"그럴 필요는 없는데…."

"옷 골라요, 신발도."

점퍼를 고르면서 강우진이 말했다.

"배낭까지 사서 입고 온 옷하고 신발을 넣으면 되겠다."

흔들바위 아래쪽의 바위 그늘에 나란히 앉았을 때 정애경이 입을 열었다.

"우진 씨는 여자친구 있어요?"

"있었느냐고 물어봐야죠."

강우진이 쓴웃음을 지었다.

“여친 있는 놈이 이렇게 놀겠어요?”

“하긴 그렇지만.”

“나도 헤어졌습니다.”

“그렇군요.”

“1년쯤 되었네요.”

강우진이 배낭에서 생수병을 꺼내 한 모금을 삼켰다. 시아 이야기를 하면서 이제는 소설 줄거리 이야기를 하는 것 같다. 시간이 지났기 때문이지. 이렇게 잊고, 새로 만들고 하는 건가? 아래쪽을 내려다보는 정애경의 옆모습을 보면서 강우진의 머릿속에 떠오른 생각이다. 김시아가 지금 베이징의 대양상사 중국법인에서 근무한다는 것, 그리고 최수영과 가까운 사이라는 것도 안다. 최수영은 지금 동성상사의 영업부 사원이다. 내년에 대리 진급 예정자가 될 것이지만 경쟁이 2 대 1이다. 어려울 것이다. 그때 고개를 든 정애경이 강우진을 보았다.

“지금도 가끔 생각해요?”

“조금 전에도. 그런데 얼굴은 떠오르지 않네.”

강우진이 웃음 띤 얼굴로 정애경을 보았다.

“내가 이런 이야기를 다른 사람하고 하다니. 그것만으로도 신기해요.”

“왜요?”

“못 할 것 같았거든요.”

“왜요?”

“이해 못 해요?”

“아니까 표현해보라는 거죠. 나보다 선배시니까.”

“참 내.”

“난 겨우 꺼냈어요. 석 달이 지난 지금.”

"난 지금 꺼낸 셈인데, 1년 만에."

"그럼 1년 동안 담고 계셨구나."

"발효가 잘되었지. 잘 묵은 술이 된 것 같은데."

그때 정애경이 무릎 위에 턱을 놓고 두 손으로 다리를 감싸 안았다.

"아, 좋다."

앞쪽은 바위산이다. 좁은 산길을 타고 등산객들이 올라가고 있다. 경치는 별로다. 강우진이 우두커니 앞만 보았고 정애경이 말을 이었다.

"고마워요, 우진 씨."

"뭐가?"

"이야기 상대가 돼줘서요."

"서로 좋은 거지."

"이렇게 부딪치면서 사는가 봐요."

강우진이 자리에서 일어나면서 손을 내밀었다.

"자, 산을 올라갔다가 내려갑시다."

회의, 회의실에 모인 인원은 셋, 강우진과 조태길 부장, 김병문 과장이다. 오전 8시 45분, 출근 시간이 8시 반이라 출근하자마자 회의를 하는 것이다.

"하바로프스크 지점장은 가능성이 충분하다고 합니다. 러시아 정권이 바뀌더라도 채굴권은 지장이 없을 것이라는데요."

조태길이 말했다.

"유전이 시베리아 북단에 있어서 아무도 개발권을 사려고 하지 않는 것이 문제이긴 합니다.

지금 조태길은 시베리아의 유전 개발권에 대해서 보고하는 중이다. 동성상사 하바로프스크 지점장은 하바로프스크 주정부에 오퍼를 내놓은 상태다. 강우진이 조태길에게 물었다.

"조 부장 생각은 어때요?"

"저는."

조금 당황한 조태길이 숨을 들이켜고 나서 입을 열었다. 어느새 어깨를 펴고 있다.

"반대합니다."

"그 이유는?"

"동성은 유전 개발 같은 위험부담 요소를 안고 갈 만큼 한가하지 않습니다."

"그렇군요."

고개를 끄덕인 강우진이 김병문을 보았다.

"김 과장은?"

"저도 반대입니다."

그렇게 말하고 김병문은 시선을 내렸다. 그러더니 말을 이었다.

"동성은 그동안 공격적인 사업 확장을 위주로 대단한 성과를 올렸지만, 회장님 말씀대로 이제는 안정 성장을 해야 할 시기입니다."

강우진이 다시 고개를 끄덕였다. 그것이 강석규의 5개년 목표이기도 했다. 5개년 목표는 작년부터 시행되고 있다. 그래서 기획실에 하바로프스크 지사에서 온 유전 개발 프로젝트가 쌓여 있다. 그때 강우진이 입을 열었다.

"그렇다고 회사 전체가 안정 성장을 목표로 이런 프로젝트를 무시할 수는 없다는 생각이 드는데…."

둘의 시선을 받은 강우진이 쓴웃음을 지었다.

"회장 아들이 앞뒤 모르고 덤빈다는 소리를 듣겠지만 나라도 나서는 것이 낫겠다는 생각이 들어서 그래요."

강우진이 앞에 놓인 프로젝트 서류를 들었다가 놓았다. 두께가 20센티쯤 되는 서류다. 하바로프스크 지사에서 공을 들여서 작성해온 자료이다.

"내가 우연히 이 서류를 보고 그런 생각이 들었어요. 이런 일을 밀고 나갈 사람은 회장 아들인 나밖에 없겠구나, 하고 말입니다."

"…."

"내가 회장님 말씀이나 잘 듣고 사고 안 치면서 세월 보내다가 후계자로 올라갈 생각이 아직 없어서 그럽니다."

"…."

"그렇다고 회사를 망칠 생각은 없고, 두각을 나타내 보이겠다는 공명심도 없어요. 내가 내 자신을 곰곰이 분석한 후에 말하는 겁니다."

둘은 이제 숨도 죽이고 있다. 숨을 고른 강우진이 말을 이었다.

"이 프로젝트, 내가 회장님 허락을 받을 테니까 추진 계획을 만들어 와요. 책임은 내가 질 테니까."

그날 저녁, 오후 9시 반, 회사에서 퇴근한 강석규가 응접실에서 기다리던 강우진을 보더니 옷을 벗으면서 묻는다.

"밥 먹었냐?"

"예, 식사하셨어요?"

"그래, 중국 대사하고 밥 먹었다."

재킷을 벗어 홍한에게 넘겨준 강석규가 소파 앞자리에 앉았다. 가정부 홍한은 베트남인이다. 저택에는 베트남인 가정부가 네 명 근무하고 있다. 홍한에게 커피를 시킨 강석규가 강우진을 보았다.

"그래, 오늘 직원들한테 말했어?"

"예, 아버지."

강우진이 쓴웃음을 지었다.

"제가 아버지 허락을 받아온다고 했습니다."

"그래?"

강석규가 홍한이 가져온 커피를 한 모금 삼켰다.

"그놈들이 눈치챘을지도 모르겠다. 너하고 내가 미리 말을 맞춘 것을 말이다."

강우진의 표정을 본 강석규가 풀썩 웃었다.

"기조실 부장이나 과장쯤 되면 윗사람 표정만 봐도 머릿속을 짐작할 거다."

"…."

"더구나 넌 아직 표정 관리가 서툴거든."

"그럴까요?"

"포커페이스를 배워."

"네, 아버지."

"내일 정식으로 기안서류를 그룹 비서실로 내라. 내가 고 실장한테 말해 놓을 테니까."

정색한 강석규가 말을 이었다.

"내가 안정 성장을 경영 목표로 내세웠더니 소극적인 분위기가 만연되고 있어. 네가 잘한 거다."

이 프로젝트는 강우진의 제의로 시작된 것이다.

"밥은 먹었어?"

최수영이 묻자 김시아가 큭큭 웃었다.

"자기는 꼭 밥 먹었느냐고부터 묻더라."

"버릇이지. 아니, 대를 이어온 습관."

웃음 띤 목소리로 최수영이 말했다.

"가난했거든, 그래서 어머니한테서 그 인사말을 배운 거야."

"자기만 그랬나? 우리 엄마도 그래."

오전 10시 10분, 회의를 마치고 잠깐 사무실을 나와 최수영이 전화를 하는 중이다. 베이징 시간은 9시 10분, 김시아도 출근한 시간이다.

"거기, 아침 식사 메뉴는 뭐야?"

최수영이 다시 물었다. 김시아는 회사에서 제공한 아파트에서 산다. 방 4개짜리에 7명이 산다는데 여자 기숙사 같다고 했다. 아침저녁 식사는 조선족 가정부가 만들어 준다는 것이다.

"응, 뷔페식이야. 계란프라이, 국수, 소시지, 밥, 김치, 된장국, 오늘은 김치찌개가 나왔어."

"그만하면 훌륭하네."

"콩나물국밥이 먹고 싶어."

"거긴 없나?"

"없어. 짜장면, 짬뽕도 없어."

"한국 식당에 가면 있다던데."

"조선족이나 한인들이 하는 한국 식당이야. 두 달 동안 일요일마다 나갔지만 못 찾았어."

"벌써 두 달이나 되었구나."

"그러네."

"시아야, 나 보고 싶지 않아?"

"만날 영상으로 보잖아."

퇴근하면 집에서 영상으로 통화하는 것이다. 최수영이 혀를 찼다.

"내가 이번 금요일 저녁에 베이징에 갈까? 일요일 저녁에 돌아오게."

"흥, 마음에도 없는 말 그만해."

김시아가 말을 이었다.

“비행깃값까지 백만 원 정도가 훅 날아갈 텐데 좀 참아.”

“앞으로 넉 달이나 남은 거 아냐, 휴가 때까지?”

“시간이 금방 간다며?”

그때 김시아의 목소리가 빨라졌다.

“회의야. 이따 집에서 전화해.”

통화가 끊겼기 때문에 최수영은 핸드폰을 주머니에 넣었다.

사무실로 돌아온 최수영을 과장 오창규가 불렀다.

“어디 갔다 온 거야?”

“예, 화장실에….”

“넌 꼭 필요할 때 자리에 없더라.”

이맛살을 찌푸린 오창규가 최수영을 노려보았다. 33세, 입사 7년 차, 영업3부 4과장으로 최수영의 직속상관이다. 거구에 비대한 체격이지만 눈치가 빠르고 약삭빠른 처신 때문에 별명이 여우다. 윗사람한테는 싹싹하고 하급자는 뭉개는 성품. 오창규가 입을 열었다.

“네가 지난번 하바로프스크에 갔다 왔지?”

“예, 그렇죠.”

한 달 전에 3박 4일로 다녀왔다. 하바로프스크 지사에서 작성한 ‘유전개발 프로젝트’를 확인차 간 것이다. 하바로프스크는 3부 4과가 담당하는 지역이다. 오창규가 이맛살을 찌푸렸다.

“기조실이 요즘 할 일이 없는가 보다. 지난번에 하바로프스크에서 보낸 유전개발 프로젝트를 검토해보라는 거야.”

고개를 든 오창규가 쓴웃음을 지었다.

“내가 정보 루트를 통해서 알아보았더니 하바로프스크 지사 기를 세워주려고 검토하는 시늉을 하는 거야.”

“….”

“그래서 이번에 기조실 과장이 하바로프스크로 출장을 간다는군. 그러니까 네가 수행해서 다녀와.”

“제가요?”

“네가 유전 현장까지 가 봤다고 했지?”

“예, 갔지요.”

“현장 설명도 들었고, 그렇지?”

“예, 추워서 혼났어요.”

“그러니까 네가 따라갔다가 와. 기조실에서 담당자를 보내라고 했어.”

“언제 출발인데요?”

“그건 기조실에다 물어봐. 영업팀 김병문 과장이야.”

그러고는 의자를 돌려 등을 보였다.

기조실 과장은 영업부나 상사의 다른 과장과는 급이 다르다. 군대로 말하면 동성상사가 사단이라고 할 때 기조실 과장은 사단장 직속의 작전참모다. 그러니 기조실 과장이 영업부 부장과 같은 대접을 받는 것이 이상하지 않은 것이다. 기조실로 들어선 최수영은 좀 얼어 있었지만, 김병문은 친절하게 맞았다. 회의실로 데리고 들어간 김병문이 직접 커피를 따라 주었다. 이곳은 커피포트에서 커피를 끓여 먹는다. 최수영이 커피 잔을 들었을 때 김병문이 물었다.

“유전에 다녀왔지?”

“예, 과장님.”

“하바로프스크 지사 기 세워주려고 가는 거야.”

김병문은 웃음 띤 얼굴로 말했다.

"애써서 자료 만들어 보냈는데 말야."

아, 과연 오창규의 정보력은 훌륭하구나.

# 12장. 참새의 눈물, 그리고

최수영이 영업부로 돌아왔을 때 기다리고 있던 오창규가 물었다.

"뭐래?"

"과장님 말씀이 맞습니다."

"뭐가?"

제가 한 말이 뭔지 잊은 오창규가 되물었다.

"하바로프스크 지사 분위기를 살려줘야겠다고 합니다."

"거 봐."

오창규가 빙그레 웃었다.

"하바로프스크에는 누가 간대?"

"김병문 과장입니다."

"혼자?"

"아마 그런 것 같습니다."

"그럼 너하고 둘이 가는군. 언제?"

"곧 통보해준다고 했습니다."

"알았어. 출장 준비나 해."

오창규가 의자를 돌려 앉았다.

"너 요즘 어떠냐?"

서류를 덮은 고재성이 강우진을 보았다. 오전 10시 반, 그룹 비서실장실 안, 방금 고재성은 시베리아 유전개발 프로젝트 서류를 읽고 나서 물은 것이다. 강우진이 고재성의 시선을 맞받았다.

"뭐가요?"

"네 사생활."

"별거 없어요."

"여자 안 만나?"

"가끔요."

"술 마실 때?"

"그 정도죠."

"김시아 이야기는 들었지?"

마침내 고재성이 본론을 꺼내었다.

"예, 약간."

"대양상사 베이징 법인에서 근무하고 있더군. 중국어를 잘해서 그런 모양이야."

"…."

"입사 성적이 좋았어. 우리 회사도 입사할 수 있었을 거다."

"이젠 잊어가고 있어요."

"네가 기억하라고 일부러 끄집어내는 게 아냐."

고재성이 정색하고 강우진을 보았다.

"김시아가 상사 영업부 사원하고 친한 사이가 된 것도 아니?"

"압니다."

"이름이 최수영이더라, 입사 3년 차."

"…."

"이번 이 유전 프로젝트의 기안 서류 전달자가 최수영이더군. 알고 있지?"

"예, 실장님."

"이놈하고 연결된 건 의도적인 것이 아니지?"

"그럴 리가요."

강우진이 정색하고 고개까지 저었다.

"그건 우연입니다."

"운명이냐?"

"운명까지는…."

"너한테는 가치 없는 놈이다."

"예, 상관없는 인간이죠."

"사원이지."

"그렇다면 이번 출장에서 최수영을 배제시키겠습니다."

"아니, 그럴 필요는 없지."

고재성이 쓴웃음을 짓고 말했다.

"데리고 가라. 그것이 더 자연스럽다."

"…."

"네가 죄지은 것 있냐? 앞으로도 만나게 될 텐데, 그놈이 잘리지 않는 한 말이다."

"알겠습니다."

"그리고."

고개를 든 고재성이 강우진을 보았다.

"정혜원이 영국에서 양성호하고 비밀 결혼을 했다. 알고 있어?"

"몰랐는데요."

"양성호가 누군지는 알지?"

"모릅니다."

"정말이냐?"

고재성이 눈을 가늘게 떴다. 떠보는 것 같다. 그러더니 한숨을 쉬고 나서 말했다.

"천재 피아니스트 몰라? 국제 콩쿠르에서 두 번이나 특상을 받고 카네기홀에서 미국 대통령 앞에서…."

"모릅니다."

강우진이 말을 잘랐다.

"전혀."

"알았다."

고재성의 얼굴에 쓴웃음이 번졌다.

"신혼여행은 바하마로 갔다가 왔단다. 살림집은 파리에 구해놓았다는군."

강우진이 고개만 끄덕였고 고재성은 혼잣말처럼 말을 이었다.

"걔는 예술가를 좋아하는 모양이야. 처음에는 화가더니 지금은 피아니스트야."

"나 러시아 출장이야."

밤, 집에서 최수영이 핸드폰에 대고 말했다. 영상통화다. 핸드폰 화면에 김시아의 화장하지 않은 얼굴이 드러났다. 김시아가 눈을 둥그렇게 떴다.

"응? 러시아? 왜?"

"시베리아 유전 프로젝트 때문에."

"동성에서?"

"응."

"거기에 오빠가 참가하는 거야?"

"응, 뽑혔어."

"…."

"난 싫다고 했는데 위에서 가라고 하네."

"…."

"에이, 귀찮아."

"며칠간 가는데?"

"응, 일주일쯤 될 것 같아."

"언제 가는데?"

"곧, 기조실 팀하고 같이 가야 해."

최수영이 화면에 대고 한숨을 쉬었다.

"남들은 기조실 팀하고 같이 간다니까 출세했다는데 말야. 난 귀찮아."

"…."

"거기 갔다 와서 며칠 휴가 내고 널 만나러 가든지 해야겠다."

"그거, 잘 다녀와."

김시아가 똑바로 최수영을 보았다. 눈동자가 깊어진 것 같았기 때문에 최수영이 잠깐 숨을 죽였다.

통화를 끝낸 김시아가 벽에 등을 붙이고 앉았다. 아파트 안, 두 명씩 방 하나를 쓰는데 함께 방을 쓰는 선배가 서울 출장을 갔기 때문에 혼자다. 흐려진 눈으로 앞쪽 벽을 본 김시아의 눈앞에 강우진의 모습이 떠올랐다. 그러나 얼굴은 흐리다. 그만큼 감정도 무디어졌다. 김시아가 저도 모르게 고개를 저었다. 최수영은 동성상사에 목을 매고 있다. 최수영과 함께 있는 동안 강우진이 떼어지지 않는다. 잊었다가도 최수영의 말끝에 아니, 최수영의 존재만으로도 강우진이 귀신처럼 붙어오는 것이다.

"너 들었냐?"

들어선 조선숙이 바로 물었기 때문에 정애경이 고개만 들었다. 조선숙은 어머니의 하나뿐인 동생이다. 그러나 입이 가벼워서 별명이 촉새다. 촉새를 본 적도 없지만 아마 남의 험담을 잘하고 소문을 잘 내는 새인 것 같다. 그래서 정애경은 가능한 한 조선숙과 말을 섞지 않았는데 어쩌랴, 이모부가 상가 1동을 갖고 있어서 어머니는 5평짜리 가게를 공짜로 빌려 '화장품 대리점'을 하는 것을. 오후 7시 반, 아파트 안, 집에는 조선숙과 정애경뿐이다. 동사무소 직원인 아버지는 돌아오지 않았고 어머니는 10시가 되어야 가게 문을 닫는다. 조선숙이 들고 온 과일 봉지를 탁자에 내려놓더니 다시 물었다.

"정말 못 들었어?"

"뭘요?"

오늘도 퇴근하자마자 곧장 집으로 돌아와 저녁 준비를 하고 있던 참이다. 조선숙이 지나다가 들렀다고 하지만 속셈이 있는 것이 분명했다. 그때 조선숙이 입을 열었다.

"한강상사가 부도가 났다는구나."

조선숙이 번들거리는 눈으로 정애경을 보았다. 조선숙은 정애경의 사연을 다 알고 있다.

"아, 글쎄, 며칠 사이에 그 큰 회사가 부도가 나다니…."

정애경이 숨을 들이켰다. 한강상사는 최병수의 부친이 경영하는 회사이다. 조선숙의 목소리가 열기를 띠었다.

"인과응보, 아니 천벌을 받은 거다. 안 그러냐? 진배 아빠가 그러는데 5백억 부도를 냈단다. 주거래 업체인 동성상사가 글쎄, 오더를 딱 끊어버렸기 때문이란다. 계약 기간이 만료되었다나? 그놈 애비 회사는 그런 줄도 모르고 자동으로 계약이 연장될 줄 알았다가 날벼락을 맞은 거지. 그것이 바로 천벌이야."

"이모, 그만."

"하청 회사 주제에 사장 아들이라고 별 유세를 다 부리더니 천벌을 받았지."

정애경은 입을 다물었다. 진짜 천벌인가? 진짜 이럴 수도 있나?

"기업 경영은 자전거 타는 것이나 같아."

된장국을 떠먹으면서 강석규가 말했다. 홍한이 소리 없이 다가와서 겉절이 김치를 내려놓고 돌아갔다. 베트남 고춧가루로 버무린 겉절이 김치는 눈물이 나올 만큼 매웠지만 맛있다. 그래서 두 접시째 가져온 것이다. 오후 8시 40분 강석규와 강우진은 저택에서 저녁 식사를 하는 중이다. 강석규가 말을 이었다.

"페달을 밟지 않으면 넘어져. 그러니까 쉬지 않고 돌려야 돼. 점점 세게, 가능하면 더 빨리."

밥을 떠 입에 넣은 강석규가 겉절이를 집어 씹었다. 그러면서 말을 잇는다.

"페달 돌리는 속도가 느려지면 핸들 조종하기가 힘든 법이지 않니? 기업은 그런 법이다."

강석규가 똑바로 강우진을 보았다.

"기업이 커지면 재산에 대해서도 무감각해지는 법이야. 나뿐만 아니라 다른 대기업 총수들도 그럴 거다. 재산 늘리는 것도 의미가 없어져, 돈 갖고 무덤에 갈 필요는 없으니까."

젓가락을 내려놓은 강석규가 쓴웃음을 지었다.

"나도 전에는 비자금도 쌓아놓았지만, 지금은 그런 거 안 한다. 비자금은 비상용으로 사용하는 돈이 된 것이지."

"비자금이 있으세요?"

"그럼, 그건 나하고 고 실장만 안다."

"얼마나 되는데요?"

"한 백억 불쯤 되나?"

“으악!”

“그것이 매일 불어나고 있어.”

“그걸로 다 뭘 하시게요?”

“너한테 넘길 테니까 네가 알아서 해.”

“다 기부해도 돼요?”

“흥.”

풀썩 웃은 강석규가 된장국을 떠 입에 넣었다.

“그럼 너한테 맡기마.”

“아이구!”

“피땀 흘려 모은 돈이야. 네가 돈 가치를 알게 되면 생각도 변할 거다.”

“알겠습니다.”

매일 아침저녁, 휴일에는 하루 종일 둘은 이렇게 이야기를 한다.

“어, 자네가 이번 출장에 동행하나?”

최수영의 인사를 받은 조태길이 시선도 주지 않고 물었다.

“예, 부장님.”

부동자세로 선 최수영의 얼굴이 상기되었다. 기조실의 회의실 안, 오늘은 출장 준비 모임이다. 방 안에는 조태길과 김병문, 최수영까지 셋이다.

“거기 앉아.”

조태길이 눈으로 앞쪽을 가리켰다.

“예, 부장님.”

조심스럽게 앞쪽 자리에 앉은 최수영이 숨을 골랐다. 조태길은 기조실 영업담당 부장으로 영업부 전무와 맞먹는다. 실제로 영업부 상무가 조태길 앞에서 설설 기는 것도 목격했다. 기조실 부장에서 계열사 부사장으로 가는 건 비일비재다.

동성그룹은 계열사가 63개나 되는 것이다. 그룹 주력사 중 하나인 동성상사 기조실은 총리 비서실쯤 될까? 그룹 비서실은 청와대 비서실이고, 그때 조태길이 말했다.

"출장은 이틀 후야. 일정표 받아가도록."

"예, 부장님."

"하바로프스크에도 연락해놨어."

"예, 부장님."

"자네는 김 과장 보좌역으로 안내역 겸 수행원 역할이야. 알겠나?"

"예, 부장님."

대답만 했는데도 땀이 났기 때문에 최수영은 손등으로 닦을까 말까 망설이다가 놔두었다.

"그리고."

어깨를 부풀렸다가 내린 조태길이 최수영을 보았다.

"이번 출장에 상무님이 동행하시니까 그렇게 알고 있도록."

"예, 부장님."

대답은 했으나 최수영은 어리둥절했다. 영업부 상무인가? 아니면 기조실 상무인가? 기조실에는 상무가 셋이나 있다. 그때 조태길이 말을 이었다.

"명심해."

"예, 부장님."

"이번 출장에 강 상무님이 가신다."

"예, 부장님."

"강 상무님이 인솔자로 가시는 건 대외비야. 영업부 담당 과장한테도 발설하지 말도록."

그러더니 똑바로 최수영을 응시했다.

"알았나?"

"예, 부장님."

조태길의 시선을 받은 최수영은 뇌가 하얗게 된 느낌을 받는다.

입을 닥치라고? 입이 근질거리는 것은 물론 입을 다물고 있으니까 몸에 두드러기가 날 지경이다. 그래서 그날 밤, 퇴근하고 집에 돌아온 즉시 최수영이 입을 열었다. 누구에게? 김시아에게.

"나 이틀 후에 시베리아에 간다."

"이틀 후야?"

되물은 김시아가 영상을 통해 빤히 최수영을 보았다.

"왜 그래? 지금 화장실이야?"

"아니, 왜?"

"표정이 이상해서."

"아니, 그것보다."

"왜 서둘러?"

"뭐가?"

되물었던 최수영이 와락 말했다.

"내가 누구하고 같이 가는지 알아? 강우진 상무하고 가는 거야!"

"…."

"회사에서는 극비로, 내가 강 상무를 수행하고 가는 거야!"

최수영이 눈을 부릅떴다.

"잘하면 내가 올해 진급할지도 모르겠다. 물론 잘 보여야겠지만 말야!"

통화를 끝낸 김시아가 우두커니 앞쪽의 벽을 보았다. 처음에는 머리가 멍해져 있다가 차츰 정신이 들면서 가슴이 답답해졌다. 강 상무, 강우진, 그리고 최수영. 강 상무를 수행하고 출장을 가는 최수영, 그것으로 진급을 꿈꾸는 최수영, 갑자기 술 생각이 났기 때문에 김시아가 풀썩 웃었다. 이래서 사람들은 술을 먹는가 보다.

오후 7시 반, 소공동 지하상가의 커피숍에서 강우진과 정애경이 앉아있다. 정애경이 연락을 해온 것이다. 강릉에 다녀온 지 일주일 만이다.

"회사 잘돼요?"

정애경이 문득 물었기 때문에 강우진이 고개를 들었다.

"무슨 말요?"

"우진 씨 회사."

"내 회사?"

"거기도 하청 회사라고 했죠?"

"아, 그거야."

강우진이 이맛살을 모았다. 조영철이 뭐라고 했는지 기억이 나지 않았기 때문이다. 대기업 하청 회사라고 한 것은 맞다. 그런데 회사 이름이 뭐였던가? 그때 정애경이 말을 이었다.

"하청 회사가 망하는 걸 봐서요."

"그런가?"

"우진 씨 회사는 괜찮아요?"

"아, 물론."

"한강상사라고 알아요?"

"모르는데."

"거기가 부도를 냈다는데, 동성상사가 오더를 끊는 바람에요."

"안됐네."

고개를 든 강우진이 쓴웃음을 지었다.

"술이나 한잔합시다."

소공동 골목의 포장마차로 자리를 옮겼다. 지하상가에서 나와 골목에 자리 잡은 포장마차로 들어간 것이다. 손님이 그들 둘뿐이다. 나란히 앉은 정애경이 웃음 띤 얼굴로 강우진을 보았다.

"그런 말 있죠, 참새가 황새 따라가단 다리가 찢어진다는?"

강우진이 잠자코 정애경의 잔에 술을 따랐다. 그렇다. 한강상사는 강우진이 부도를 내게 했다. 강릉에서 돌아온 후에 강우진이 조태길을 부른 것이다. 긴장해서 상무실로 들어온 조태길에게 강우진이 말했다.

"하청 회사 중에서 한강상사라고 알아요?"

"모르겠습니다."

조태길의 눈동자가 흔들렸다. 갑자기 하청 회사를 물어보다니. 어디 하청 회사가 하나둘인가? 하청에 재하청, 재재하청, 재재재까지 있으니 수백 개다. 그때 강우진이 말했다.

"찾아보세요. 한강상사라고, 사주가 최 사장이라고 들었어요."

"예, 상무님."

"그런데 우연히 들었는데 그 회사 소유주 인성이 좋지 않다고 합니다. 동성의 명예를 손상하는 것 같아요. 조처해야 하지 않겠어요?"

"지당하신 말씀입니다."

어깨를 부풀린 조태길이 강우진을 보았다. 두 눈이 번들거리고 있다.

"제가 즉시 조처하지요."

원인 조사할 필요도 없다. 조태길이 모르는 회사라면 재하청이나 재재하청 회사일 것이다. 영업부에 전화 한 통이면 된다. 만일 꾸물거린다면 공모자로 몰릴 테니 영업부는 전광석화처럼 처리할 것이었다. 그렇게 한강상사는 부도가 났다.

다시 정애경이 말을 잇는다.

“우진 씨도 조심해요. 대기업에 잘못 보이면 몇백억 매출 올린다고 으스대던 회사도 하루아침이라고요.”

“그런가?”

“참, 우진 씨 회사는 어느 대기업에서 하청을 받죠?”

“우린 재하청이라, 원청 회사가 동성일걸? 난 잘 몰라요.”

“어머, 어머, 어머, 거기도 동성이네.”

정애경이 술잔까지 내려놓고 놀랐다. 그때 강우진이 물었다.

“아까 참새, 황새 이야기는 왜 한 거죠?”

“그게….”

쓴웃음을 지은 정애경이 입을 열었다.

“유유상종 이야기를 하려고 했어요.”

“….”

“제 분수에 맞는 행동을 해야죠.”

“….”

“결국 그 황새도 헛다리인 것이 드러났지만요.”

그럼 정애경은 자신을 같은 참새로 본 것이지. 강우진이 한 모금에 소주를 삼키고는 길게 숨을 뱉었다. 정애경과 강릉에서 이틀 동안 함께 지냈지만 아무 일도 일어나지 않았다. 실연당한 정애경의 가슴이 뚫렸는지 알 수 없지만 그렇게 해주려고 옆에 있었던 것도 아니다. 이쪽도 뭔가 허전했기 때문이었다. 그리고 정애경은 예상하지도 못했던 큰 성과를 얻지 않았는가? 황새 다리가 부러져버린 꼴을 보게 된 것이다. 이렇게 만나자고 연락이 온 것도 속이 풀렸기 때문이겠지. 그때 강우진이 정애경의 잔에 소주를 따르면서 말했다.

"내가 곧 시베리아에 가요."

"어머, 왜요?"

"일 때문에."

"거기 추울 텐데."

"그렇겠죠."

"언제 돌아와요?"

"모르겠어요. 회사에서 몇 달 걸린다고 했는데…."

고개를 든 강우진이 정애경을 보았다. 눈동자가 흐려졌고 초점이 멀다.

오전 7시 반, 중국 시간은 6시 반이다. 핸드폰을 귀에 붙인 최수영이 벨 소리를 듣는다. 다섯 번, 여섯 번, 열 번, 열다섯 번까지 발신음을 듣고 나서 최수영은 핸드폰을 귀에서 떼었다. 김시아는 화장실에 간 모양이다.

"아무리 열심히 해도 능력이 안 되는 경우가 있어요."

강우진이 영업팀 간부들에게 말했다. 조태길 부장, 그리고 김병문, 양창호, 박문규 과장이다. 오전 8시, 기조실의 회의실 안, 강우진이 말을 이었다.

"내가 후계자라고 하지만 난 그대로 안주할 생각도 없고 그렇게 태어나지도 않았습니다."

강우진이 둘러앉은 넷을 보았지만 아무도 시선을 마주치지 않았다. 그렇게 태어나지 않았다는 말이 충격을 준 것 같다. 강우진은 숨겨진 아들이었고 2년쯤 전까지만 해도 조태길조차 모르고 있었던 존재였다. 강우진이 말을 이었다.

"첫째로 난 욕심이 없어요. 부(富)에 대한 집착, 권력욕, 그리고 동성을 지켜야겠다는 의무감도 없단 말입니다."

강우진의 얼굴에 희미한 웃음이 떠올랐다.

"내 측근인 여러분한테 미리 말해주는 겁니다. 아버지가 어떻게 생각하시든 난 내 직위에 맞지 않고 내 일을 감당할 수 없다고 느끼면 떠날 겁니다. 그것이 오히려 동성에 이로울 테니까요."

방 안에 정적이 덮였다. 지금 강우진은 신상 발언을 하고 있다. 후계자가 이런 식의 발언을 하는 것은 한국은 물론 외국에서도 드문 일일 것이다. 강우진이 말을 맺는다.

"뱁새가 황새 따라 걷다간 다리가 찢어지는 법이니까요."

정애경은 참새라고 했지만 원래 뱁새였다. 그걸 회사에서 써먹는다.

낮 12시 반, 공항으로 가는 버스 안에서 최수영이 핸드폰의 버튼을 누른다. 그러나 발신음이 20번 울릴 때까지 김시아는 응답하지 않았다. 그래서 문자를 찍었다.

"나 지금 공항으로 가는 중이야."

그러고는 잠깐 망설였다가 문자를 이어서 찍었다.

"상무님 모시고 가는 거라 긴장돼. 그러니까 내가 다시 연락할게."

강우진 상무 있는 데서 전화할 수는 없다. 절호의 기회에 무례한 장면을 보일 수는 없다.

김시아가 문자를 보았다. 핸드폰을 무음으로 해놓았지만, 문자는 바로 찍혀서 읽을 수가 있다. 문자를 읽고 난 김시아가 핸드폰을 뒤집어 놓았다.

공항 출국장의 출국 게이트 앞, 자리에 앉아있던 강우진이 앞으로 다가오는 김병문 과장과 한 사내를 보았다. 그때 옆에 앉아있던 조태길이 말했다.

"저기 김 과장하고 최수영 씨가 옵니다."

강우진에게 미리 최수영을 알려주는 것이다. 다가온 김병문이 강우진에게 고개를 숙이더니 최수영을 소개했다.

"상무님, 영업부 미스터 최입니다."

강우진이 자리에서 일어서자 그럴 줄 몰랐던 조태길이 서둘러 따라 일어섰다. 강우진이 손을 내밀었다.

"반갑습니다."

"예, 상무님. 반갑…. 저는 영업3부 4과 사원 최수영입니다."

강우진의 손을 두 손으로 잡은 최수영이 허리를 기역 자로 꺾었다.

"잘 부탁해요."

강우진이 지그시 최수영을 보았다. 긴 얼굴, 조금 큰 눈에 눈동자가 어지럽게 흔들렸다. 강우진의 시선이 2초쯤 머물었을 때 최수영의 얼굴이 하얗게 굳어졌다. 표정 변화가 빠르다.

"금방 강 상무 만났어. 악수하면서 잘 부탁한다고 하네. 내가 동성 후계자하고 방금 악수를 한 거야. ㅋㅋ"

문자가 또 왔다. 이번에는 김시아가 물끄러미 문자를 쳐다보고 있다. 점심시간이어서 사무실에 혼자 앉아있다.

30분쯤 후, 점심시간이 끝나갈 무렵, 김시아가 다시 문자를 받는다.

"으악, 비즈니스석을 처음 탄다. 이건 좌석이 침대야. 강 상무님 덕분에 우리 조사단 넷은 비즈니스야, 이따 도착하고 나서 연락할게. ㅋㅋ."

김시아는 길게 숨을 뱉었다. 점심시간이 지났지만 밥 생각이 없다. 밥맛이 다 달아났다.

"하바로프스크에는 오후 4시쯤 도착할 것입니다."

고재성이 말을 이었다.

"지사장이 준비해놓고 기다리고 있습니다."

고개를 끄덕인 강석규가 고재성을 보았다.

"그놈, 이번에 데려간 최 아무개란 사원 말야."

"예, 회장님."

기다리고 있었던 것처럼 고재성이 강석규를 마주 보았다.

"최수영입니다."

"의도적인 건 아니라고 했지?"

"예, 서류 전달자일 뿐이라고 했습니다."

"…."

"시간이 지나면 됩니다, 회장님."

"글쎄."

의자에 몸을 붙인 강석규가 쓴웃음을 지었다.

"애를 쓰는 것 같기는 해."

이번에는 고재성이 입을 다물었고 강석규가 말을 이었다.

"최가를 데려가서 옆에 두고 보는 것이 말야, 나는 그것이 우진이가 노력하는 자세라고 봐."

숨을 죽인 고재성을 향해 강석규가 웃어 보였다.

"최수영을 보면서 견디겠지. 그러고 나서 단련이 되면 잊게 될까?"

고재성은 눈만 깜박였고 강석규가 길게 숨을 뱉었다.

"불쌍한 놈."

오후 5시 반, 하바로프스크의 동성상사 지사의 회의실 안, 지사장 오택근이 유전 프로젝트에 대한 브리핑을 하고 있다. 강우진, 조태길, 김병문, 그리고 최수영이 둘러앉아서 듣는다. 오택근은 본사 차장급 지사장이다, 35세. 따라서 오택근에게 본사 기조실 부장인 조태길은 하느님이나 같다. 조태길 옆에 앉은 강우진은 하느님의 아버지뻘쯤 되겠지. 그래서 그런지 오택근에게 강우진이 잘 안 보이는 모양이다. 시선이 가지 않는다. 이윽고 브리핑을 마친 오택근이 부동자세로 서서 조태길을 보았다. 그러자 조태길이 강우진을 본다. 강우진의 말씀부터 듣겠다는 것이다. 그때 강우진이 오택근에게 물었다.

"여기 룸살롱 있어요?"

"예?"

오택근이 흐린 눈으로 강우진을 보았다. 그때 옆에 앉아있던 조태길이 숨을 들이켰다가 오택근에게 말했다.

"지사장, 상무님이 물으시잖아요?"

"예, 상무님."

입안이 말랐기 때문에 혀로 입술부터 축인 오택근이 말을 이었다.

"있는 것으로 알고 있습니다."

"거기 가보셨어요?"

"예, 아니 저는…."

"안 갔어요?"

"예, 아니, 제가, 저는…."

오택근의 얼굴이 하얗게 굳어졌다가 붉어졌다. 그때 강우진이 조태길에게 고개를 돌렸다.

"조 부장, 오늘 밤 지사장하고 같이 룸살롱에 갑시다."

"예, 상무님."

"지사장이 모르면 조 부장이 알아보세요."

"모를 리가 있습니까?"

고개를 든 조태길이 오택근을 흘겨보았다.

"제가 알아보겠습니다."

회의가 끝나고 복도로 나왔을 때 김병문이 웃음 띤 얼굴로 최수영을 보았다.

"하바로프스크가 러시아 미인들로 가득한 룸살롱이 많다고 소문이 났는데 지사장이 안 갔을 리가 있나?"

"글쎄 말입니다."

기가 살아난 최수영이 맞장구를 쳤다.

"저도 서울에서 소문을 들었는데요, 뭘."

"개자식이 거짓말 하고 있어. 안 그러냐?"

"맞습니다, 과장님."

"어쨌든 상무님이 지사장 포함해서 우리들 사기를 올려 주시려는 것 같다."

"아, 예."

"역시 파격적이시군."

김병문이 어깨를 부풀렸고 최수영은 심호흡을 했다. 문득 암행어사가 떠올랐다. 나는 암행어사를 수행한 포졸이다. 아니, 황태자를 수행한 친위대가 맞겠다.

룸살롱 파라다이스, 촌스러운 이름이지만 하바로프스크의 최고급 룸살롱이다. 룸살롱의 vip실에 다섯 명이 막 들어왔다. 면면을 보면 강우진, 조태길, 김병문, 최수영, 그리고 오택근이다. 이곳은 조태길의 지시를 받은 김병문이 찾아낸 곳이다. 오택근이 소개하지 않았다. 그래서 오택근은 손님처럼 이곳에 따라왔다. 방으로 안내된 다섯이 자리에 앉았을 때다. 인사차 방으로 들어선 지배인이 오택근을 보더니 깜짝 놀랐다.

"아이구, 사장님."

러시아인 지배인은 한국어가 유창했다. 지배인이 말석에 앉은 오택근에게 환하게 웃어 보였다.

"어제도 오시더니 오늘 또 오셨네요."

오택근은 사색(死色)이 되었고 지배인의 말이 이어졌다.

"파트너 소냐를 당장 데려오겠습니다."

지배인은 오늘도 오택근이 주빈인 줄 아는가 보다.

지배인이 물러갔을 때 방 안에 잠깐 살벌한 분위기가 덮였다. 그것은 조태길과 김병문까지 오택근을 노려보았기 때문이다. 말은 안 했지만, 그 눈빛은 이런 말을 한다.

'뭐? 룸살롱을 몰라? 개새끼 같으니.'

'뭐? 어제도 여기 왔다고? 이거 웃기는 놈이네.'

'단골 파트너가 있어? 소냐야?'

그때 강우진이 말했다, 입으로.

"괜찮아요. 긴장 풀어요, 지사장."

모두의 시선을 받은 강우진이 얼굴을 펴고 웃었다.

"룸살롱에 올 수도 있지. 갑자기 물어보니까 당황했겠지."

오택근은 숨만 쉬었고 강우진이 말을 이었다.

"자, 술이나 합시다."

여자들은 눈이 번쩍 뜨일 만큼 미인들이다. 다섯 명이 들어와 제각기 남자들 옆에 앉았는데 말석의 최수영한테도 숨이 막힐 정도의 여자가 배당되었다. 우윳빛 피부는 대리석처럼 매끄러웠고 황금색 머리가 어깨까지 닿았다. 상석에 앉은 강우진의 여자보다 더 나은 것 같다. 그때다. 조태길이 눈썹을 모으고는 오택근의 파트너를 노려보았다.

"네가 소냐냐?"

그러자 여자가 웃음 띤 얼굴로 대답했다.

"맞아요, 오빠."

소냐는 아직 분위기를 모른다. 그때 조태길이 다시 물었다. 조태길도 웃음 띤 얼굴이다.

"네 파트너가 어제도 왔다면서?"

"네, 오빠."

"한 달에 몇 번 정도나 오냐?"

"한 10번 정도."

소냐가 오택근에게 몸을 딱 붙이면서 말을 잇는다.

"아주 매너가 좋아요, 이 오빠는."

그때 강우진이 조태길을 보았다.

"그만."

"예, 상무님."

조태길이 입을 다물었을 때 강우진이 고개를 돌려 오택근을 보았다.

"유전의 전망은 어때요? 가능성이 있나?"

"예, 상무님."

오택근이 고개를 들고 말을 이었다.

"가능성은 있습니다."

두 눈이 번들거리고 있다.

또 문자가 왔다. 밤 11시, 김시아가 방 안에서 핸드폰에 찍힌 문자를 보았다.

"나 상무님하고 룸살롱에 갔다가 왔어. 이걸 다 문자로 보낼 수는 없지. 말로 해야 하는데, 길어. 재미있어. 난 상무님이 이런 스타일인지 몰랐어. 존경심이 일어난다. 나하고 동갑인데 말야. 내일 다시 연락할게. 전화 좀 받아라. 잘자."

다음 날 오전, 강우진이 헬기를 타고 하바로프스크 북방 200킬로 지점의 유전 발굴 예정지로 날아갔다. 하늘은 맑았으나 영하 20도의 날씨다. 유전 예정지에는 하바로프스크 주정부의 부지사까지 기다리고 있었는데 관리들만 수십 명이다. 부지사 알렉세이가 다가온 강우진을 맞이했다.

"어서 오시오."

손을 내민 알렉세이가 강우진을 지그시 보았다. 유전에서 강우진을 만나자고 한 것이다. 강우진의 손을 쥔 알렉세이가 말했다.

"우리는 동성의 투자를 원합니다."

알렉세이가 강우진의 손을 힘차게 흔들었다.

"동성이 관심을 가져줘서 대단히 기쁩니다. 적극적으로 후원해 드리지요."

"열심히 하겠습니다."

강우진이 쓴웃음을 지었다. 알렉세이는 동성의 내부 상황을 잘 알 것이다. KGB의 후신인 FSB의 정보력을 적극 활용할 테니까. 유전의 석유 매장량은 20억 톤이라고 추정되지만 파 봐야 안다. 아무리 면밀하게 측량을 했어도 실제 성공 확률은 30퍼센트 정도, 그것도 3차 조사까지 마친 후의 결과다. 그쯤은 강우진도 안다. 그리고 만일 유전 발굴에 성공했더라도 정유시설, 송유관 설치 등에 엄청난 투자와 시간이 걸리는 것이다. 이것은 10년의 투자에 확률 10퍼센트의 게임이다. 그것도 유전이 확실하다는 전제하의 확률이다. 그러나 발굴이 시작되었을 때부터 해당 지역은 특수경기를 맞는다. 거대한 자금이 살포되기 때문이다. 수천 개의 일자리가 생기고 수백 개의 연관 기업에 돈벼락이 쏟아진다. 알렉세이는 계속해서 열변을 쏟아냈다.

"동성이 진출한다면 우리는 15년간 모든 세금을 감면해줄 수 있습니다."

그날 밤, 현장에서 돌아온 강우진이 수행원, 지사장까지 모인 자리에서 말했다.

"자료를 더 모으고 현장 조사를 한 보고서를 작성해서 그룹 본부에 제출합시다."

당연한 일이다. 강우진이 둘러앉은 넷을 차례로 보았다.

"난 아무것도 모르니까 처음부터 배우는 자세로 시작하는 겁니다. 여러분이 검토해서 기안서를 작성해요."

강우진의 얼굴에 웃음이 떠올랐다.

"손대기 어려운 사업에 내가 불씨를 일으켰다는 의미뿐이죠. 나머지는 여러분의 몫이고."

"알겠습니다."

조태길이 바로 대답했다. 그것이 후계자의 몫일 테니까. 조태길이 기조실 부장이지만 이런 프로젝트는 감히 내밀 수도 없다. 그냥 묵혀 두는 것이 상책이다. 이걸 들고 간다면 미친놈이 될 테니까.

"내가 우리 상무님을 다시 보았어."

셋이 남았을 때 조태길이 말했다. 조태길, 김병문, 최수영 셋이 남았을 때다. 조태길이 어깨를 부풀렸다가 내렸다.

"자신의 역량을 아는 분이다. 책임 소재가 분명하고 포용력이 커."

"스케일이 크시죠."

김병문이 맞장구를 쳤다.

"저도 감동했습니다."

최수영이 숨을 들이켰다. 입이 근질거렸기 때문이다. 한마디 거들고 싶었지만, 아직 대화에 끼어들 급수가 아니다. 그리고 아직 강우진은 그들만큼 겪어보지 않았다.

다음 날 아침에도 김시아와 통화는 물론 문자 회신도 받지 못했다. 그래서 하바로프스크와 베이징 간 핸드폰은 안 되는 모양이라고 생각했다. 그것을 물어볼 사람도 없었고 일정이 바빴기 때문에 하루가 또 후딱 지나갔다.

저녁에는 주지사 표도르와의 만찬, 부지사 알렉세이의 보고를 들은 주지사가 강우진을 초대한 것이다. 주지사 관저 안, 표도르와 알렉세이, 그리고 주지사의 딸 카타리나, 부인 마샤, 경제장관 바토르 등이 참석했고 이쪽은 강우진을 포함한 다섯 명이 참석했다. 성대한 만찬이다. 화려한 샹들리에 밑의 식탁에는 산해진미가 차려졌고 뒤쪽에선 하인들이 시중을 들고 있다. 식사하던 표도르가 고개를 들고 강우진을 보았다.

"강 상무님, 하바로프스크에 자주 들르시지요. 저는 언제든지 환영합니다."

"감사합니다."

강우진이 웃음 띤 얼굴로 표도르를 보았다.

"환대에 감사드립니다."

"하바로프스크는 공기도 맑고 구경거리도 많지요."

표도르의 시선이 카타리나에게 옮겨졌다.

"네가 안내해드려라."

카타리나가 웃기만 했을 때 이번에는 마샤가 거들었다.

"내일 아무르강으로 드라이브나 가지 그래? 카타리나, 네가 안내해드려라."

그때 카타리나가 고개를 돌려 강우진을 보았다. 표도르까지 이쪽을 보았고 강우진이 웃음 띤 얼굴로 말했다.

"그렇게 해주시렵니까?"

다음 날은 하루 휴일이다. 오전 9시, 로비에서 기다리던 강우진에게 카타리나가

다가왔다. 카타리나는 양털 재킷에 검은색 가죽 바지 차림으로 부츠를 신었다. 금발을 뒤로 묶은 카타리나의 흰 얼굴에 환한 웃음이 떠올랐다.

"가요."

일어선 강우진의 팔을 끌면서 카타리나가 말했다.

"차를 현관 앞에 세워 놓았어요."

"음, 정략적 만남이군."

로비가 보이는 복도 옆쪽에 서 있던 조태길이 감동한 표정으로 말했다. 조태길의 시선이 강우진과 카타리나에서 떨어지지 않는다. 지금 둘은 나란히 현관 쪽으로 다가가는 중이다. 카타리나는 아직 강우진의 팔을 끼고 있다. 자연스럽다. 조태길이 다시 혼잣소리로 말했다.

"오랑캐 황제의 딸이 한국 황제 아들에게 접근한 상황이야."

제 비유가 어색했는지 조태길이 고개를 돌려 옆에 선 최수영에게 물었다.

"어떠냐?"

"어울리시는데요."

"그렇지?"

"예, 부장님."

"우리한테는 손해 볼 일이 없어."

"그렇습니다."

"주지사가 오래 있어야 되는데."

조태길의 눈동자가 흐려졌다.

"푸틴은 딸이 없나?"

"있는 것 같습니다만…."

그러나 조태길이 몸을 돌렸기 때문에 들은 것 같지 않다.

카타리나가 운전하는 차는 벤츠 신형이다. 아마 아버지가 사 줬겠지, 관용차일 리는 없다. 차는 금방 시내를 빠져나가더니 속력을 내었다. 카타리나가 힐끗 강우진을 보더니 물었다.

"나에 대해서 잘 모르시죠?"

"알아요."

강우진이 웃음 띤 얼굴로 말을 이었다.

"어제 만찬에서 돌아온 후에 카타리나의 정보를 받았습니다."

"그렇군요."

카타리나의 얼굴에도 웃음이 떠올랐다.

"말해보세요."

"25세, 모스크바대 정치학과 졸업, 영국 주재 러시아대사관 문화부 직원으로 1년 반 근무, 지금은 휴가 중."

"계속해요."

"1년간 만난 남자친구하고 작년에 헤어짐."

"오 마이 갓, 그것까지…."

카타리나가 이를 드러내고 웃었다.

"동성의 정보력이 대단하군요."

"이 정도로 해둡시다."

"내가 아는 당신 정보를 말해 봐요?"

"들읍시다."

"28세, 동성그룹 강 회장의 후계자, 강 회장의 절대적인 신임을 받고 있음."

"계속해요."

"한때 세광그룹의 딸과 연애설이 떠돌았지만, 현재 결별, 세광그룹 딸은 다른 남자와 결혼."

"오 마이 갓."

"그사이에 교제하던 평민의 딸이 있었지만 헤어진 상태."

차의 속력을 줄인 카타리나가 고개를 돌려 강우진을 보았다. 차는 이제 황량한 벌판의 길을 달려가고 있다.

"강, 난 모스크바에 있다가 당신을 만나려고 날아온 겁니다."

"…."

"정략적이죠. 미인계라고 봐도 돼요."

카타리나의 얼굴에 다시 웃음이 떠올랐다.

"물론 당신은 넘어가지도 않겠지만."

다음 날 오전, 강우진 일행은 하바로프스크를 떠났다. 5박 6일의 일정이 순식간에 끝난 것이다. 강우진의 옆자리에 앉은 조태길이 길게 숨을 뱉었다. 조태길에게 이번 5박 6일은 그야말로 천금 같은 시간이다. 옛날 내시가 정승보다 더 권세를 부린 이유가 무엇이겠는가, 왕의 옆에 있었기 때문이다. 근세에 이르러서도 마찬가지다. 청와대의 똥을 푸던 인부가 시골에 내려가면 경찰서장의 에스코트를 받았다고 했다. 그러니 기업체는 더 말할 필요가 없지. 이렇게 황태자와 함께 지낸 나날이 많아지면 출세는 보장되는 법.

그 뒷자리에서 김병문 과장과 나란히 앉은 최수영도 비슷한 상상을 하고 있다. 과장대리 진급 일정이 넉 달 후다. 3년이 되려면 석 달이 남았지만 이번에 가능성이 없을까? 만일, 그렇지, 만일 저기 앞자리에 앉아있는 조태길 부장이 우리 영업 3부장한테 '야, 최수영이 이번 대리 진급 명단에 올려.' 하고 딱 한 줄만 말해도 덜컥, 대리 진급이 될 것이다. 조태길 옆에 앉은 강우진이 말해준다면 말할 것도 없지. 아마 대리 진급부터 과장, 차장, 부장까지 말 안 해도 0순위로 진급될 것이다. 그것이 사회다. 그것이 회사인 것이다. 아, 어쨌든 나는 이번에 강력한 '줄'을 잡았다. 앞길은 이미 활짝 열린 것이다.

강우진의 생각.

'그렇다, 피하지 않고 부딪치려고 최수영을 부른 것이다. 그리고 결과적으로 잘 한 일이다. 시아한테 최수영이 내 이야기를 하겠지. 그것으로 시아가 면역이 되면 좋겠군, 그리고 나도 면역이 되고. 처음 최수영을 봤을 때 얼굴을 두 손으로 잡아 찢어 버리고 싶었는데 이젠 좀 나아졌어.'

강우진이 눈을 감고 의자에 등을 붙였다.

'시간이 지나면 잊힌다는 건 거짓말이야. 이건 암세포처럼 점점 더 커져.'

"최수영 씨, 나 좀 봐."

4과장 오창규가 부르자 사원들의 시선이 모였다. 오전 9시 10분, 출근한 지 얼마 되지 않았다. 자리에서 일어선 최수영이 오창규 책상 앞으로 다가가 섰다. 동성상사 영업부는 동성빌딩 7층 전체를 차지하고 있다. 5백여 평 면적에 3백여 명의 사원이 버글거린다. 오창규가 고개를 들고 최수영을 보았다. 시베리아 출장을 다녀온 지 오늘이 나흘째, 최수영은 오창규의 시선이 자신의 가슴께에 박혀 있다는 것을 깨달았다. 딴 때 같으면 저 뱀 같은 눈이 똑바로 이쪽 눈을 맞췄는데 왜 이러지? 그때 오창규가 말했다.

"최수영 씨, 내일부터 기조실에서 근무해."

"예?"

"기조실로 발령이 났다구."

오창규가 낮게, 그것도 말끝이 떨리는 목소리로 말했기 때문에 최수영은 겨우 들었다. 그 말이 진짜인가를 확인하려고 최수영이 기를 쓰고 오창규의 눈을 쏘아보았지만 끝까지 시선이 올라오지 않는다. 그래서 최수영이 다시 물었다.

“정말입니까?”

“뭐가?”

“제가 기조실로 발령이 났다는 말씀 말입니다.”

“내가 미쳤다고 거짓말 하겠냐?”

어깨를 부풀렸다가 내린 오창규의 시선이 그제야 올라왔다. 눈동자가 죽은 생선의 눈 같다.

“기조실 영업팀 소속이야.”

“…….”

“이번에 시베리아에 따라가서 잘 보였던 모양이지?”

마침내 오창규가 속에 있는 말을 꺼냈지만, 그때는 최수영이 외면했다. 1분도 안 되어서 기조실 소속 사원의 자세가 잡힌 것이다. 기조실 사원은 일반부서 과장하고 맞먹지는 못하지만 그렇다고 고개가 꺾어지는 군번이 아니다. 이윽고 최수영이 고개를 들고 말했다.

“알겠습니다.”

그러고는 최수영이 몸을 돌렸다. 과장이 가라고 하지 않았는데도 먼저 몸을 돌린 셈이다. 적응이 빨랐다고 봐야 할까?

시베리아에 다녀온 다음 날부터 김시아하고 소통이 되었다. 김시아하고 연락이 끊겼기 때문에 걱정했다가 금방 오해(?)가 풀렸는데 역시 시베리아 베이징 간의 통신 문제인 것 같았다.

그날 저녁은 과원들과의 회식으로 정신없이 보냈다. 난데없는 기조실로의 영전 발령에 주위에서 모두 부러워했지만 노골적인 적의(?)를 보이지는 않았다. 실제 경쟁 상대가 되지 않는 것이 그 첫 번째 이유였고, 두 번째는 앞으로 최수영과 좋은 관계를 유지하는 것이 이롭다는 계산이 작용했겠지. 그쯤은 이제 최수영도 안다.

밤, 집에 돌아온 최수영이 옷도 벗지 않고 김시아에게 전화를 한다. 11시 20분, 베이징은 10시 20분, 최수영은 소주 한 병 반쯤 마신 상태, 주량이 소주 한 병이어서 오늘은 오버했지만 정신은 또렷하다. 통화가 되었다.

"나야."

최수영의 목소리가 귀를 울렸다.

"응, 집이야?"

김시아가 밤공기를 들이마셨다. 이곳은 아파트의 베란다, 최수영의 번호를 보고 나서 베란다로 나온 것이다. 폐 안으로 매캐한 대기가 흡입되었기 때문에 김시아는 아차, 하고는 입을 다물었다. 베이징 대기는 입을 벌리고 마음껏 들이마실 수준이 아니다, 그렇다고 코로 흡입해도 분량만 줄어들 뿐이다. 그때 최수영의 목소리가 울렸다.

"시아야, 밥 먹었어?"

"응, 오빠는?"

"아, 난 술 마셨어."

"그런 것 같군."

"아, 보고 싶다."

"…."

"오늘 네가 내 옆에 있어야 하는데."

"무슨 일 있어?"

"맞춰 봐."

"좋은 일이야?"

“글쎄, 맞춰보라니까?”

“여기 공기가 나빠.”

김시아가 딴소리를 하자 최수영이 잠깐 주춤하더니 입을 열었다.

“나 발령이 났어.”

“발령?”

“인사이동이 있었어.”

“….”

“궁금하지 않아?”

“말해.”

“시아야.”

수화구에서 트림 소리가 났기 때문에 김시아가 핸드폰을 귀에서 떼었다. 그때 최수영이 말했다.

“나 기조실 사원이 되었어.”

“….”

“시아야, 들었어?”

“응.”

“동성상사 기조실 영업팀 사원이야. 내가 말야.”

최수영의 숨소리가 거칠어졌다.

“내가 그랬지? 뭔가 잘될 것 같다고.”

“….”

“강 상무님이 내 직속 상사라구. 강우진 상무님이 말야.”

김시아가 핸드폰을 귀에서 떼고는 어둠에 덮인 밤거리를 보았다. 손에 쥐고 있는 핸드폰에서 최수영의 목소리가 흘러나왔지만 알아들을 수는 없다. 최수영의 목소리가 계속되었기 때문에 김시아가 다시 전화기를 귀에 붙였다.

"축하해."

그러고는 서두르듯 말을 잇는다.

"나 급해서 이만 끊을게."

핸드폰 끊은 김시아가 다시 밤거리를 보았다. 어느새 입이 열렸는지 목구멍이 따끔거렸다. 망할 놈의 매연.

다음 날 아침, 기조실로 올라간 최수영이 먼저 김병문 과장 앞에 섰다.

"어, 왔니?"

김병문이 고개를 끄덕이며 최수영을 보았다. 눈빛이 부드럽다. 그때 기조실의 시선이 최수영에게로 모였다. 요즘은 인사철도 아니다. 그래서 최수영은 특별인사다. 이곳은 기조실 영업팀, 영업팀이 그냥 팀인가? 영업팀의 통은 영업 상무인 강우진이며 강우진이 누군가는 생략, 그 밑에 계열사 부사장급인 부장 조태길이 존재하고 있다. 그 조태길 휘하에 과장 셋, 김병문이 그중 하나일 뿐이다. 그때 김병문이 자리에서 일어섰다.

"따라와."

김병문이 데려간 곳은 회의실3이다. 반쯤 언 상태에서 김병문을 따라가 회의실에 앉았을 때다. 김병문이 인터폰을 눌렀다.

"예, 백기성입니다."

"백 대리, 들어와."

"예, 과장님."

인터폰의 버튼에서 손을 뗀 김병문이 최수영을 보았다. 그 순간 최수영이 숨을 들이켰다. 김병문의 시선이 얼음장 같았기 때문이다. 그때 김병문이 말했다.

"너 정신 똑바로 차리고 일해."

"예, 과장님."

그때 회의실 문이 열리더니 사내 하나가 들어섰다. 장신에 마른 체구, 눈빛이 강하다. 30대 초반쯤, 사내의 시선이 최수영을 훑고 지나갔다.

"부르셨습니까?"

사내가 김병문 앞에 부동자세로 서더니 물었다. 그때 김병문이 고개를 끄덕였다.

"여기, 최수영. 네 조원이야."

"예, 과장님."

"너한테 맡긴다."

그러고는 김병문이 자리에서 일어서더니 밖으로 나가버렸다.

그 순간의 장면을 보자면, 김병문은 문을 열고 밖으로 나갔고 백기성 대리는 김병문을 향해 몸을 돌리고 서 있는 자세, 그리고 최수영은 엉거주춤 앞에 선 상태다. 문이 닫히면서 회의실 안에 둘이 남았다. 그때 백기성이 최수영을 보았다. 시선이 마주치자 최수영이 허리를 꺾어 절을 했다.

"잘 부탁합니다. 최수영입니다."

백기성이 고개만 끄덕이더니 자리에 앉았다. 분위기가 갑자기 싸늘해졌기 때문에 최수영이 당황했다. 그러나 슬그머니 앞쪽에 앉았을 때다. 그때 백기성이 풀썩 웃었다.

"어라?"

최수영이 숨을 죽였을 때 백기성이 웃음 띤 얼굴로 물었다.

"이게 간이 배 밖으로 나왔나?"

최수영이 눈동자만 굴렸고 백기성의 말이 이어졌다.

"누가 앉으라고 했어?"

"예?"

저도 모르게 자리에서 일어선 최수영에게 백기성이 말을 잇는다. 여전히 웃는 얼굴이다.

"아래층 영업부에서 어떻게 굴러다녔는지 모르지만 여긴 다를 거다."

백기성이 말을 이었다.

"영업팀에 상무님 휘하에 부장 하나, 과장 셋, 각 과에 대리 셋, 대리 휘하에 사원 대여섯이 있어. 넌 그중 가장 말단이야."

백기성이 손가락으로 최수영의 코끝을 가리켰다. 최수영은 숨을 죽인 채 서 있다.

"정신 똑바로 차려, 알았어?"

"예, 대리님."

"여긴 너보다 뒤진 놈이 없다는 것을 명심하라구, 알았어?"

"예, 대리님."

"기조실에 왔으면 영업부 1과 2조 소속으로 발령이 났으니 직속상관인 2조장인 나부터 찾아와야 할 것 아닌가?"

그 순간 가슴이 철렁 내려앉은 최수영이 고개를 숙였다.

"죄송합니다, 저는 김 과장님을…."

김병문과 낯이 익었기 때문에 찾아간 것이다, 김병문이 1과장이기도 했으니까. 그때 백기성이 코웃음을 쳤다.

"야, 직속상관은 나야. 네 인사고과는 앞으로 내가 쓴단 말이다."

백기성에게 학을 떼었지만 그것이 최수영의 사기를 꺾지는 못했다. 아니, 그것이 오히려 더욱 분발하는 계기가 되었다. 그래서 그날 하루 종일 기조실 선배들에게 인사를 다녔다. 허리를 더 깊게 숙였기 때문에 나중에는 허리가 아파서 제대로 몸을 세우기도 힘들었다.

오후 6시, 강우진이 그룹 기조실장실에서 고재성과 마주 앉아있다. 그룹 기조실장은 사장급으로 동성그룹의 6개 사업단, 85개 계열사를 총괄하는 본부다. 고재성은 회장 강석규의 비서로 자신을 낮추지만 6개 사업단의 회장들도 어려워하는 존재인 것이다. 고재성이 부드러운 시선으로 강우진을 보았다.

"오늘 그놈이 기조실에 왔겠구나."

"예."

강우진이 외면한 채 대답했다.

"부장한테서 들었습니다."

고재성은 지금 최수영 이야기를 한다. 다시 고재성이 물었다.

"너한테 인사를 왔어?"

"아뇨."

"그렇군, 부장한테서 보고를 받았다고 했지."

"부장한테도 인사를 못 했다네요. 과장이 자기 선에서 끊었다는군요."

"응, 군기를 잡았군, 그래야지."

"그러지 않으셔도 되었는데요."

고개를 든 강우진이 고재성을 보았다. 얼굴에 쓴웃음이 떠올라 있다.

"매일 그 친구 얼굴 본다고 해도 달라질 것 없어요, 실장님."

"글쎄, 나한테 맡기라니까."

따라 웃은 고재성이 말을 이었다.

"이런 건 나이 든 사람한테 맡기는 게 낫다. 경험 많은 선배한테 말이다."

최수영을 상사 기조실로, 그러니까 강우진 옆으로 끌어 올린 사람이 바로 고재성이다. 물론 강우진에게 미리 말을 하고 인사 조치를 했다. 강우진은 거부하지도, 놀라지도 않고 담담하게 받아들였다. 고재성이 웃음 띤 얼굴로 강우진을 보았다.

"나는 네가 자랑스럽다."

그것이 무엇 때문인지는 모르지만, 고재성의 얼굴은 진심을 나타내고 있다. 그쯤은 강우진도 구별한다.

요즘은 김시아가 두 번에 한 번꼴로 전화를 한다. 시베리아 출장 전후로 열흘쯤 몸이 아팠는지 회사일 때문인지 컨디션이 좋지 않은 것 같더니 요즘 회복되고 있는 모양이다.

"잘 지내?"

오늘은 김시아가 전화를 걸더니 그렇게 물었다. 기조실 멤버가 된 지 일주일째, 첫날에 군기를 잡던 백기성 대리도 지금은 점심 먹으러 가라고 할 정도가 되었다. 이쪽이 고분고분, 성실하게 따르는데 시비를 걸 이유가 없지, 그리고 능력에 뒤지지도 않는다.

"그래, 잘 지낸다."

점심을 마치고 막 사무실로 돌아왔을 때다. 낮 12시 45분, 아직 점심시간이다. 김시아가 말을 이었다.

"목소리만 들어도 알 수 있겠어, 목소리에 자신감이 넘쳐."

"핫핫, 그래?"

"미래가 보장된 위치가 되었기 때문인가? 전혀 달라진 것 같아."

"그런 나를 만나고 싶지 않아?"

"이렇게 만나지 않아?"

그때 최수영이 정색했다.

"사랑해."

김시아가 웃음 띤 목소리로 말했다.

"나도."

기조실 영업팀의 제1과장 휘하의 3개 조(組) 중 제2조장 백기성은 계열사 관리 업무를 맡고 있다. 대단히 중요한 업무다. 회사가 꾸준히 성장하고 있어서 계속 생산 공장이 필요했고 그 선정을 책임지고 있다. 영업부에서 기안을 올린 계열공장을 결정해야 한다. 최수영은 영업부에 있을 때 이미 그 과정을 알고 있었기 때문에 금방 익숙해졌다. 공장 입장으로 보면 기조실의 결정으로 미래가 열리느냐 가시밭길을 가느냐가 결정되는 셈이다. 그것을 최수영이 알고 있다. 기조실에 근무한 지 한 달쯤 되었을 때 마침내 백기성이 최수영에게 오더를 주었다.

"이거 체크해서 기안 올려."

공장 선정에 대한 기안이다. 마침내 최수영이 암행어사 마패를 받았다.

"아이구, 반갑습니다."

초로의 신사가 최수영에게 정중하게 인사를 했다. 옆에 선 40대 중반의 사내도 덩달아 허리를 꺾는다. 오후 3시, 시티호텔의 라운지 안. 암행어사 최수영이 계열공장 후보 중 하나인 성진 기계의 사장 유영준과 전무를 만나는 중이다. 셋이 자리 잡고 앉았을 때 전무가 최수영에게 서류봉투를 내밀었다.

"계획서입니다."

전무가 말을 잇는다.

"공장 방문 스케줄을 말씀해주시면 준비하겠습니다."

"검토해보고 연락드리지요."

최수영이 정색하고 둘을 번갈아 보았다.

"아마 일주일쯤 걸릴 겁니다."

"언제든지 연락 해주시면 준비하겠습니다."

그때 사장 유영준이 최수영에게 물었다.

"하청 공장 선정 결정은 언제 될까요?"

"예, 제가 기안 올리고 나서 일주일 안에 통보가 됩니다."

"알겠습니다."

유영준의 표정에 존경심이 드러났다. 이제 기조실 근무 두 달째, 최수영이 기안 올려서 하청 공장 선정을 해준 회사가 벌써 4개가 된다. 그동안 탈락시킨 회사는 8개, 경쟁률이 2 대 1쯤 되나? 아니, 영업부에서 엄선해서 기조실로 기안을 올렸을 테니 경쟁률은 그 10배 이상이 될 것이다. 주문한 커피가 나왔지만, 최수영은 손도 대지 않고 서류를 확인했다. 서류가 제대로 구비되었는가를 체크하는 것이다. 이윽고 최수영이 고개를 들고 유영준을 보았다.

"서류는 됐습니다."

"감사합니다."

다시 고개를 숙여 보인 유영준이 조심스럽게 물었다.

"이번 공작기계 공장의 경쟁률이 얼마나 됩니까?"

"그건 말씀드리기 어려운데요."

쓴웃음을 지은 최수영이 의자에 등을 붙였다.

"저희는 규정대로만 하고 있을 뿐입니다."

"잘 부탁합니다."

유영준이 앉은 채로 고개를 숙였다.

"선정만 되면 절대로 실망시켜드리지 않을 자신이 있습니다."

최수영이 눈만 깜박여 인사를 받고는 심호흡을 했다. 갑(甲) 중의 갑(甲)이다. 이건 암행어사보다도 상급이군.

그날 밤 백기성과 최수영이 룸살롱에서 술을 마시고 있다. 기조실 근무 두 달 동안 이제 백기성과 세 번째로 룸살롱에 오는 셈이다. 백기성의 2조(組)에는 사원 4명이 소속되어 있다. 모두 입사 3년 차, 그중 여직원도 하나 포함되었다. 최수영도 입사 기준으로 보면 4명 중 2번째였지만 전입 고참이라는 말이 여기서도 통용된다. 전입 순서가 꼴찌여서 최수영의 2조(組) 내부 서열은 꼴찌다.

그러나 최수영은 두 달 동안 각고의 노력 끝에 조장 백기성의 신임을 획득했다. 처음 만날 때 최수영을 굴러들어온 똥개 취급을 했던 백기성이 차츰 믿기 시작한 것이다. 영업부 현장에서 바닥을 겪은 최수영의 경험이 백기성의 업무에 큰 도움이 되었기 때문이기도 했다. 어쨌든 그렇게 만든 것은 최수영의 능력뿐만이 아니라 친화력, 적응력일 것이다.

"자, 마셔."

백기성이 32년짜리 발렌타인이 담긴 술잔을 들고 말했다.

"예, 조장님."

술잔을 든 최수영이 웃음 띤 얼굴로 백기성을 보았다. 백기성은 30세, 대리 2년 차, 최수영보다 2년 빠르다. 결혼 1년 차, 신혼이다. 한 모금에 술을 삼킨 백기성이 지그시 최수영을 보았다.

"나하고 룸살롱 몇 번째 오지?"

"오늘까지 세 번째입니다."

백기성과 둘이 세 번째다. 고개를 끄덕인 백기성이 다시 묻는다.

"여기서 발렌타인 32년을 얼마 받는지 아냐?"

"모릅니다, 조장님."

"1병에 백만 원이다."

백기성의 얼굴에 웃음이 떠올랐다.

"여기서 둘이 술 마시려면 팁까지 3백은 있어야 돼."

"…."

"내 한 달 월급이지."

"…."

"너 궁금하지 않냐?"

"아닙니다."

"너하고 한 달도 안 되는 사이에 세 번 룸살롱에 와서 내 석 달분 월급이 날아갔단 말야."

백기성이 최수영의 잔에 술을 따랐다.

"그 돈이 어디서 만들어진 것 같으냐?"

"…."

"몰라?"

"생각해보지 않았습니다."

"지금 생각해봐."

술잔을 쥔 백기성이 눈을 가늘게 떴다.

"네 대답에 따라서 내가 할 말이 있으니까."

"…."

"어서."

그때 최수영이 고개를 들고 백기성을 똑바로 보았다.

"공장 선정 때 사례금을 받으신 것 같습니다."

"그래."

백기성이 얼굴을 펴고 웃더니 다시 물었다.

"우리 조에서 한 달에 몇 개 공장을 선정하고 탈락시키는 것 같나?"

"그건 모르겠습니다."

"네가 선정한 회사는?"

"두 달 근무하는 동안 4개 선정되었습니다."

"탈락한 공장은?"

"8개입니다."

그때 백기성이 말했다.

"우리 조에서 지난 두 달 동안 선정한 공장은 16개, 기존 공장에서 탈락된 공장은 19개다."

"…."

"16개 공장이 다 사례금을 내는 건 아냐. 우리는 돈 먹는 기계가 아니다."

"아, 예."

"내가 너한테 이 말을 해주는 이유를 알지?"

"예, 조장님."

"말해 봐."

"믿기 때문입니다."

"이제 믿을 만해졌기 때문이지."

그러더니 백기성이 재킷 안주머니에서 두툼한 봉투를 꺼내더니 최수영 앞쪽으로 던졌다.

"받아, 5백이다."

숨을 들이켠 최수영의 표정을 본 백기성이 빙그레 웃었다.

"왜? 놀란 거냐?"

"너무 많습니다, 조장님."

"네 월급이 얼마지?"

"2백 정도입니다, 조장님."

"앞으로 한 달에 5백 정도는 주마."

"감사합니다."

"하지만 딴짓은 하지 말 것, 무슨 말인지 알지?"

"명심하겠습니다."

"그럴 일은 없겠지만."

백기성이 웃음 띤 얼굴로 최수영을 보았다.

"이런 일로 내 약점을 잡는다든가 내부 고발자가 된다면 어떤 결과가 될지 냉정하게 생각해봐야 할 거야."

"저 그렇게 비정상적인 놈은 아닙니다."

쓴웃음을 지은 최수영이 손까지 저었다.

"저는 조장님과 함께 성장하고 싶습니다."

"처음에는 널 경계했는데 시베리아 유전 발굴로 운 좋게 발탁된 놈인 줄 알고 믿게 된 거야."

본심을 드러낸 백기성이 벨을 누르면서 말했다.

"자, 여자 부르자."

장래는 보장된 것이다. 술에 취해 집으로 돌아오는 택시 안에서 최수영의 머릿속에 떠오른 생각, 최수영이 가슴 안주머니에 넣은 봉투를 손바닥으로 눌렀다. 거금 5백만 원, 두 달 반 월급이 보너스로 들어있다. 매월 5백, 그러면 월급까지 포함해서 월 7백, 최수영이 심호흡을 했다. 이제야 나는 꿈을 이루었다. 하이 소사이어티(High Society), 상류 사회, 그러고 보면 동성그룹의 동성상사, 영업부도 중류층일 뿐이다. 이곳이 진정한 상류사회, 갑(甲)의 사회이고 내가 지금 이곳에 들어왔다.

"요즘 바빴어?"

사흘 만에 김시아가 먼저 전화를 했다. 오후 8시 반, 지금 김시아는 베이징의 숙소에서 전화를 한다.

"응, 무척."

최수영의 목소리에 술기운이 배어 있었기 때문에 김시아가 어깨를 늘어뜨렸다. 밖에서 전화를 받는 것 같다.

"지금 밖이야?"

"응, 회식 중."

"요즘 바쁘네, 지난번에도 손님 접대 중이라고 하더니."

"그러네."

"바쁘면 나중에 할게."

"괜찮아, 너 별일 없지?"

"그럼."

"보고 싶다."

"절실한 것 같지 않네."

김시아는 그것을 '건성으로 말하는 것 같네'라고 말하려다가 말았다. 그때 최수영이 말했다.

"시아야, 내가 나중에 연락할게."

"알았어."

핸드폰을 귀에서 뗀 김시아가 베란다의 난간에 몸을 기대고는 거리를 내려다보았다. 오늘도 매연으로 덮인 밤거리는 흐리다. 마치 안개가 낀 것 같다.

핸드폰을 주머니에 넣은 최수영이 방 안으로 들어서자 유영준이 웃음 띤 얼굴로 물었다.

"바쁘신 모양입니다."

"아닙니다, 사장님."

정색한 최수영이 자리에 앉아 술잔을 들었다. 이곳은 소공동의 일식당 '동경', 밀실에서 둘이 앉아있다. 술잔을 든 유영준이 말을 이었다.

"계열 공장으로 선정되어서 한숨 돌렸습니다."

"성진기계가 그럴 조건을 갖췄기 때문이지요."

성진기계가 동성그룹의 계열 공장으로 선정된 것이다. 계열 공장이 되면 먼저 오더가 보장되고 선지급도 가능해진다. 회사가 탄탄대로를 달리게 되는 것이다. 물론 매년 공장 평가를 해서 탈락도 시키지만, 기조실 라인만 잘 잡으면 된다. 그때 유영준이 불쑥 물었다.

"참, 최 선생은 미혼이시지요?"

"예, 아직."

"사귀는 여자분 있으세요?"

"없습니다."

"아니, 최 선생 같은 조건을 갖추신 분이 여자 친구가 없다니요?"

"바빠서요."

최수영이 웃음 띤 얼굴로 유영준을 보았다. 유영준은 비록 동성의 계열 공장으로 이제야 선정되었지만 연간 매출이 3천억 가깝게 되는 중견기업이다. 더구나 유영준은 여행사와 관광객용 백화점까지 운영하는 거부(巨富)인 것이다.

저녁을 먹으면서 강석규가 강우진에게 물었다.

"시베리아에 가보지 그러냐?"

"갑자기 왜요?"

수저를 든 채 강우진이 묻자 강석규가 빙그레 웃었다.

"하바로프스크 주지사의 딸 말이다."

강우진의 시선을 받은 강석규가 눈을 가늘게 떴다.

"미인이라면서?"

"예, 정말 모델 같았어요."

"표도르 주지사가 딸까지 데려온 것을 보면 성의가 느껴진다. 국가의 일에 제 가족까지 끌어들인 것 아니냐?"

"그런가요?"

"표도르가 푸틴의 심복이야. 거기에다 주민들의 신망도 높아. 오래 하바로프스크 지역 지도자로 남아 있을 거다."

강우진이 잠자코 죽을 떠 입에 넣었다. 지금 동성그룹은 시베리아 유전 개발을 검토 중이다. 동성그룹에서 파견된 30여 명의 기술진이 유전 개발 현장에서 조사 중이다. 그때 강석규가 말을 이었다.

"주지사실에서 고 실장한테 연락이 왔어, 네가 시베리아를 방문해서 유전 개발에 대한 관심을 보여 달라고 말이다."

"…."

"내 대신 네가 가주면 대대적인 선전을 할 모양이더라. 그것이 러시아와의 관계에 도움이 될 것 같은데."

"전 싫어요."

"그 딸이 싫단 말이냐?"

"아니, 언론에 드러나는 것 말입니다."

"언론에 노출되지 않게 하면 되지."

"아버지는 제가 카타리나하고 교제하기를 바라세요?"

"그게 내 뜻대로 되는 일이냐?"

강석규의 얼굴에 쓴웃음이 떠올랐다.

"요즘에 그런 자식이 어디 있어? 나가서 기분 전환이라도 하고 오란 말이지."

오후 2시가 되었을 때 소공동 조선호텔 로비 라운지로 여자 하나가 들어섰다. 창가의 좌석에 앉아있던 최수영과 시선을 마주친 여자가 곧장 발을 떼어 다가왔다. 그 순간 최수영은 숨을 들이켰다. 눈이 부셨기 때문에 눈까지 가늘게 떴다. 화사한 은색 투피스 정장 차림의 여자, 날씬한 몸매, 긴 머리는 어깨까지 늘어져 치렁거렸고 갸름한 얼굴에는 웃음기가 떠올라 있다. 눈에 번쩍 띄는 미모에 주위의 시선이 모였다. 그때 여자가 다가와 섰기 때문에 최수영이 자리에서 일어섰다.

"최수영 씨?"

여자가 웃음 띤 얼굴로 물었다. 맑고 밝은 목소리, 최수영이 따라 웃었다.

"예, 유아연 씨?"

"반갑습니다."

유아연이 손을 내밀었다. 말랑한 유아연의 손을 쥔 최수영이 가볍게 흔들고 나서 자리에 앉는다. 유아연이 누구인가? 성진기계 유영준 사장의 무남독녀다. 유영준이 주선해서 오늘 둘을 만나게 해준 것이다. 최수영은 숨을 들이켰다. 눈에 열이 나서 몇 번 깜박였다. 영업부에 있었다면 이런 공주를 만날 수 있겠는가? 나는 지금 내 신분에 맞는 상대를 만나고 있다.

# 13장. 인간의 조건

"내가 깜박했어."

최수영이 쓴웃음을 짓고 말했다.

"요즘 정신이 없거든, 미안해."

"괜찮아."

화상 전화여서 김시아의 얼굴에도 웃음이 떠올라 있다.

"나도 요즘 새 팀장이 와서 집에 와서도 일을 했어."

"그래? 그 회사 좀 그러네."

"동성 기조실보다는 급수가 낮지."

"겸손하기는."

오전 7시 반, 최수영은 지금 출근 준비 중이다. 김시아가 전화를 한 것인데 베이징 시간은 오전 6시 반, 어제 최수영이 전화를 한다고 했다가 연락이 없었기 때문이다. 그때 김시아가 물었다.

"지금 출근하는 길이야?"

"응, 지금 막."

"옷 다 입었네."

"응, 거긴 아직이지?"

"한 시간 늦으니까, 우린 여기서 회사 버스로 30분밖에 안 걸려."

"좋겠다."

그때 최수영이 자리에서 일어났기 때문에 김시아가 물었다.

"가려고?"

"응, 이따 전화할게."

"시간 나면 전화해, 약속은 말고."

"알았어."

최수영이 고개를 끄덕였다.

"오늘 저녁에는 꼭 전화할게."

하바로프스크 공항의 입국장으로 나왔을 때는 오전 11시 반이다.

"저기 나와 있습니다."

옆을 따르던 조태길이 손으로 앞쪽을 가리켰다. 하바로프스크 지사장 오택근이 서둘러 다가오고 있다. 뒤를 직원들이 따르고 있다.

"어서 오십시오."

다가선 오택근이 허리를 꺾어 절을 했다. 룸살롱 사건 이후로 오택근은 강우진 앞에서 눈도 제대로 못 떴지만 심복하고 있다는 것을 느낄 수 있었다. 발을 뗀 강우진의 옆을 따르면서 오택근이 말했다.

"상무님, 밖에서 카타리나 씨가 기다리고 있습니다."

강우진의 시선을 받은 오택근이 말을 이었다.

"차를 가지고 나오셨는데 상무님을 모시고 가겠다고 합니다."

검은색 벤츠 스포츠형 모델이다. 투 도어, 선팅되어서 운전석도 보이지 않았다. 그래서 강우진은 오택근이 문을 열어준 후에야 운전석에 앉아있는 카타리나를 보았다.

"웰컴."

옆자리에 앉은 강우진을 향해 카타리나가 이를 드러내고 웃었다. 차 밖에 조태길, 오택근 등 직원들이 서서 이쪽을 쳐다보고 있다. 카타리나가 차를 발진시켰다.

"이런, 차까지 갖고 마중 나와서 고마운데, 카타리나."

강우진이 카타리나의 옆모습을 바라보며 말했다.

"물론 시켜서 나왔겠지만 말야."

카타리나가 다시 활짝 웃었다. 눈이 가늘어졌고 꽃이 피어나는 것 같다.

"그래, 아버지가 나가라고 했어."

카타리나가 말을 이었다.

"하지만 내가 나오고 싶었던 거야. 난 아버지가 나가라고 한다고 고분고분 따르는 자식이 아냐."

"말은 그럴듯하네."

의자에 등을 붙인 강우진이 웃었다.

"나도 아버지가 가서 널 만나라고 했어, 카타리나."

"정말?"

차의 속도를 줄인 카타리나가 고개를 돌려 강우진을 보았다. 그때 강우진이 말을 이었다.

"나도 그래. 난 싫으면 싫다고 아버지 앞에서 말하는 성격이야."

"…."

"네가 보고 싶었어, 카타리나."

"굿."

다시 차에 속력을 낸 카타리나가 말을 이었다.

"이제 홀가분해졌어, 강."

동성그룹 회장실, 강석규 앞에 비서실장 고재성이 앉아있다. 벽시계가 낮 12시 반을 가리키고 있다. 고재성이 입을 열었다.

"카타리나가 가져온 차에 강 상무가 타고 둘이 먼저 떠났다고 합니다."

"둘이?"

"예, 벤츠 스포츠를 가져왔다는군요."

"우진이가 억지로 갔어."

강석규가 번들거리는 눈으로 고재성을 보았다.

"그 자식이 내 속 썩이지 않으려고…."

"성품이 착합니다."

"그 자식이 너무 제 어미를 닮은 것이 아닐까?"

"아닙니다."

"아니라니?"

강석규의 시선을 받은 고재성이 어깨를 폈다.

"의지가 강합니다. 마음먹은 것은 절대 포기하지 않습니다."

"무슨 말이야?"

"정이 많지만 줏대가 있다는 말씀입니다."

"줏대?"

"회장님을 실망시키지 않을 겁니다."

"이봐, 말을 이리저리 돌리지 말자."

강석규가 짜증을 냈다. 그러더니 눈을 치켜뜨고 고재성을 보았다.

"우진이가 걔를 잊은 것 같나?"

그 순간 고재성은 숨을 들이켰고 강석규가 말을 이었다.

"내가 이번에 카타리나를 만나러 가보라고 한 것은 그놈을 떠보려는 의도도 있었어. 그런데 아무 소리 않고 떠나더군."

시선을 내린 강석규의 목소리가 떨렸다.

"고 실장, 자네만 알고 있으라구."

"예, 회장님."

"내 대를 이을 놈이지만 다른 한편으로는 그놈을 제가 좋을 대로 살게 놔두고 싶다네."

고재성이 말했다.

"회장님, 시간이 지나면 다 풀립니다."

"그놈의 시간."

강석규가 눈을 흘겼다.

"네가 몇 년 살았다고 내 앞에서 시간 타령이냐?"

"카타리나."

커피 잔을 든 강우진이 앞에 앉은 카타리나를 보았다. 오후 3시 반, 이곳은 아무르강 강변의 카페 안, 창가 좌석에 앉은 둘이 시선만 조금 돌리면 강이 보인다. 강우진이 말을 이었다.

"우리는 신세대야, 21세기 중반을 살아갈 신세대지."

카타리나가 눈을 크게 떴다. 파란 하늘 색깔의 눈동자, 대리석같이 매끄러운 흰 피부, 카타리나가 물었다.

"무슨 말이야?"

"2050년대에 우리는 중년이 된다는 말이지."

"그렇겠지."

"그때는 우리 자식이 20대쯤 될까?"

"아마도."

대답하고 난 카타리나가 풀썩 웃었다.

"아마 세상이 많이 변해 있을 거야, 우진."

"국경도 변해 있을 것이고."

한 모금 커피를 삼킨 강우진이 지그시 카타리나를 보았다. 공항에서 바로 이곳으로 온 것이다. 강가의 해산물 식당에서 점심을 먹고 지금 차를 마시는 중이다.

"카타리나."

"응?"

"유전은 채굴을 결정하는 데 시간이 걸려."

"알고 있어, 우진."

"하바로프스크에 경제 효과가 미치기까지는 시간이 걸려."

카타리나가 고개만 끄덕였을 때 강우진이 말을 이었다.

"내가 여기 오기 전에 회장님하고 이야기를 했어."

"…."

"하바로프스크는 러시아 극동의 요지이고 블라디보스토크를 통해 물품 수송이 되는 이점이 있지."

이제는 카타리나가 테이블에 팔꿈치를 고이고는 두 손을 턱에 붙여 머리를 고정했다. 반짝이는 두 눈이 강우진을 응시하고 있다. 강우진이 말을 이었다.

"회장님이 그러시더군, 유전은 계속 가능성을 검토하면서 하바로프스크 지역에 동성자동차의 승용차 부분 공장을 세울 수도 있겠다고."

"…."

"중국 칭다오 지역에 설립하려는 계획이지만 아직 최종 결정은 하지 않은 상태거든."

그 순간 카타리나가 턱을 받쳤던 손을 떼었다. 그러나 벌어졌던 입이 닫히지 않아서 아차, 입가에서 침이 주르륵 떨어졌다. 하지만 원체 아름다운 얼굴이다. 꿀물이나 이슬이 떨어지는 것 같다. 순간 당황한 카타리나가 입을 다물더니 손등으로 입가를 닦았다. 얼굴이 순식간에 빨개졌다. 자동차 공장이라니, 대박.

"무엇이?"

놀란 주지사 표도르가 들고 있던 펜을 손에서 떨어뜨렸다. 오후 5시, 하바로프스크의 주지사 집무실에 카타리나가 서 있다. 카타리나는 방금 강우진을 호텔에 데려다주고 온 것이다.

"동성이 이곳에 자동차 공장을?"

표도르가 확인하듯 되물었다. 카타리나가 방 안으로 들어서자마자 숨도 안 쉬고 말을 했기 때문이다.

"아버지, 미스터 강이 이곳에다 동성자동차 승용차 부분 공장을 건설할 수도 있대요."

동성자동차의 승용차 부분이란 무엇이냐? 먼저 한국의 동성자동차에 대해서 말할라치면 동성은 세계 3대 자동차 메이커다. 세계 8개국에 27개의 자동차 공장을 운영하고 있는데 미국에는 4개, 중국에는 2개, 인도, 폴란드, 멕시코, 터키 등에 공장이 있다. 숨을 고른 표도르가 다그치듯 물었다.

"그게 정말이냐?"

"네, 중국 칭다오에 건설하려고 계획했던 공장을 이곳으로 돌릴 수도 있다네요."

"아, 칭다오."

표도르의 얼굴이 벌겋게 상기되더니 손바닥으로 테이블을 쳤다.

"나도 언론 보도를 봤어. 25억 불 투자, 근로자 8천 명을 고용할 수 있고 4년 후부터 연간 50만 대를 생산하고는…."

표도르가 남의 나라 사업계획이었는데도 줄줄 외웠다. 얼마나 부러웠으면 이렇게 외웠겠는가? 표도르가 어느새 핏발이 선 눈으로 카타리나를 보았다.

"그거 주니어 강의 생각이야?"

"아니, 오기 전에 회장님이 그럴 수도 있겠다고 하셨답니다."

"오, 신이여."

표도르가 벌떡 일어섰다가 앉았다. 유전보다 10배나 더 큰 대박이다. 숨을 고른 표도르가 카타리나를 보았다.

"오늘 저녁 식사를 하자고 해봐라. 네가 말이다, 정중하게."

"카타리나, 오늘 저녁은 약속이 있어."

카타리나의 전화를 받은 강우진이 부드럽게 말했다.

"직원들하고 말야, 그러니까 다음에."

오후 6시 반, 최수영은 일찍 퇴근해서 소공동의 일식당 오사카의 방에 앉아있다. 이곳은 유명한 일식당으로 가격이 턱도 없이 비싸지만 이제 최수영에게는 보통 식당일 뿐이다. 기조실로 신분 상승이 된 지 넉 달 만에 적응이 된 것이다. 그때 방문 앞에서 인기척이 들리더니 유아연이 들어섰다. 오늘도 화사한 투피스 정장 차림.

"기다렸어요?"

환하게 웃는 모습이 귀티가 난다. 그렇다. 귀티다. 한국은 양반이 없어졌지만, 영국은 아직도 귀족이 있지. 그렇지, 귀족. 따라 웃은 최수영이 대답했다.

"아니, 금방 왔어요."

유아연은 26세, 서운대 영문과를 졸업했으니 일류대 출신, 그동안 아버지 소유의 여행사에 입사해서 현재 과장으로 재직 중, 성진기계와 성진여행사, 성진백화점을 상속할 유영준의 무남독녀다. 유영준이 최수영을 소개해준 이유가 무엇이겠는가? 유아연과 함께 가업을 이어갈 후계자가 필요했기 때문이 아니겠는가? 그것을 유아연도 아는 것이다.

하바로프스크의 한식당 아리랑에 셋이 둘러앉았다. 강우진, 조태길, 오택근이다. 오후 8시, 강우진이 입을 열었다.

"중국 칭다오에 건설할 예정이었던 자동차 공장을 하바로프스크로 변경할 겁니다. 그것을 두 분이 먼저 알고 계시도록."

그 순간 놀란 조태길이 입을 딱 벌렸다. 지금까지 강우진한테서 아무 소리도 안 들었기 때문이다. 비행기 옆자리에 앉아있었는데도, 말을 안 해주다니. 더구나 지사장 오택근과 함께 이 빅 뉴스를 듣다니, 자존심까지 상했다. 강우진이 말을 이었다.

"이건 내가 출발 직전에 회장님한테서 그 가능성을 타진해보라는 말씀을 들은 사안이니까 극비로 추진하시고."

강우진의 시선이 조태길에게 옮겨졌다.

"조 부장이 이번 프로젝트의 총책임자로 계획을 수립하세요."

"예, 상무님."

어깨를 추켜올린 조태길의 두 눈이 번들거렸다. 순식간에 방전되었던 사기가 충전된 상태, 엄청난 프로젝트의 시작을 맡다니, 이것은 출세의 지름길이다. 그때 강우진의 시선이 오택근에게 옮겨졌다. 오택근은 아직도 놀람에서 깨어나지 못하고 수저만 움켜쥐고 있다.

"지사장은 조 부장의 지시에 따르도록."

"예, 상무님."

오택근의 목소리가 떨렸다. 지금까지 겨우 3급지를 유지했던 하바로프스크 지사가 단숨에 1급지 지사가 된다. 1급지 지사장은 본사 상무급이다, 기조실 상무는 아니고. 조태길이 말했다.

"잘된 겁니다. 중국은 임금도 한국과 비슷하게 높아진 데다 90년대부터 우리가 투자해서 산업을 일으켜준 공도 배신하고 오히려 상전 노릇을 하려고 드는 상황 아닙니까?"

오후 10시 반, 강우진이 호텔 방에서 강석규에게 전화를 한다.

"아버지, 내일 주지사한테 자동차 공장 이야기를 하겠어요."

"어, 그래?"

강석규가 자택에서 전화를 받는다. 강우진이 말을 이었다.

"카타리나한테 이야기를 했더니 내일 주지사하고 만나자고 하네요."

"그래, 알았다."

"주지사한테 설립을 검토하겠다고 말하겠습니다."

"칭다오공장은 아직 계약하지 않았어. 법적인 하자가 없다. 물론 엄청난 압력이 쏟아지겠지만 말이다."

강석규의 목소리가 웃음기를 띠었다.

"그것도 네가 단계적으로 말해야겠지."

"아버지, 그럼 내일 다시 연락드리겠습니다."

"알았다. 우리가 결정한 일이니까 소신껏 진행해."

통화가 끝났을 때 강우진이 길게 숨을 뱉었다. 하바로프스크의 동성자동차 공장 건설은 그룹에서 심사숙고한 사업인 것이다.

다음 날 오후 7시, 표도르 주지사의 관저 만찬장에서 주지사 주최의 만찬회가 열렸다. 주지사 측 참가자는 가족을 포함, 10여 명의 주정부 고위층 관리, 동성그룹 측은 동성그룹 후계자이며 동성상사 기조실 상무인 강우진, 그리고 부장 조태길, 지사장 오택근이다. 성대한 만찬이다. 긴 식탁에는 그야말로 산해진미가 놓였고 샴페인이 터졌다. 좌석 배치는 표도르와 부인 마샤의 앞자리에 강우진과 카타리나가 앉았다. 그 좌우에 부지사 알렉세이, 조태길 등이 적절하게 배치되었다. 이윽고 표도르가 용건을 꺼냈을 때는 건배를 3번 한 후다. 건배 내용은 건강, 러시아와 동성그룹의 미래, 그리고 표도르와 강석규의 우호에 대한 것이었다.

"강 상무님, 그, 자동차 공장 설립 건은 본래 중국 산둥성 칭다오에 건설하려던 것 아닙니까?"

"그렇습니다."

강우진이 고개를 끄덕였다.

"그렇게 예정하고 계획을 세웠던 것이지요."

"그것을 러시아 하바로프스크로 옮긴다는 말씀이지요?"

"아직 계획 단계입니다."

강우진이 웃음 띤 얼굴로 표도르를 보았다.

"더 이상 중국 좋은 일만 시켜줄 수는 없다고 판단했습니다."

"아아!"

"중국 측은 공장 부지까지 다 준비해 놓았다고 하니까 반발이 클 것입니다."

"계약도 안 했지 않습니까?"

"그래도 그렇게 믿고 있었으니까요."

"그건 동성의 결정에 따르는 거죠. 어디, 한국이 중국의 속국입니까?"

분개한 표도르가 말을 이었다.

"80년대부터 한국이 20년 가깝게 중국에 집중 투자를 했기 때문에 중국이 저렇게 급성장을 한 것 아닙니까?"

"그렇죠."

"중국이 저렇게 경제 강국이 된 것은 50퍼센트가 한국 덕분입니다. 내가 압니다. 내가 증인이오."

술잔을 내려놓은 표도르의 얼굴이 붉게 상기되었다.

"아니, 중국만 빼고 모든 나라가 다 압니다. 그런데 지금은 어떻습니까?"

표도르의 열변이 계속되는 동안 모두 숨을 죽였다. 다시 표도르가 말을 이었다.

"전에는 투자해달라고 한국에 가서 살더니 지금은 고부가가치가 되는 기업의 투자만 받더군요. 지금까지의 한국의 은혜는 잊고 가차 없이 한국 기업에 세금 폭탄을 먹이고 여론을 조성해서 한국 기업을 철수시킵니다."

강우진이 심호흡을 했다. 이 정도면 됐다. 표도르는 하바로프스크 주지사다. 이 정도면 국가 차원에서 방패막이가 되어줄 것이다.

호텔로 돌아올 때 카타리나가 강우진을 태우고 왔다. 관사 현관 앞에서 카타리나가 대놓고 강우진을 태운 것이다. 현관 앞에 표도르와 하바로프스크 주정부 고위층, 조태길 등 동성의 간부들이 지켜보는 가운데다. 검은색 벤츠 스포츠가 관사를 빠져나왔을 때 강우진이 길게 숨을 뱉었다.

"여기서 매스컴이 달려들면 해외토픽이 되겠군."

그때 카타리나가 큭큭 웃었다. 오후 10시가 되어가고 있다. 밤거리를 달리면서 카타리나가 말을 이었다.

"걱정하지 마세요."

강우진의 요청으로 매스컴을 접근시키지 않은 것이다. 고개를 돌린 강우진이 카타리나를 보았다.

"카타리나."

"네, 우진."

"하바로프스크의 동성자동차 공장은 동성 경영진에서 숙고한 끝에 칭다오 계획을 철회하고 바꾼 겁니다."

"…."

"중국은 정부 차원에서 중국에 진출한 동성의 영업장에 온갖 방해를 할 겁니다. 그건 지난번에도 그런 사례가 있었으니까요."

카타리나가 차의 속력을 줄였고 강우진이 말을 이었다.

"우리는 이미 중국에 16개의 사업장에 80억 불이 넘는 자본을 투자한 상태로,

동성은 최악의 경우 16개 사업장의 폐쇄도 계산하고 있어요."

"…."

"폐쇄된다면 그 사업장을 모두 하바로프스크로 옮길 겁니다. 그때 러시아는 도와줄 수 있겠죠?"

"당연히 그래야죠."

카타리나가 결연한 표정으로 말했다.

"아버지께 말씀드리겠어요."

강우진이 고개를 끄덕였다. 카타리나를 통해 다시 한번 엄청난 프로젝트를 전달했다. 오늘 밤 카타리나한테서 보고를 받은 표도르는 당장 푸틴한테 연락하겠지. 아마 내일 또 만찬을 개최할지도 모르겠다. 그때 카타리나가 고개를 돌려 강우진을 보았다. 두 눈이 번들거리고 있다.

"나를 감동시키려고 이렇게 계속해서 폭탄을 터뜨리는 건가요?"

"뭐, 일거양득이란 한국 속담이 있죠."

"무슨 말인데요?"

"돌 한 개를 던져서 새 두 마리를 잡는다는 뜻이죠."

"내가 새인가?"

"당신을 감동도 시키고 프로젝트 전달도 하고."

"과연 한국인들은 머리가 비상해."

"오늘 이야기는 주지사님만 알아야 해요, 카타리나. 그래서 당신한테 말한 거요."

정색한 강우진이 카타리나를 보았다.

"이것은 국가적 사업이거든. 만일의 경우 한국과 러시아가 긴밀하게 협력해서 중국 측의 보복에 맞서야 해요."

힐끗 강우진을 본 카타리나도 정색하고 고개를 끄덕였다.

"그쯤은 알고 있어요, 우진. 만일 동성 공장을 중국에서 러시아로 이전하는 데 중국이 방해한다면 우리가 가만있을 것 같아요? 원숭이들을 T-34로 깔아뭉갤 거예요."

"갓댐, 열 받았군, 카타리나."

"T-34 알아요?"

"T-34 영화가 하도 많이 나오는 바람에 한국에서는 자전거에다 T-34 마크를 달고 다니더군."

"정말이에요?"

"농담이오. 근데 원숭이에 한국인은 포함되지 않겠지요?"

"쏘리."

어깨를 움츠렸다가 내린 카타리나가 반짝이는 눈으로 강우진을 보았다.

"사죄하는 의미로 오늘 밤 나 가져도 돼요."

"됐어요."

"진심인데."

"나중에 공장 계약을 하고."

어느새 차가 호텔 앞으로 다가가고 있다.

"내가 바로 대통령께 연락하지. 아니, 내가 모스크바로 가야겠다."

카타리나의 말을 들은 표도르가 어깨를 부풀리며 말했다.

"내일 강 상무하고 이야기를 한 후에 말이야."

밤 11시 반, 표도르의 얼굴이 금세 붉게 달아올라 있다.

"이제야말로 러시아가 재도약을 하게 되었다. 그것도 하바로프스크에서부터 말이다."

"아버지, 오버하지 마세요."

카타리나가 이맛살을 찌푸렸다.

"칭다오 공장을 하바로프스크로 계획을 바꿀 경우 중국이 보복할 때를 말하는 거예요."

"보복할 거다."

표도르가 번들거리는 눈으로 카타리나를 보았다. 관저의 응접실 안이다. 그때 표도르가 말을 이었다.

"보복을 하면 동성그룹은 사업장 문을 닫을 것이고 그때까지 중국은 동성을 알거지로 만든 다음에 중국에서 쫓아낼 거다. 지난번 한국의 미진그룹도 그렇게 망했지?"

"맞아요."

"한국의 한류도 이제는 중국에 확 휘어잡혔지? 중국에 말 한마디 잘못하면 광고에도 못 나오고, 그렇지?"

"그래요."

표도르가 천천히 고개를 끄덕였다.

"동성그룹이 그것까지 계산하고 우리한테 미리 말해주는 거다. 우리를 배후의 힘으로 이용하려는 것이지."

"…."

"역시 대그룹다운 처신이야. 그래서 더 믿을 만하구나."

카타리나는 숨을 들이켰다. 강우진의 호의도 철저하게 계산된 것처럼 느껴졌기 때문이다.

다음 날 오전 11시, 이번에는 주지사실에서 표도르와 부지사 알렉세이가 강우진, 조태길과 넷이 둘러 앉아있다. 표도르가 먼저 웃음 띤 얼굴로 입을 열었다.

"어젯밤에 카타리나가 또 감동을 받고 나한테 달려왔습니다. 강 상무님이 그것을 일거양득 작전이라고 하셨다던데."

"예, 계산된 발언이었지요."

강우진도 따라 웃었다.

"앞으로 그런 일은 없을 겁니다."

"아니, 이제는 카타리나한테만 감동을 주셔도 될 겁니다."

"알겠습니다."

"내 예상이지만 칭다오 공장 설립이 취소되고 하바로프스크로 옮겨지면 중국은 틀림없이 보복할 겁니다."

강우진이 고개를 끄덕였다.

"회장님도 그것을 우려하셨습니다."

"그래서 어젯밤 그 말씀을 듣고 제가 모스크바 측과 협의를 했는데요."

표도르가 번들거리는 눈으로 강우진을 보았다.

"중국에서 보복을 받는 사업장은 바로 러시아로 이전하는 것이 어떻습니까?"

강우진이 눈만 껌벅였고 표도르가 말을 이었다.

"바로 러시아와 이전 계약을 체결하는 것입니다. 그러면 그 공장과 재산은 러시아도 책임을 지는 사업장이 되지 않겠습니까?"

표도르의 목소리가 열기를 띠었다.

"중국이 지난번 한국 업체들에 한 것처럼 매장 영업을 방해하고 세금 폭탄을 먹이고 관제 데모를 한다면 그것은 러시아에 도전하는 것이지요. 우리는 그것을 묵과할 수 없습니다."

그때 강우진의 머릿속에 T-34가 떠올랐다. 요즘 T-34 영화가 너무 많다.

"조 부장이 자동차 기조실과 함께 검토해요."

호텔로 돌아가는 차 안에서 강우진이 말했다.

"아마 지금쯤 회장님이 자동차의 윤 회장께 말씀하셨을 테니까요."

"예, 상무님."

"이건 그룹 기조실에서 할 일이지만 우리가 대신하는 셈이죠."

그러고는 강우진이 웃음 띤 얼굴로 조태길을 보았다.

"일단 조 부장이 그룹 기조실에서 파견 근무를 하는 것이 어때요? 거기서 자동차의 기조실을 체크해야 되겠지."

"그, 그것은."

금세 얼굴이 하얗게 굳어진 조태길이 강우진을 보았다. 대영전이다. 그룹 기조실이 어딘가? 바로 청와대 비서실이다. 지금 강우진과 조태길은 동성상사의 기조실에 있다. 굳이 비유한다면 행정자치부쯤의 비서실이라고 할까? 총리 비서실은 없다. 그래서 지금 상황을 말할작시면 행정자치부 비서실 국장과 과장이 건설교통부의 프로젝트를 결정한 상황이다. 그러고 나서 이 프로젝트를 처리하기 위하여 행자부 과장인 조태길을 청와대 비서실 비서관으로 보낸다는 것이다. 누가? 대통령 아들인 행자부 국장이. 강우진이 말했다.

"주지사 표도르는 조 부장이 상대하면 되겠지, 난 이곳 일에만 매달릴 수는 없으니까."

그 순간 조태길이 소리 죽여 숨을 뱉었다. 그렇구나, 강우진에게 이 엄청난 프로젝트도 빙산의 일각일 뿐이다. 현재 상사 기조실 상무로 일하고 있지만 6개 사업단, 63개 계열사, 그리고 수천 개의 사업장을 관리해야 하는 후계자다. 조태길이 앉은 채로 고개를 숙였다.

"감사합니다. 최선을 다하겠습니다."

서울에 도착했을 때는 오후 4시, 일주일 만에 귀국했다. 강우진은 곧장 회사로 돌아와 기조실장 유백만에게 보고를 하고 나서 밀린 결재 서류를 체크했다. 그때 전화벨이 울렸다. 그룹 기조실장 고재성이다.

"오늘 퇴근할 때 나한테 오너라. 같이 밥이나 먹자."

고재성이 대뜸 말했다.

"오늘 회장님은 저녁 약속이 있으셔, 그래서 내가 너하고 밥 먹는다고 말씀드렸다."

"네, 실장님."

"자동차그룹 윤 회장하고도 이야기 다 되었어."

고재성이 말을 이었다.

"서울호텔 2층 한식당으로 오너라. 7시 반이다."

그러고는 통화가 끊겼다.

서울호텔 한식당의 방에서 강우진과 고재성이 마주 앉아있다. 부드러운 분위기, 상 위에는 한정식 요리가 차려져 있다. 강우진은 한정식을 좋아한다. 그것을 고재성이 아는 것이다. 고재성은 건성으로 러시아에 다녀온 이야기를 묻고 듣더니 밥을 거의 다 먹었을 때 문득 생각난 것처럼 말했다.

"다음 인사에 최수영이를 대리 진급시키려고 한다."

"…."

"그리고 너는 다음 달에 그룹 기조실로 오도록 해. 기조실 상무가 되는 거지."

"…."

"네 밑에 조태길을 붙여주마. 지금까지 너하고 손발을 맞춰왔는데, 어떠냐? 마음이 맞느냐?"

"예, 실장님."

"심복을 만들어 두는 게 좋다. 아버님이 나를 단련시키셨듯이 말이다."

"제가 조 부장한테 배우고 있어요."

"내가 꽤 오래 그놈의 인성부터 체크했다, 가정교육, 교우 관계까지 말이다."

고재성이 말을 이었다.

"널 배신하고 호가호위할 놈이 아니다."

"…."

"내가 그놈한테 세부 지시를 할 테니까 넌 당분간 그놈을 눈여겨보아라. 네 수족이 되어줄 심복이 필요하다."

고재성의 눈이 번들거렸다.

"너를 존경하고 너를 위해 목숨까지 바칠 수 있는 동지가 있어야 한다."

"아저씨처럼 말인가요?"

불쑥 입에서 아저씨 소리가 나왔기 때문에 강우진이 쓴웃음을 지었고 고재성도 따라 웃었다. 그때 고재성이 말을 이었다.

"그래. 너도 앞으로 수많은 난관을 겪어가야 할 테니까 터놓고 상의할 형제 이상의 측근이 필요하다."

"아버지가 상의하셨어요?"

불쑥 강우진이 묻자 고재성이 눈썹을 모았다.

"뭘 말이냐?"

"내 어머니, 그리고 저에 대해서."

"그래."

수저를 내려놓은 고재성이 커다랗게 고개를 끄덕였다. 어느덧 눈이 흐려져 있다.

"네 어머니를 사랑하셨지, 그리고 네 걱정을 많이 하셨다. 때로는 네 이야기를 오래 하시기도 했다."

"…."

"네가 방에 박혀서 나오지 않으면 부르고 싶어도 못 부르고 나왔다고도 하셨고."

"…."

"어릴 때 너하고 같이 찍은 사진 한 장 없는 것이 안타깝다고도 하셨다."

"…."

"네 어머니한테는 더 그러셨지."

그때 눈동자의 초점을 모은 고재성이 강우진을 보았다.

"최수영을 대리 진급시키는 이유를 말해줄까?"

"아뇨, 관심 없습니다."

강우진이 쓴웃음을 지었다.

"실장님께 맡기겠습니다."

"그놈이 너하고 연결되어 있어. 그것은 분명한 사실이야."

"그렇지만 이젠 관심이 없어졌습니다. 모두 실장님 덕분이죠."

강우진이 웃음 띤 얼굴로 고재성을 보았다.

"피할 것 없이 오히려 옆에 두고 견디라는 실장님의 배려였고 그것이 이제는 성공한 것 같다는 느낌이 들어요."

"그렇지, 네가 옆에서 볼 수 있게 한 거지."

"이제 제가 그룹 기조실로 간다면 그 친구하고 멀어지게 되겠는데요."

"그놈이 요즘 다른 여자를 만난다."

"…."

"동성상사 기조실 사원이면 사법고시 패스한 것만큼의 수준이 되지, 오히려 그 이상으로 쳐주는 사람도 있고."

"…."

"최수영은 순식간에 제 직위를 이용해서 기반을 굳혔고 리베이트를 챙기고 있다. 그리고 하청 공장의 사장 딸과 이제 약혼 일보 직전의 단계까지 이르렀다."

"…."

"내가 이 이름을 네 앞에서 부르기 거북하다만 김시아를 배신한 것이지."

"…."

"아마 최수영이 대리 진급을 하게 되면 결혼이 급물살을 타게 될 거다."

고재성의 얼굴에 웃음이 떠올랐다.

"그래서 내가 대리 진급을 시키는 것이지만 말이다."

"…."

"이것이 인간의 본색이야, 최수영이 나쁜 놈은 아냐, 당연한 거야."

"…."

"김시아는 또 상처를 받겠지, 나는 김시아를 너한테 되돌려주고 싶구나."

"아저씨."

강우진이 흐려진 눈으로 고재성을 보았다.

"그냥 놔뒀다면 좋았을 텐데요."

"언젠가 일어날 수 있는 일을 빨리 진행시킨 거지, 물론 그럴 능력이 있었기 때문이지만."

고재성이 바로 말했지만 외면했다.

"시아도 현실을 실감하게 될 것이고."

"…."

"만신창이가 된 시아를 제가 어떻게 해야 하죠?"

그러자 고재성이 정색하고 고개를 끄덕였다.

"그렇구나, 네 본심이 나오는구나."

"그래요, 아저씨."

"지금도 사랑하니?"

"제가 두 번 태어나도 똑같을 겁니다."

"그런데도 최수영한테 맡기려고 했어?"

"시아가 좋다면요."

"바보 같은 놈."

"지금 생각하니까 그러네요."

"이젠 놓치지 마라."

고재성이 길게 숨을 뱉었다.

"내가 이 말 해주려고 불렀다."

"과장님, 부르셨습니까?"

김병문 앞에 선 최수영이 조심스러운 표정으로 물었다. 오전 10시, 사무실 안, 기조실 영업팀은 활기에 차 있다. 김병문이 입을 열었다.

"너 대리 진급되었어."

그 순간 숨을 들이켠 최수영에게 김병문이 말을 이었다.

"내일부터 대리다, 축하한다."

"감사합니다."

"아니, 나는 네 고과도 아직 쓰지 않았어."

김병문이 똑바로 최수영을 보았다.

"이번 러시아 유전 프로젝트에 네가 상무님하고 같이 열심히 일한 때문이겠지, 어쨌든 경사다."

자리에서 일어선 김병문이 손을 내밀어 악수를 청했다. 최수영은 김병문의 손을 잡으면서 어깨를 폈다, 됐다.

핸드폰을 끈 김시아가 휴게실로 돌아왔을 때 정성희가 물었다.

"애인하고 통화했어?"

"응."

대답은 그렇게 했지만 최수영은 전화를 받지 않는다. 요즘은 사흘에 한 번꼴로, 그것도 김시아가 대부분 연락을 한다. 그런데 그것도 인사로 끝나거나 두 번에 한 번은 통화가 안 되는 것이다. 이렇게 두 달쯤이 지났으니 아무리 둔한 사람이라도 분위기를 눈치채지 못하겠는가. 간단하게 말해서 식었다, 또는 시들해졌다. 이런 경험은 없지만 김시아는 씁쓸하다. 점심시간이다. 식당에서 점심을 마친 직원들이 휴게실을 가득 메우고 있다. 대양그룹 베이징 법인은 15층 건물로 중국 전역에 분포된 대양그룹 산하 20개 사업장을 관리하고 있다. 사업장에 고용된 임직원은 3만여 명이다. 그때 정성희가 웃음 띤 얼굴로 다시 묻는다.

"서울은 언제 가니?"

"봐서."

"연기했어?"

"응, 그 사람이 시베리아 유전 개발로 바빠, 맨날 하바로프스크 출장이야."

"참, 네 애인이 동성 기조실에 있지?"

정색한 정성희가 이맛살을 모았다.

"동성 자동차가 정말 하바로프스크로 옮기는 거야?"

"모르겠어."

"지금 중국 언론들이 부글부글 끓고 있던데, 지사장 회의가 열리는 것도 그것 때문 아냐?"

정성희가 눈썹을 모았다.

"이러다가 불똥이 우리한테 튀면 어떻게 하지? 지난번에 미진그룹이 그것 때문에 망했지 않아?"

"…."

"지난번은 사드 때문에 미진그룹이 한국 정부 대신 중국한테 보복을 당했지만 지금 동성그룹이 칭다오에 설립하려던 자동차 공장을 취소하고 하바로프스크로 옮긴다면 더 큰 문제가 발생할 거야."

정성희의 목소리가 열기를 띠었다.

"동성의 중국 사업장은 말할 것도 없고 우리도 날벼락을 맞을 거야. 너도, 나도 일자리를 잃고 쫓겨난다고."

"…."

"아니, 못 나가게 할지도 몰라. 중국 놈들이 우리를 감옥에 넣을지도."

"설마 그러려고."

쓴웃음을 지은 김시아가 웃었다.

"넌 너무 오버하는 버릇이 있어."

"아냐, 중국인들은 그럴 수 있어. 너 우리 회사에 근무하는 조선족들이 모두 우리 편이라고 생각하니?"

"아니, 그건 아냐."

"조선족은 모두 중국인이야. 말만 조선말을 하지 중국에 대한 애국심이 철철 넘치는 인간들이라고. 그자들이 대한민국을 사랑하는 줄 아니? 한국인들도 정떨어지는 일을 했지만."

"맞아, 네 말은."

"그렇게 배웠기 때문이야. 어쩔 수 없어."

그때 점심시간이 끝났다는 벨이 울렸기 때문에 김시아가 소리 죽여 숨을 뱉었다. 최수영이 동성에서 근무한다는 것이 발단이 되어서 최근의 사태를 김시아가 뒤집어쓸 뻔했다. 어쨌든 최수영은 그 사건의 중심에 있는 것은 맞다. 그래서 바쁜가?

"축하해요, 수영 씨."

유아연이 웃음 띤 얼굴로 최수영을 보았다. 롯데호텔의 라운지, 오후 6시 반, 유아연은 진남색 투피스 정장 차림에 진주 목걸이를 했다. 빼어난 미모여서 주위가 환해지는 것 같다. 최수영이 정색하고 말했다.

"축하는 고맙긴 한데, 그만큼 책임이 많아져서…."

"동성상사의 기조실 대리면 판검사보다 낫다고 했어요."

유아연이 말을 이었다.

"그 책임만큼 권한을 갖게 되지 않겠어요? 동성은 그만큼 단단한 회사고요."

의자에 등을 붙인 최수영이 어깨를 폈다. 바빴지만 이틀에 한 번은 꼭 만났고 하루 평균 다섯 번은 통화한다. 그 다섯 번이 최수영이 하는 통화이고 유아연은 그보다 1.5배쯤 더 하는 터라 2시간에 한 번꼴로 통화하는 셈이다. 물론 둘의 관계도 급진전해서 이제는 자연스럽게 호텔 방에 가는 사이도 되었다. 항상 정장 차림의 유아연을 존중하는 의미에서 최수영은 특급 호텔만을 이용한다. 그때 유아연이 물었다.

"이번에 동성이 자동차 공장을 칭다오에서 하바로프스크로 옮긴다던데, 그거 결정된 거죠?"

"물론."

어깨를 편 최수영이 결의에 찬 표정으로 유아연을 보았다.

"하바로프스크 조건이 좋으니까 어쩔 수 없지."

"그 프로젝트도 수영 씨가 참가한 건가요?"

"당연하지, 나도 며칠간 밤을 새웠어."

최수영이 한숨까지 쉬었다.

"칭다오로 예정되었던 공장을 완전히 하바로프스크로 옮기는 프로젝트여서 말야."

"근데 아버지가 한번 만나자고 해요."

"무슨 일인데?"

"뻔히 알면서."

유아연이 눈을 흘겼다.

"그 문제지 뭐."

"그러지, 언제든지."

최수영이 다시 한숨을 쉬었다. 결혼 일정을 잡자는 말이다. 요즘은 약혼은 생략한다.

"아무리 바쁘더라도 봬야지."

바쁘기는, 유전과 자동차 공장 프로젝트는 모두 그룹 기조실과 자동차 기조실로 이전되었기 때문에 한가하다.

그룹 기조실로 옮겼다. 동성그룹은 6개 사업단이 있고 사업단마다 기조실이 있어서 그룹 기조실은 6개 사업단 기조실도 총괄한다. 그룹 기조실장 고재성은 사장급으로 휘하에 전무 3명, 상무 6명, 부장 18명, 과장 54명의 간부를 지휘하고 있는데 강우진은 기획 상무로 발령을 받았다. 조태길은 기획 상무 휘하의 부장이다. 이제 그룹의 중심으로 옮겨온 것이다. 인사를 마친 강우진이 방에 혼자 되었을 때는 오전 10시가 되어가고 있다. 이곳에서는 강우진이 부장 3명, 과장 9명을 지휘하게 된 것이다. 동성상사의 3배 규모다. 동성 상사에서 몇 달간 손발을 맞춰온 비서 진재영을 데려왔기 때문에 곧 방문이 열리더니 진재영이 들어와 물었다.

"조 부장이 기다리고 있는데요, 지금 들어오라고 할까요?"

강우진이 고개를 끄덕이자 곧 진재영이 나가고 조태길이 들어섰다. 조금 전에 부장급과 인사를 할 때도 함께 있었기 때문에 다시 보는 셈이다. 앞쪽에 앉은 조태길이 상반신을 반듯이 세우고는 강우진을 보았다.

"보고 드릴 일이 있습니다."

강우진이 고개만 끄덕였고 조태길이 말을 이었다.

"최수영이 그동안 8개의 업체에서 리베이트를 받았습니다. 김병문 과장이 호흡을 맞춰줬기는 하지만 개인적으로 받은 업체가 5개나 됩니다."

조태길이 정색하고 강우진을 보았다.

"김 과장도 놀라고 있습니다. 발군의 실력이라고 하는군요."

웃지도 않는다. 최수영은 지금까지 김병문, 조태길이 깔아놓은 무대에서 춤을 춘 셈인가?

"이쯤 되면 내가 뭐라고 부르지?"

유영준이 물었기 때문에 최수영이 풀썩 웃었다.

"그냥 이름을 부르시지요."

"며칠 전까지만 해도 내가 최 대리님, 했는데 말야."

"죄송합니다."

"이 사람아, 뭐가 죄송해? 당연한 일이지."

"아유, 그만해요. 최 서방 놀리는 거 같으니까."

옆에서 김남숙이 말했기 때문에 둘은 입을 다물었다. 오후 6시 반, 이곳은 성북동의 저택, 오늘은 유영준이 최수영을 집으로 불러 저녁을 먹는 날이다. 응접실에는 유영준과 김남숙, 최수영과 유아연까지 넷이 둘러앉아 있다. 그때 유영준이 물었다.

"부모님 일정은 어떻게 되나?"

"다음 달이면 어느 날도 좋습니다. 15일이 제삿날이니까 그날만 빼고요."

"알았어, 내가 날짜와 장소를 잡지."

지금 양가 부모 상봉 이야기를 하는 것이다. 김남숙이 말했다.

"그럼 그날 만나서 결혼 일정도 잡도록 하지."

"예, 알겠습니다."

최수영이 고분고분 대답했다. 이미 부모한테도 다 통보한 사항이다. 최수영 옆에 앉은 유아연이 입을 열었다.

"일자는 세 달쯤 후로 해요."

최수영과 상의한 것이다.

"그렇게 하자."

유영준이 고개를 끄덕이며 말했다.

"그리고 자네도 대리 진급을 해서 기쁘겠지만 결혼하고 나서 내 회사로 올 생각을 해."

예상했던 일이지만 최수영이 긴장했고 유영준의 말이 이어졌다.

"동성에서 업무 기반을 닦았으니까 이제 내 회사를 좀 도와줘야지. 그러려고 내가 자네를 끌어들인 것이니까."

그것은 최수영도 같은 생각이다, 물론 속마음이지만.

"아니, 뭐라고?"

오전 9시 반, 회사에 출근한 지 얼마 되지 않았을 때다. 놀란 김시아가 옆에 선 정성희에게 물었다.

"기숙사로 돌아가라는 거야?"

"응, 각 부서에서 한 사람씩만 남고 돌아가서 대기하라는데."

"왜?"

"회사를 폐쇄시켰다는 거야."

"폐쇄?"

그때 사무실 안이 더 수선스러워졌다. 이쪽저쪽에서 서너 명, 대여섯 명씩 모여 수군거렸고 간부들은 분주하게 들락거렸지만 큰 소리는 내지 않는다. 무거운 분위기다. 앉아있는 사람이 없다. 그때 정성희가 말을 이었다.

“중국 정부에서 통보가 왔다는 거야.”

“동성자동차 때문에?”

“그래.”

동성자동차는 칭다오에 건설하기로 했던 자동차 공장 설립 계획을 취소하고 러시아 하바로프스크로 이전하겠다고 발표했다. 그때부터 중국은 발칵 뒤집혔다. 격분한 정부에서 선동했고 중국 국민이 호응한 것이다. 그때부터 중국에 있는 한국 기업들에 대한 공격이 시작되었는데 그야말로 관민(官民)의 합동 공격이다. 발표한 지 5일째가 되는 오늘, 대양 중국 법인의 폐쇄 조치가 내려졌다. 총무부장이 사무실로 들어섰다.

“조용히!”

총무부장이 문 앞에 서서 소리치자 넓은 사무실이 조용해졌다. 모두의 시선을 받은 총무부장의 얼굴은 하얗게 굳어 있다. 총무부장이 입을 열었다.

“각 부서에서 한 사람씩만 남고 모두 기숙사로 돌아간다. 각 부장이 지명한 사원이 사무실을 지키고 나머지는 소지품을 챙기고 지금 즉시 회사 앞에 대기시킨 버스에 타고 돌아간다.”

그때 사원 하나가 소리쳐 물었다.

“무슨 일 있습니까?”

“중국 정부 지시야.”

총무부장이 낮게 말했지만 다 들렸다.

“언제까지 기숙사에 있어야 합니까?”

누군가 물었을 때 총무부장이 대답했다.

“그건 알 수 없어, 하지만….”

고개를 든 총무부장이 소리쳤다.

“기숙사 밖으로 나가지 말도록! 별도 지시가 있을 때까지 기숙사에 있어야 한다. 자, 소지품 챙겨! 서류는 그대로 놔둬도 돼!"

"사업장이 폐쇄되었어."

고재성이 둘러앉은 기조실 중역들에게 말했다. 서울, 동성그룹 본사의 기조실에서 최고 간부 회의가 열리고 있다.

"예상했지만 반응이 점점 더 격렬해지고 있다. 현재 76개 사업장 전체가 폐쇄되었고 법인 빌딩도 출입이 금지되었어."

모두 숙연한 상태다. 그룹 기조실 소속의 전무들, 상무들이 모두 모였다. 오전 10시 반, 출장을 나갔던 간부들도 모두 돌아와 있다. 방금 고재성은 회장 강석규 주재하의 6개 그룹회장단 회의에 참석하고 돌아온 참이다. 고재성이 간부들을 둘러보았다. 말석에 앉은 강우진의 시선과 부딪쳤다가 스치고 지나갔다. 고재성이 어깨를 폈다.

"회장님 모시고 그룹의 방침을 결정했다. 중국 정부에 항의할 필요는 없고 중국에 진출한 동성의 사업장은 모두 러시아로 이전하기로 했다."

그것은 이미 그룹 기조실에서 극비리에 추진해온 사항이다. 고재성의 말이 이어졌다.

"곧 러시아 대통령 푸틴이 성명을 발표할 테니까 그것으로 상황의 반전이 일어날 거다."

회의실 안은 숨소리도 나지 않았고 고재성의 눈빛이 강해졌다. 그것도 푸틴과 미리 합의한 사항이다.

"중국에 깔린 동성 사업장의 자산은 327억 불 정도 됩니다."

회의실, 강우진이 영업팀 간부들과 함께 회의 중이다. 부장 3명, 과장 9명 전원이 모여 있다. 비상사태인 것이다. 지금 말한 사람은 선임부장 박만호, 박만호가 말을 이었다.

"현재 76개 사업장은 폐쇄된 상태이고 사원들은 기숙사와 자택에 갇혀있는 상황입니다."

강우진이 서류를 보았다. 현지인 사원은 제외하고 한국인 사원이 3,527명이나 된다. 가족까지 포함하면 7,544명이다. 그들이 중국 땅에 갇혀있는 것이다. 그때 강우진이 입을 열었다.

"중국인의 본색이 드러난 것 같은데요. 이것을 계기로 한중 관계가 새롭게 정립되면 합니다."

이것은 강우진의 머릿속 생각이 아니다. 아버지 강석규와 고재성이 하는 말을 듣고 공감했기 때문에 써먹은 것이다. 나이 30도 안 된 강우진이 뭘 겪었겠는가? 하지만 이렇게 배워서 써먹다가 나중에는 양자강 뒤의 물이 앞의 물을 치는 것처럼 경력자가 되는 것이지, 다 초보 운전 시기가 있는 것처럼. 그때 조태길이 말했다.

"이번 사건으로 우리 동성만 당하고 있는 것이 아닙니다. 중국에 있는 한국 사업장이 다 당하고 있습니다. 중국은 국제법이나 세계 여론에는 눈도 깜박하지 않고 전체 한국 사업장에 대해서 폐쇄, 업무 방해, 심지어는 공권력을 동원한 사찰, 체포까지 감행하고 있습니다."

만행이다. 그런데 한국 정부는 속수무책이다. 왜냐하면, 마치 인질범에게 인질이 잡혀있는 상황과 같기 때문이다.

핸드폰을 귀에 붙인 김시아가 벨 소리를 센다. 열둘, 열셋, 열넷, 열다섯 번이 울렸을 때 김시아는 핸드폰을 귀에서 떼었다. 최수영에게 전화한 것이다. 이번 전화는 10일 만이다. 그동안 전화를 안 했다가 오늘 기숙사에 감금되고 나서 최수영에게 연락해본 것이다. 답답했기 때문에 연락해본 것인데 이번에도 전화를 받지 않는다. 이번의 한국 기업 폐쇄 사건이 동성의 자동차 공장 이전 발표로부터 시작되었기 때문이다. 그래서 그 주역을 맡았다고 자랑한 최수영에게 내막을 물어보고 싶어서 연락했는데 안 받는다. 그러고 보면 최수영과 통화를 안 한 지도 한 달이 넘었다. 오후 3시 반, 기숙사에 사원들이 다 돌아와 있었지만 조용하다. 모두 감옥에 갇힌 느낌이 들었기 때문인지 밖으로 전화만 한다. 김시아가 베란다에서 방으로 들어왔더니 룸메이트인 정성희가 울상을 짓고 말했다.

"어떻게 하니? 베이징 매장의 물품도 꺼내지 못하게 한단다."

"뭐? 폐쇄했다면서?"

"매장 안에 있는 물건에 손도 못 대게 한대."

"…."

"우리도 곧 추방당할 거래."

정성희의 두 눈이 번들거렸다.

"옆방의 오금희는 내일 돌아간다고 개인적으로 티켓 끊었어."

김시아가 어깨를 늘어뜨렸다. 아직 회사 방침이 정해지지 않은 상태에서 그렇게 한다면 무단이탈이다. 퇴사를 감수하고 하는 행동이다.

핸드폰을 손에 쥔 채 최수영이 스크린을 노려보고 있다. 발신자 명단에 김시아의 이름이 번쩍이는 중이다. 최수영은 잠깐 김시아의 이름을 수신 거부 상태로 만들까를 궁리하다가 뒤로 미뤘다. 그럴 리는 없겠지만 놀란 김시아가 귀찮게 할지도 모르는 것이다. 이윽고 주머니에 핸드폰을 넣은 최수영이 복도에서 아파트 안으로 들어섰다. 안에서 부동산 사장과 이야기를 하던 유아연이 최수영을 보았다.

"회사야?"

"응."

고개를 끄덕인 최수영이 유아연 옆에 서서 아파트 안을 둘러보았다. 용산의 60

평형 아파트는 그야말로 궁전이다. 방이 5개, 한강이 보이는 24층 로얄층에 서 있는 것이다. 이 아파트는 그들이 결혼 후에 살 곳이다. 그때 인테리어 지시를 받은 부동산 사장이 인사를 하고 먼저 나갔다.

"요즘 회사 바쁜데 괜찮아?"

유아연이 건성으로 묻자 최수영이 씩 웃었다.

"괜찮아, 다 예상했던 일이니까."

둘은 텅 비었지만 깨끗하게 청소된 응접실로 들어와 플라스틱 의자에 나란히 앉았다. 유아연이 다시 물었다.

"자기가 자동차 공장을 러시아로 옮긴 주역 중의 하나 아냐?"

"다 준비를 해놓았어."

"중국에 남은 한국인들은 괜찮아?"

"괜찮아, 다 조치해놓았으니까."

"한국의 다른 상사들도 불이익을 받는다던데…."

"그거야…."

자리에서 일어선 최수영이 유아연의 손을 잡아 일으켰다. 유아연이 따라 일어섰을 때 최수영이 허리를 감아 안았다. 유아연이 놀란 듯 주춤했으나 곧 최수영의 품에 안겼다.

오후 5시, 예고되었기 때문에 한국 국민은 TV 앞에 모여 앉았다. 동성그룹의 전 직원도 물론 TV 앞에 모였다. 러시아 푸틴 대통령이 이번 중국의 한국 기업체 폐쇄 사태에 대해 성명을 발표하는 것이다. 푸틴의 이번 성명은 미국도, 일본도, 유럽의 모든 국가, 그리고 중국이 주시하고 있다. 그야말로 전 세계가 TV 앞에 모여 있는 것이다. 지루한 예고 성명이 이어지다가 마침내 푸틴의 얼굴이 나타났다. 그러더니 푸틴이 대뜸 말했다.

"저는 러시아 대통령으로 말씀드립니다. 러시아는 대한민국 동성그룹과 동업 관계이며 동맹 관계를 맺었습니다. 따라서 중국에 진출한 동성그룹의 재산과 인력은 러시아의 재산이나 인력이나 같습니다."

눈을 치켜뜬 푸틴이 시청자들을 노려보았다.

"중국 정부에 경고합니다. 동성그룹의 재산을 1달러라도 손상하거나, 기업체의 유리창 1장이라도 깨거나, 인명에 스친 상처라도 발생했을 경우 러시아 정부는 즉각적이고 단호한 조치를 할 것입니다."

푸틴이 어깨를 부풀렸다가 내렸다.

"그 대가는 백 배, 천 배가 될 것을 러시아 대통령으로 선언합니다."

선언을 마친 푸틴의 얼굴이 금방 화면에서 사라졌을 때다. TV 앞에 모여 있던 한국 국민은 3초쯤 멍한 표정이 되어서 움직이지 않았다. 푸틴은 러시아어로 말했지만 밑에 자막이 깔려 있어서 바로 이해했다. 그다음 순간이다. 환호성이 울렸다. 박수 소리가 일어났다. 눈물을 글썽이는 사람도 있었고 감상적인 사람은 눈물을 쏟으면서 울었다. 한국은 중국에 비하면 약소국이다. 그동안 무시당했지만 아무 말 못 했다. 정부 관리 일부분도 그랬다. 많이 울었다. 고위층 관리일수록 숨어서 우는 사람이 많았다. '대한민국 만세'를 외치는 사람도 있었고 '푸틴 만세'라고 소리치는 사람도 많았다.

동성그룹 기조실의 상무실 안, 불려 들어온 조태길이 소파에 앉았을 때 강우진이 고개를 들었다. 오후 6시 10분, 퇴근 시간이 지났지만, 사무실에는 퇴근한 사원이 없다. 조태길의 시선을 받은 강우진이 입을 열었다.

"대양그룹도 폐쇄당했지요?"

"그렇습니다."

강우진이 입을 다물었고 조태길이 시선을 준 채 기다렸다. 강우진이 다시 고개를 들었다.

"지금 어떤 상황이죠?"

"직원들은 대부분 기숙사나 숙소에서 대기하고 있습니다."

"…."

"아직 폐쇄당한 지 이틀밖에 되지 않아서요."

조태길이 말을 이었다.

"중국 정부에서 한국 기업체의 한국인 임직원에 대한 입출국 제한은 하고 있지 않습니다."

조태길이 헛기침을 했다.

"제가 보호 조치를 하겠습니다."

강우진이 마침내 외면했다. 조태길은 이미 심중(心中)을 읽은 것이다. 심복이다.

"철수야."

기숙사의 회의실, 방 안에는 기숙사 각 구역 대표들이 모두 집합해서 20명 가까운 사원이 모였다. 총무부장이 핏발선 눈으로 사원들을 둘러보았다.

"회사에서 결정했어. 오늘 중으로 각 부서에서 관리 담당자 하나씩만 남고 나머지는 귀국하는 거야."

그 순간 방 안이 조용해지더니 곧 수군거리는 소리로 덮였다. 그중 하나가 총무부장에게 묻는다.

"기숙사도 모두 비워요?"

오전 10시 반, 기숙사에 갇힌 지 나흘째 되는 날이다. 총무부장이 입을 열었다.

"여기도 관리 담당자는 남고 모두 철수해야지. 우리 회사 재산인 데다 기물을 옮겨갈 수도 없으니까."

손목시계를 본 총무부장이 말을 이었다.

“곧 부서별 잔류자 명단이 나올 거야. 오늘 오후 5시부터 철수할 테니까 모두 준비하도록.”

총무부장이 몸을 돌렸을 때 방 안이 금방 어수선해졌다. 부르고 답하는 소리, 탄식하는 소리, 분노에 찬 외침도 일어났다.

기숙사 사감은 총무부 소속의 관리과장이다. 40대 중반의 여자로 비대한 체격이다. 장은현 과장, 사감실로 층별 대표를 모은 장은현이 주위를 둘러보았다. 이번에는 10여 명이 모였다.

“관리 담당자를 내가 선발할 수는 없으니까 지원자를 받겠어.”

장은현이 말을 이었다.

“부서별 잔류자도 있겠지만 이곳 기숙사를 맡을 직원이야. 층별로 한 사람씩 필요해.”

모두 눈치만 보았고 장은현이 외면한 채 말했다.

“이건 쓸데없는 말이지만 관리자에게는 특별수당을 지급할 거야.”

모두 입을 다물었다. 누가 남는단 말인가? 중국 전역이 한국을 성토하고 있다. 배신자, 배은망덕, 처단, 악덕 기업, 한국 놈 추방 등 온갖 비난과 악평이 언론을 통해 쏟아졌고 한국의 사업장에 대한 공격이 극심해져서 모두 폐쇄한 상태다. 거기에다 한국인에 대한 테러도 일어나는 상황이다. 더 심해지기 전에 빨리 도망치는 것이 상책이다. 재산 챙길 여유가 없는 것이다. 그때 옆에 서 있던 윤미희가 물었다.

“지금도 한국인 테러가 심해지는데 나중에는 이곳에 중국인들이 쳐들어올 수도 있지 않겠어요?”

“그럴 리는 없어.”

장은현이 말했지만 자신 없는 표정이다. 어깨를 늘어뜨린 장은현이 말을 이었다.

"강요하지는 않겠어. 층별 한 명씩만 지원해, 안전은 회사에서 보장할 테니까 말이야."

"보장은 개뿔."

복도로 나왔을 때 윤미희가 김시아에게 말했다. 윤미희는 법인 영업부 사원이다. 윤미희가 말을 이었다.

"말뿐이야. 폭도들이 쳐들어오면 속수무책이야. 중국 정부는 지금보다 더 강한 보복을 할 거야."

윤미희 주위로 사원들이 둘러서서 듣는다. 김시아도 그중 하나다. 윤미희의 목소리가 복도를 울렸다.

"빨리 도망가야 해. 푸틴이 도와준다고 했지만 그건 동성뿐일 거야. 우리까지 도와줄 여력은 없다구."

베이징의 동성 백화점 앞, 셔터가 내려진 백화점 정문 앞에 온갖 쓰레기가 쌓여 있다. 성난 인민들이 던져 놓은 것이다. 공안이 경비하고 있지만 건성이다. 백화점 건물의 유리창 대부분이 돌팔매질로 깨졌고 벽은 불에 그슬려서 검다. 몇 놈이 화염병을 던졌기 때문이다. 지금도 건너편 길가에는 시위대 1백여 명이 모여 있다. 이것이 한국의 동성그룹 사업장 76개 중 하나다. 그리고 나머지 사업장도 이곳과 비슷하다.

"유감입니다."

외교부 대변인 박택상이 TV 화면에 대고 말했다. 이곳은 한국, 생방송 중이다.

"우리는 중국 정부에 유감 의사를 전했습니다."

그때 기자 하나가 소리쳐 물었다.

"정부 대책이 뭡니까?"

그러자 박택상이 기자를 노려보았다.

"국제법에 의거, 소송을 준비 중입니다."

"중국 정부에 경고했습니까?"

다른 기자가 묻자 박택상의 눈동자가 흔들렸다.

"유감을 표명했습니다."

"누구한테요?"

다른 기자가 물었다.

"중국 대사도 부르지 않았지 않습니까?"

"전화로 통화했습니다."

이제는 박택상의 이맛살이 찌푸려졌다. 기자가 묻는 말뜻을 아는 것이다.

"우리는 수시로 중국 측과 연락을 합니다."

"누구하구요?"

"그런 말씀은 드릴 수 없네요."

"중국 대사라도 불러 항의해야 되지 않습니까?"

"그것까지 상관하실 일도 아닌 것 같네요."

"굴종 외교 아닙니까?"

마침내 기자 하나가 소리치는 것이 생방송 화면에 잡혔다. 박택상이 와락 눈을 치켜떴다가 내렸다. 얼굴이 붉어졌다.

"이거 편집되는 거죠?"

화면에 대고 묻는다. 그때 다시 기자 하나가 소리쳤다.

"중국 정부에 우리 정부 대신 러시아 푸틴 대통령이 경고하는 상황이 이상한 것 아닙니까?"

그때 박택상이 됐다는 듯이 손을 흔들었다. 방송 끝내자는 표시 같다.

리모컨으로 화면을 끈 고재성에게 강석규가 말했다. 웃음 띤 얼굴이다.

"하긴 그것이 우리 정부의 최선의 방법이라고 말할 수는 없겠지."

"그렇죠."

고재성의 얼굴에도 쓴웃음이 번졌다.

"중국이 더 이상 동성에 과격한 조치를 하지 못하고 있는 것이 러시아의 보복 조치를 우려하기 때문이라고 말할 수는 없을 것입니다."

동성그룹의 회장실 안, 그룹 회장단과 회의를 마친 강석규가 고재성과 둘이 마주 앉아있다. 고재성이 말을 이었다.

"오히려 다른 한국 기업들의 피해가 더 큽니다. 중국 정부는 그 시범 케이스로 대양그룹의 사업장을 목표로 삼고 있는 것 같습니다."

"대양그룹?"

"예, 대양은 상하이 사업장 2개가 물품을 강탈당하고 불에 탔습니다."

"그건 처음 듣는 말인데? 언론에도 보도되지 않았잖아."

"보도 통제를 했기 때문이죠. 그쯤은 얼마든지 통제가 됩니다."

"더 이상 피해를 입으면 안 되는데…."

"푸틴이 다른 기업체까지 보호해주기는 힘들 것 같습니다."

"우리 때문인데 미안하네."

강석규가 어깨를 부풀렸다. 이번 일에 한국 정부가 나서기에는 곤란한 일이 많은 것이다. 정부가 나서면 한중 간 국가 관계가 공식적으로 불편해진다. 그때 강석규가 고개를 들었다.

"걔가 대양 중국법인에서 근무하고 있지?"

"예, 회장님."

고재성의 시선을 받은 강석규가 쓴웃음을 지었다.

"그것까지 머릿속에 넣고 있느냐는 것 같은 표정이군."

"예, 회장님. 솔직히 놀랐습니다."

"대양 임직원들이 중국에서 철수하고 있다던데."

"예, 철수하겠지요."

"우진이가 걔를 잊었나?"

"잊지 않았습니다."

"지금 걔는 어때?"

"새 남자가 생겼는데 그놈이 상사 기조실 대리입니다."

"들었어. 대리 진급되었나?"

"예, 이번에 진급시켰습니다."

"실력이 있는 놈 같군."

"부패한 놈입니다. 능력과 처신이 뛰어나긴 하지만 배은망덕하고 교활한 놈입니다."

"이봐, 객관적이어야 해."

강석규가 웃음 띤 얼굴로 말을 이었다.

"그놈이 걔 마음을 차지했다면 억지 쓸 것도 없어. 운명에 맡겨야 돼."

"그것이 순리대로 풀리는 것 같습니다."

"무슨 말이야?"

"그놈을 상사 기조실로 영전시켰더니 본색이 드러나서 김시아를 멀리하기 시작했습니다. 더 좋은 조건의 여자가 나타났기 때문이죠."

"…."

"대리 진급을 하고 나서 하청 회사 사장의 무남독녀와 곧 결혼하게 되었습니다. 김시아는 버림받은 것이죠."

"…."

"저는 그놈한테 바탕만 조성해 주었을 뿐입니다."

"시아, 그 애가 안쓰럽다."

"운명입니다."

고재성이 단언하듯 말했을 때 강석규가 의자에 등을 붙였다.

"두고 봐야지."

"제가 남죠."

김시아가 말하자 장은현이 눈을 크게 떴다. 숨까지 들이마신 장은현이 고개를 끄덕였다.

"고마워. 넌 예쁘기도 하고 강단이 있어서 기대하고 있었어."

기숙사 사감실 안, 사감실은 2층 계단 옆이다.

"예쁜 것하고 남는 게 무슨 상관이에요?"

김시아가 웃음 띤 얼굴로 말했다.

"한국 가야 할 일도 없고 여기 남으면 특별 수당까지 준다니까 그런 거죠."

"요즘은 애사심을 기대할 수가 없어."

장은현이 말을 이었다.

"이제 너까지 넷이 기숙사 관리로 남았다."

"넷뿐인가요?"

"본래 다섯을 계획했는데 나까지 다섯이 지켜야지."

"지켜요?"

"우리는 경비 역할이야."

쓴웃음을 지은 장은현이 길게 숨을 뱉었다.

"밖은 공안이 지켜주지만 안은 우리가 맡아야지. 공안 놈들이 훔쳐 갈지도 모르니까."

"무섭네요."

"별일 있겠어? 전화 통화도 다 되는데."

장은현이 부드러운 시선으로 김시아를 보았다.

"회사에선 남는 사람한테 생명보험도 다 들어주기로 했어. 대양그룹에 평생 사원으로 보장도 해주고."

김시아는 소리 죽여 숨을 뱉었다. 한국에 가야 기다려주는 사람도 없다. 물론 가족은 빼고. 마음이 돌아선 최수영과 가까운 공간에서 숨을 쉰다는 것 자체가 불편한 것이다. 밖은 소란스럽다. 모두 귀국 준비를 하는 것이다.

그룹 기조실 상무 강우진이 동성상사 기조실에 왔다. 청와대 비서실에서 중소기업부 비서실로 온 셈이다. 몇 달 전까지 근무했던 부서여서 인사를 하고 난 강우진이 기조실 영업팀을 불러 회의를 했다. 조태길도 함께 왔기 때문에 익숙한 분위기, 이번 중국의 한국 기업 폐쇄 사건에 대비한 회의다. 그룹 기조실이 6개 사업단 기조실과 대책을 숙의하는 것이다. 지금 상사 소속 임직원도 5백여 명이나 중국에 남아 있는 상황이다. 언제 억류되어 인질이 될지 모르는 상황이다. 강우진이 회의실에 둘러앉은 간부들을 둘러보면서 말했다.

"이번 변화는 이곳에서 여러분과 함께 시작되었습니다. 난 이번 사건에 책임을 지겠습니다."

모두의 시선을 받은 강우진이 얼굴을 펴고 웃었다. 강우진의 시선이 말석에 앉은 최수영 대리에게 옮겨졌다. 그렇다. 최수영도 그 일조를 했다, 처음에 강우진과 함께 하바로프스크 출장을 나가 유전 개발 프로젝트를 시작했으니까.

그날 저녁, 시내 한식당에서 상사 기조실의 영업팀 회식이 열렸다. 주빈은 강우진, 지난번 떠날 때 회식을 안 했기 때문에 조태길과 함께 자리를 만든 것이다. 현재 중국에서 동성그룹은 규탄의 대상이 되었지만, 푸틴의 선언 약발이 먹히기 시작했다. 숨통이 트이고 있다. 술좌석이 무르익어 갈 때다. 조태길이 최수영에게 불쑥 물었다.

"참, 최 대리, 곧 결혼한다고?"

"예, 부장님."

어깨를 편 최수영이 조태길을 보았다.

"12월 중순쯤 할 것 같습니다."

"그래, 축하한다. 상대가 성진기계 유 사장의 따님이라면서?"

"예, 부장님."

조태길이 고개를 끄덕이더니 말머리를 돌렸다. 그것을 외면한 채 듣고 있던 강우진이 술잔을 들었다. 성진기계의 후계자와 결혼하게 되면 동성그룹을 떠나게 될 것이다, 동성의 하청 회사인 성진기계의 사위가 동성상사 기조실에 근무할 수는 없으니까.

다음 날 오전, 여전히 뒤숭숭한 회사 분위기, 동성상사 기조실도 마찬가지다. 그때 기조실로 직원 둘이 들어섰다. 기조실 감사팀 사원이다. 이곳은 기조실 영업팀의 구역이다. 사원들의 시선을 받은 감사팀 사원들은 최수영의 앞에 섰다. 놀란 최수영이 눈만 끔뻑였을 때 감사팀의 하나가 말했다.

"최수영 씨, 신고가 들어와서 감사를 진행합니다. 잠깐 자리를 비켜주시면 서류와 컴퓨터 자료를 수거하겠습니다."

최수영이 엉겁결에 일어났을 때 감사 팀원 하나가 말을 이었다.

"사규 제22조에 의하여 감사팀은 적법한 증거하에 사원의 자료를 조사할 수 있습니다. 개인의 인권이 침해받는다고 생각되시면 지금 즉시 변호사를 불러도 됩니다."

감사 팀원의 말이 이어지는 동안 기조실 영업팀은 숨소리도 나지 않았다. 그때 감사 팀원의 시선을 받은 최수영이 대답했다.

"아니, 괜찮습니다."

"그럼 핸드폰을 넘겨주시지요."

감사 팀원이 손을 내밀었다.

"변호사 불러서 제출하시겠습니까?"

최수영의 얼굴이 하얗게 굳어졌고 이마에 땀방울이 돋아났다. 대답이 없었기 때문에 방 안은 조용하다.

# 14장. 따뜻한 이별

동성그룹 기조실 감사팀은 국정원보다 정보 능력이 뛰어나다는 소문이 나 있다. 감사를 시작하면 그것으로 끝이다. 최수영이 고개를 들었다.

"변호사를 부르겠습니다."

순간 사무실 안이 웅성거리기 시작했다. 이것은 무엇을 말하는가? '해보자'는 의미다. 또 있다. '여기서는 끝났다'는 뜻도 된다. 한마디 더 한다면 '나는 켕기는 것이 있다.'라는 말도 될 것이다. 그때 감사 팀원이 고개를 끄덕였다.

"지금 부르세요, 기다릴 테니까."

그때 최수영이 핸드폰의 버튼을 눌렀다. 변호사를 부르려는 것이다. 그것을 본 기조실 간부 하나가 감사 팀원에게 다가와 물었다. 최수영이 얄미웠기 때문일 것이다.

"어떤 신고로 이러는 겁니까?"

"계열사에서 리베이트를 챙기고 특혜를 준 혐의입니다."

감사 팀원의 목소리가 사무실을 울린 것은 모두 숨을 죽이고 있었기 때문이다.

"계열사에서 모두 증언을 해주었기 때문에 당장 경찰에 넘길 예정입니다."

그때 다른 감사 팀원이 나섰다.

"핸드폰 수거는 별 의미가 없습니다. 이 사람이 계열사에서 갈취한 금액이 8억 가깝게 되니까요. 그 증거만으로도 이 사람은 구속될 겁니다."

그 순간 사무실은 물벼락을 맞은 것처럼 조용해졌다. 그때 최수영이 핸드폰을 귀에 붙이고 말했다.

"저기, 변호사 사무실이죠?"

그것을 들은 누군가 혀 차는 소리를 냈고 감사 팀원들은 최수영의 책상 서랍을 열고 서류를 상자에 넣기 시작했다.

폭도가 기숙사 정문 앞에 몰려와 있다. 수천 명이다. 그러나 공안이 늘어서 있어서 안으로 진입하지는 못한다. 폭도들이 공안을 두려워하고 있기 때문이다. 그것은 곧 관제 폭도라는 의미다. 저 폭도들은 공안이 관리하는 것이다. 5층 창가에 서서 김시아가 폭도를 내려다보면서 고개를 끄덕였다. 공안의 손짓 한 번에 떠들던 폭도들이 몇 걸음씩 물러난 것이다. 김시아가 들고 있던 핸드폰의 버튼을 눌렀다. 곧 신호음이 울리더니 오경우의 목소리가 울렸다. 본사 기조실 부장이다. 오경우가 현 상황을 관리하는 본사 실무 책임자다.

"어, 김시아 씨."

오경우가 반갑게 말했다.

"그래, 거기 상황이 어때?"

오후 5시, 김시아는 사흘 전부터 현장 상황보고를 맡고 있다. 기숙사 건물에는 현재 사감 장은현을 포함해서 5명이 남아 있다. 기숙사는 6층 건물이었는데 층마다 1명씩 맡고 있다. 김시아가 입을 열었다.

"폭도들이 늘어났어요. 지금은 건물 앞과 옆쪽 골목까지 차 있습니다."

"늘어났어?"

"네, 오전에는 3천 명 정도였는데 지금은 4천2백 정도."

"그렇게나 늘어났어?"

"네, 이상해요."

"왜?"

"공안들이 자꾸 이쪽을 가리키면서 폭도 주동자들하고 말을 해요."

"왜 그러지?"

"그건 모르죠."

지금 김시아는 핸드폰 통화 중이다. 건물 1층은 정문과 현관까지 안에서 자물쇠를 채운 후에 비상계단까지 폐쇄했다. 그래서 2층부터 책임자가 하나씩 맡고 있는데 3층과 4층을 맡은 직원 둘이 어제부터 돌아가겠다고 소동을 부리고 있다. 무서워진 것이다. 김시아가 말을 이었다.

"공안이 지시하고 있어요. 만일 폭도들이 진입하면 그것도 공안이 시킨 것이나 같아요."

"사진 찍었어?"

"네, 곧 보낼게요."

김시아가 아래쪽을 내려다보면서 말했다.

"저녁때면 줄어들었는데 오늘은 더 늘어났어요."

"조심해."

오경우가 말을 이었다.

"그놈들이 사람을 해치지는 않을 거야."

"최수영한테 영장이 나왔습니다."

조태길이 강우진에게 보고했다. 상무실 안, 둘이 마주 보고 앉아있다. 강우진이 시선만 주었고 조태길은 길게 숨을 뱉어내었다.

"기본이 안 되어 있는 놈이었습니다. 저도 부원을 여럿 겪었지만 그런 놈은 처음입니다."

"…."

"성진기계 사장 딸과 12월에 결혼까지 결정된 것 같은데 전혀 동정심이 일어나지 않습니다."

"…."

"회사 내부 분위기도 마찬가지입니다. 약삭빠르고 상관 비위 맞추는 데는 능했지만, 부하한테는 냉혹하고 이기적인 상관으로 평가받고 있었습니다."

최수영은 대리 진급을 하면서 부하 직원 셋을 관리했다. 고개를 든 강우진이 물었다.

"얼마를 횡령한 겁니까?"

"사건이 터지니까 최수영한테 뜯긴 업체가 더 늘어났습니다. 최수영을 고발조치 하면서 업체에 공문을 올렸거든요. 피해를 본 업체가 자진 신고를 하면 보상을 받도록 해주겠다고 말입니다."

"…."

"물론 같이 나눠 먹었겠지만 6곳이 늘어났습니다. 그래서 횡령액이 12억 5천이 되었습니다."

"…."

"유흥비로 일부를 탕진했지만, 아파트 압류하고 통장 금액까지 합치면 10억 정도는 회수할 수 있다고 합니다."

그때 고개를 든 강우진이 물었다.

"중국 상황은 어때요?"

"데모대 분위기가 점점 거칠어지고 있습니다."

조태길이 바로 대답했다.

"동성에 대해서는 건드리지 않습니다. 하지만 다른 기업들이 위험합니다."

"…."

"관제 데모대가 대양을 타깃으로 삼는 것 같습니다."

강우진이 외면했기 때문에 조태길은 입을 다물었다.

오늘은 강석규가 일찍 퇴근했기 때문에 강우진과 둘이서 저녁 식사를 한다. 저택의 식당이다. 강석규가 입을 열었다.

"이렇게 둘만 밥을 먹는 것이 좀 그렇구나."

강우진이 듣기만 했고 강석규의 말이 이어졌다.

"나야 나이 들었지만 네가 문제야."

"제가요?"

고개를 든 강우진이 강석규를 보았다.

"전 아직 시간 있어요, 그러니까 아버지가 한 분 모셔오세요."

"야, 난 급하지 않다."

"제 상황은 잘 아시지 않아요?"

입안의 음식을 삼킨 강우진이 웃음 띤 얼굴로 말을 이었다.

"전 이제 안정된 상태예요, 아버지."

"안정?"

되물은 강석규가 수저를 내려놓았다.

"그래, 내가 상황을 안다."

강석규가 말을 이었다.

"그놈, 최 아무개란 놈이 구속되었더구나."

"…."

"고 실장은 그놈의 근본이 덜 되었다고 했지만 나는 그것이 당연하다는 생각이 든다. 그게 보통사람의 욕망이지."

"…."

"그리고 그 대가를 당연히 받았고."

쓴웃음을 지은 강석규가 수저를 내려놓았다.

"그리고 너는 아직 안정되어 있지 않은 것 같구나."

"제가요?"

"대양그룹 베이징 기숙사에 그 애가 관리 담당자로 남아 있다고 한다."

"…."

"모두 귀국했고 자원해서 관리 담당자 몇 명만 남기로 했는데 그 애가 자원한 거야. 특별 수당을 받는다는군."

"…."

"지금 폭도가 된 관제 데모대에 둘러싸여 있는데 우리를 건드리지 못하는 대신 대양을 타깃으로 삼을 가능성이 많아."

"…."

"그 애가 특별 수당보다 상처를 받았기 때문에 남았을 가능성도 있어."

"상처요?"

강우진이 되물었기 때문에 고개를 든 강석규가 숨을 들이켰다. 강우진의 두 눈이 번들거리고 있기 때문이다. 그때 강우진이 다시 물었다.

"아버지, 어떤 상처요?"

"배신당한 상처 아닐까?"

강석규가 강우진의 시선을 받았다.

"저따위 쓰레기를 내가 한때 좋아했다니 하는 자학의 감정일 수도 있고."

"…."

"너에 대한 원망이나 회한은 없을 거다."

"…."

"저 스스로 결정한 것이니까."

"…."

"너도 나름대로 할 만큼 했고."

집 안은 조용하다. 안쪽 주방에 아줌마 둘이 있지만, 부자간의 대화에 방해가 되지 않으려고 기척도 내지 않는다. 그때 강우진이 말했다.

"아버지, 도저히 잊히지 않아요."

강석규의 시신을 받은 채 강우진이 한마디씩 또박또박 말했다.

"하루도 잊어본 적이 없어요."

"…."

"시간이 지나면 잊히고 희미해진다고 들었는데 그렇게 안 돼요."

"…."

"다만 점점 따뜻해지고 즐거워져요. 전에는 가슴이 아팠거든요."

강우진의 눈빛이 흐려졌다.

"이렇게 되는 것일까요?"

"뭐가 말이냐?"

강석규가 억양 없는 목소리로 묻자 강우진이 눈의 초점을 잡았다.

"이별요."

"와앗!"

갑자기 함성이 울렸기 때문에 김시아가 깜짝 놀라 일어섰다.

"와아아!"

함성이 이어지면서 뭔가 부서지는 소리가 났다. 2층 계단 입구를 막아놓은 의자, 책상, 시멘트 포대 등을 허물어뜨리는 것이다. 그때 핸드폰이 울렸다. 핸드폰을 귀에 붙였을 때 곧 사감 장은현의 목소리가 울렸다.

"모두 6층 옥상으로!"

그러고는 통화가 끊겼다. 이곳은 5층이다. 미리 준비해둔 가방을 쥔 김시아가 방을 뛰쳐나왔다. 단전은 되지 않았기 때문에 복도에도 불을 환하게 밝혀 놓았다. 그때 3층 담당인 강수진이 뛰어 올라왔다.

"폭도들이 2층으로 올라왔어!"

강수진이 악을 쓰듯이 외쳤다. 손에는 이미 준비된 가방을 쥐고 있다. 김시아가 강수진과 함께 계단을 뛰어 올라갔다. 다시 함성이 울려왔다.

밤 11시 반, 비서실장 고재성이 비서실 상무 장시환의 보고를 받는다. 고재성은 집에서 TV를 보던 중이다.

"실장님, 베이징 대양그룹 여사원 숙소를 폭도가 점령했습니다."

장시환이 보고했다.

"지금 6층 건물을 점령했는데 그 안에 있던 대양 사원들의 생사가 불분명합니다."

"그 안에 관리사원들이 남아 있을 거야."

전화기를 고쳐 쥔 고재성이 말을 이었다.

"지금 당장 생사를 확인하도록."

"예, 실장님."

"서둘러!"

소리치듯 말한 고재성이 핸드폰을 귀에서 떼었다.

같은 시간, 강우진도 조태길의 전화를 받는다. 강우진은 제 방에서 컴퓨터를 보는 중이다.

"상무님, 보고 드릴 일이 있습니다."

조태길이 조금 다급한 분위기로 말했다.

"조금 전에 베이징 대양기숙사가 폭도들에게 점령당했는데요."

"…."

"제가 현장 근처에 직원을 파견해 놓았습니다. 지금 6층 건물 전체가 폭도들에게 점령당했습니다."

"안의 관리인들은?"

강우진이 묻자 조태길이 말을 잇는다.

"안에 있는 것 같습니다."

"…"

"제가 다시 연락드리겠습니다. 직원도 현재 현장에 있으니까요."

"알았어요. 부탁해요."

강우진이 전화기를 귀에서 떼었다. 조태길은 김시아와 강우진과의 관계를 아는 유일한 부하 직원이다.

6층 옥상에 5명이 둘러서 있다. 옥상 출구는 한 곳뿐인 데다 철문이다. 안에서 쇠빗장을 지르면 문짝을 폭파하지 않는 한 올라올 수 없다.

"보고했어, 기운 내."

사감 장은현이 소리쳐 말했다. 폭도들은 건물 안으로 다 들어왔다. 그러나 옥상의 철문을 열려고 하지는 않았다. 몇 명이 문을 열려고 덜컹거렸지만 몇 번 흔들다가 물러갔다.

"곧 공안이 구조하러 올 거야."

모두 핸드폰을 쥐고 있었는데 장은현이 서울 본사에 보고를 했다. 사진도 수십 장을 찍어서 전송했다. 밤 12시 반, 건물을 점령당한 지 1시간이 되어가고 있다. 그때 하인희가 울면서 말했다.

"어떡해? 한 시간이 되었어도 연락이 없잖아?"

"조금만 더 기다려."

조상숙이 위로했다. 모두 자원해서 관리자로 남은 사람들이라 당찬 성격이다. 그러나 겁이 나는 것이다. 장은현이 고개를 돌려 김시아를 보았다. 김시아는 난간의 벽에 등을 붙인 채 쪼그리고 앉아있다. 어둠 속에서 둘의 시선이 마주쳤다.

"김시아, 괜찮아?"

김시아는 옥상에 올라온 후 입을 열지 않고 있었기 때문이다. 장은현의 시선을 받은 김시아가 고개를 끄덕였다.

"난 괜찮아요. 신경 쓰지 않아도 돼요."

"공안에 연락했으니까 기다려."

오경우가 소리치듯 말했기 때문에 둘러앉은 관리자들도 다 들었다. 지금 오경우는 장은현과 통화 중이다. 오전 1시 반, 깊은 밤 5명은 옥상 구석의 굴뚝 옆에 둘러앉아 있다. 폭도들은 이제 기숙사를 점령한 채 머물고 있다. 안에 있는 기물은 다 강탈당했을 것이다. 폭도들은 강도 같다. 그래서 건물에 난입하면 값나가는 물건을 약탈하고 도망가는 것이 보통이다. 그런데 건물을 점령한 채 나가지 않는 것이다. 그때 장은현이 소리쳤다.

"지금 건물로 들어온 지 2시간이 넘었단 말이에요! 2시간이나!"

그때다. 요란한 소음이 울렸기 때문에 다섯은 깜짝 놀랐다.

"꽝! 꽝! 꽝!"

옥상으로 올라오는 철문을 부수려는 것이다. 그것을 오경우도 들은 것 같다.

"무슨 소리야?"

"옥상 문을 부수고 있어요!"

계속해서 철문을 부딪치는 소음이 울리고 있다.

"살려줘요!"

장은현이 악을 썼다.

"지금까지 뭘 하고 있는 거야!"

오전 5시, 강우진이 조태길의 전화를 받는다.

"상무님, 기숙사 옥상에 있던 관리자들이 폭도들의 포로가 되었습니다."

조태길이 말을 이었다.

"포로가 된 지 4시간이 되었습니다."

"4시간?"

강우진이 되묻더니 심호흡을 했다.

"김시아는?"

마침내 강우진의 입에서 김시아의 이름이 불렸다. 그때 조태길의 목소리가 수화구를 울렸다.

"예, 5명이 폭도들의 인질로 잡혀 있는 것은 확인이 되었습니다. 5명 중에 포함되어 있습니다."

"폭도들이요?"

"관제 폭도입니다. 공안이 주위에 둘러서 있어서 위험한 짓은 하지 못할 것 같습니다."

"공안이?"

"예, 폭도들은 대양의 거래선 업자들로 위장하고 있습니다. 대양 사원들을 인질로 잡고 나서 배상금 따위를 요구할 것 같습니다."

"나쁜 놈들."

"상무님, 대양은 속수무책입니다. 조금 전에 대양 기조실 부장이 저한테 도와달라는 전화를 해왔습니다."

"…."

"중국 정부는 대양의 전화를 받지도 않는다고 합니다."

그때 강우진이 입을 열었다.

"내가 지금 회사로 나가지요."

포로가 되어서 5층 방에 감금되었다. 모두 핸드폰을 빼앗겼고 들고 온 가방까지 압류되었지만 묶지는 않았다. 침대가 2개짜리에 응접실이 있는 접대용 방이어서 5명이 지낼 만은 하다.

"죽이지는 않아."

장은현이 울고 있는 하인희를 위로했다.

"기다려, 저놈들이 요구조건을 내걸 테니까, 대양에 배상금을 요구할 거야."

"그럼 언제까지 여기 있어야 돼?"

조상숙이 소리치듯 물었을 때다. 문이 열리더니 사내 셋이 들어섰다. 모두 반듯한 차림이다. 폭도 같지 않다. 그중 하나가 입을 열었다.

"우리는 대양그룹 계열사 대표다. 너희들이 대양의 관리자로 남았으니까 너희들이 우리 계열사의 피해를 보상해줘야겠다."

사내의 중국어를 옆에 선 사내가 통역했다. 조선족 같다. 사내가 다시 말을 이었다.

"우리는 대양이 폐쇄되면서 엄청난 손해를 보았다. 따라서 우리는 대양에 5억 위안의 손해 배상금을 요구한다."

통역이 끝났을 때 사내가 핸드폰 하나를 내밀었다.

"이 핸드폰으로 대양에 연락해."

오전 7시, 조태길이 대양그룹 기조실 부장 오경우의 전화를 받는다. 이른 시간이었지만 조태길은 강우진과 함께 회사에 출근한 상태다.

"폭도가 포로로 잡은 우리 기숙사 관리자를 통해서 5억 위안의 손해 배상 청구를 했습니다."

오경우가 숨 가쁜 목소리로 말했다.

"정부 관계자가 폭도로 위장한 것 같습니다."

"당연하지요. 폭도가 그럴 리가 있습니까?"

쓴웃음을 지은 조태길이 말을 이었다.

"그래서 어떻게 할 계획입니까?"

"도와주십시오."

"아니, 여보십시오."

조태길의 목소리가 굳어졌다.

"오 부장, 우리 탁 터놓고 말합시다."

"예, 조 부장님."

"지금 오 부장이 나한테 이 일을 부탁하는 겁니까? 대양을 대표해서 말요."

"예."

"오 부장 상관이 그렇게 시킵디까?"

"예, 그것이…."

"내가 오 부장급이오?"

"예?"

"동성 기조실 부장이 대양 부장급하고 같냐고 물은 거요."

"…."

"대양 회장이 나한테 부탁해야 급이 맞는 것 같습니다. 그러니까 통화 끝냅시다."

"…."

"그리고 앞으로 나한테 연락도 하지 마시오."

전화기를 내려놓은 조태길이 고개를 들고 옆에 앉은 강우진을 보았다. 기조실의 회의실 안이다. 강우진은 통화 내용을 들은 것이다.

"이런 회사입니다. 대양이 무사히 중국에서 철수한 것도 우리 덕분인데 이제는 인질로 잡힌 사원 구조도 우리한테 매달리고 있습니다."

쓴웃음만 지은 강우진에게 조태길이 말을 이었다.

"이대로 나가면 우리한테 보상금도 부탁할 것 같습니다."

"…."

"대양이 그런 회사거든요. 회장 홍만수 별명이 빈대입니다. 홍만수 씨 밑에서 1년 이상 배겨낸 비서실장, 사장이 없지요."

"…."

"측근 사장, 실세 대부분이 친족, 처족입니다. 친인척 등쌀에 배겨날 유능한 경영진이 없습니다."

강우진이 천천히 고개를 끄덕였다. 위기에도 배울 것이 있다. 위기 때는 온갖 기생충, 숨어있는 뱀, 쥐까지 뛰쳐나온다. 집에 불이 났을 때와 비슷하다. 다 보인다.

오전 9시, 강우진이 동성그룹 비서실장실로 들어와 있다. 강우진이 찾아온 것이다. 그룹 사람들과 회의가 있었지만 미루고 고재성이 강우진과 마주 앉았다.

"무슨 일이냐?"

고재성이 묻자 강우진이 고개를 들었다.

"대양 기조실 부장이 제 부서의 부장한테 도움을 요청했다가 거절당했습니다."

강우진이 조태길과 오경우의 통화 내용을 보고했을 때 고재성이 쓴웃음을 지었다.

"잘했어. 그래야 돼."

"조 부장은 대양이 이 문제로 시간을 끌 것 같다고 합니다."

"잘 보았어. 5억 위안이면 1억 불 가깝게 된다. 인질 5명의 대가로 주기에는 아깝다고 생각할 회사야."

"우리 회사 일이 아니어서 조 부장하고만 상의했는데 대양은 이 문제를 공론화

시켜서 시간을 끌고 중국에 발언권이 강한 우리 회사를 앞세울 가능성이 있다는 것입니다. 여론도 동원해서 왜 동성이 나서주지 않느냐는 식으로 몰고 갈 수도 있다고 합니다."

"그놈들이 그런 머리는 뛰어나지."

고재성이 고개를 끄덕였다.

"그렇게 해서 재산을 모은 회사니까 말야. 로비도 뛰어나, 특히 사주 홍 회장이 말이다."

강우진이 심호흡을 했다. 대양은 계열사가 20여 개, 기업 매출액 기준으로 20위권의 대기업이다. 그러나 동성과 비교하면 10분의 1도 안 된다. 그때 고재성이 불쑥 물었다.

"김시아가 걱정되지?"

"예, 실장님."

"하지만 네가 나선다는 것을 감추고 싶지?"

"예, 실장님."

"회장님하고도 이야기 해봤어?"

"어젯밤 이야기는 했습니다만 인질이 되기 전이어서요."

"회장님도 시아에 대해서 미안한 감정을 갖고 계신다."

"최 대리하고 잘되었으면 했는데요."

"그건 네 생각이 틀렸다."

정색한 고재성이 고개를 저었다. 최수영은 바로 구속되어서 지금 서울 구치소에 수감 중이다. 곧 재판을 받게 된다.

"그놈하고 잘되어서 결혼했더라도 나중에 불행해졌을 거다."

"…."

"그런 놈하고 온전한 결혼 생활을 유지할 수는 없어!"

고개를 든 고재성이 강우진을 보았다.

“너 내가 손을 써서 그놈을 구속시킨 것, 알고 있지?”

“예, 짐작하고 있었습니다.”

“그놈 진면목을 보려고 진급까지 시킨 건데 다 예상대로 된 거다.”

그때 강우진이 고개를 들었다.

“제 생각에는 대양그룹이 잘못된 방향으로 운영되는 것 같습니다.”

“…”

“회사 사원에 대한 책임을 지려고 하지 않습니다. 그런 회사를 가만두면 안 된다고 생각합니다.”

고재성의 시선을 받은 강우진이 물었다.

“대양을 해체해서 흡수할 수 없을까요?”

오후 2시, 점심을 먹고 사무실로 들어선 강우진이 회장실의 전화를 받는다.

“회장님께서 부르십니다.”

비서실 직원이 말했다.

“지금 기다리고 계십니다.”

회장실은 바로 위층이다. 비상계단을 올라가면 된다.

“어, 앉아라.”

회장실로 들어선 강우진을 보자 강석규가 앞쪽을 가리키며 말했다. 방 안에는 비서실장 고재성이 와 있었기 때문에 셋이 모인 셈이다. 강우진이 고재성 옆자리에 앉았을 때 강석규의 얼굴에 쓴웃음이 떠올랐다.

“오늘이 대양 역사에 남을 날이야.”

순간 강우진이 숨을 들이켰다. 대양 역사라니? 강석규는 대양이라고 했다.

식사는 방으로 가져다주었다. 그리고 옆방까지 방 2개를 사용할 수 있도록 해주었기 때문에 공간이 더 넓어졌다. 오후 3시 반, 핸드폰 1개를 사용하도록 내주어서 수시로 전화를 했고 받을 수도 있다. 그러나 주로 사용하는 사람은 사감 장은현이었고 걸려오는 전화는 대양 기조실의 오경우 부장이다. 전화벨이 울렸을 때 방안의 시선이 모였다. 전화기는 탁자 위에 놓여 있다. 전화기 책임자인 장은현이 집어 들었다.

"여보세요."

장은현이 응답했을 때 사내 목소리가 울렸다.

"거기, 김시아 씨 바꿔주시죠."

"누구세요?"

"친척입니다."

"아, 잠깐만요."

장은현이 창가에 선 김시아를 보았다.

"시아야, 네 친척."

새 전화가 개통된 후에 김시아는 첫 전화를 받는다. 김시아가 다가왔다. 어머니한테는 지금 칭다오에서 휴가 중이라고 거짓말을 했다. 핸드폰을 귀에 붙인 김시아가 응답했다.

"여보세요."

"시아, 나야."

강우진의 목소리다. 금방 알겠다. 김시아가 가만있었더니 강우진이 말을 이었다.

"불편한 것 없어?"

"없어."

저절로 말이 나왔다. 그때 강우진이 다시 물었다.

"몸은 어때?"

"괜찮아."

"기운 내, 별일 없을 거야."

"…."

"저것들이 널 함부로 못 한다. 그러니까 왔다 갔다 하는 놈들한테 심부름을 시켜도 돼, 양말도 빨아달라고 해."

김시아가 숨을 들이켰다. 그동안의 세월, 그동안의 사연이 양말 빤다는 이야기 한마디로 날아간 느낌이 들었기 때문이다. 강우진이 말을 이었다.

"과일하고 간식거리를 보낼게."

그러더니 덧붙였다.

"내가 누구냐고 물으면 그냥 친척이라고만 해."

그러고는 통화가 끊겼다.

그로부터 15분 후에 방문이 열리더니 사내들이 박스를 들고 들어섰다. 사내 5명이 박스 1개씩을 들고 왔는데 안에 갖가지 과일과 과자, 빵이 가득 차 있었다. 그런데 그것이 모두 한국산이다. 놀란 여직원들이 입만 벌렸을 때 사내들은 박스를 방에다 내려놓더니 말없이 몸을 돌렸다. 그때 김시아가 사내들에게 소리쳤다, 물론 한국어로.

"양말도 갖다 줘요!"

놀란 사내들이 고개를 돌려 김시아를 보았다. 김시아가 말을 이었다.

"그리고 팬티까지, 각각 10개씩!"

이제는 여자들이 놀라 김시아를 보았다. 그때 김시아가 어깨를 펴고 여자들에게 말했다.

"갖다 줄 거야, 기다려."

그러자 사내들이 방을 나갔고 방 안의 분위기가 밝아졌다.

"아유, 과자가 모두 한국산이야!"

강수진이 놀라 소리쳤을 때 사과를 들었던 장은현이 말했다.

"어머, 이건 청주 사과네. 과일도 한국산이야!"

김시아는 박스에서 포도송이를 집으면서 숨을 들이켰다. 그제야 강우진과의 통화를 실감했기 때문이다. 자연스럽게 다시 연결되었다. 지금 생각해보니까 그동안의 사연이 싹 없어졌다. 신기하다.

"누구라고 했지?"

오경우가 묻자 장은현이 주위부터 둘러보았다. 김시아는 마침 화장실에 갔다.

"김시아 친척이 보냈다고 했는데요."

"친척?"

기가 막힌다는 듯이 오경우가 목소리를 높였다.

"지금 농담해? 김시아 친척이 시진핑이라도 된다는 거야?"

"아, 글쎄, 내가 어떻게 알아요?"

화가 난 장은현도 냅다 맞받아 소리쳤다.

"그렇다고 하니까 그런 줄 알지."

"양말, 팬티까지 박스로 가져왔다구?"

"브래지어까지."

"친척 누구냐고 물어봐."

"글쎄, 말 안 해주는데 어떡해요?"

그러자 오경우가 다시 소리쳤다.

"이 사람아, 지금이 어떤 때라고! 지푸라기라도 잡아야 하는 때 아냐!"

"5억 위안에다 지푸라기 하나 보태게요?"

"잔소리 말고 물어와! 아니, 김시아 바꿔!"

"화장실에 갔어요."

"내가 10분 후 다시 전화할 테니까, 전화 불통 되기 전에 서둘러야 돼!"

전화를 언제 중지시킬지 모르는 것이다. 아니, 빼앗아버리면 끝이지.

"무슨 일이야?"

기조실 상무 조민준이 묻자 오경우가 몸을 돌렸다. 숨을 고른 오경우가 조민준을 보았다.

"김시아 친척이 기숙사에 과일에다 내복, 팬티에 양말까지 박스로 보냈습니다."

"뭐?"

놀란 조민준이 바짝 다가섰다. 조민준은 회장을 만나고 오느라고 상황은 지금 듣는다. 상황실에 들어와서 오경우의 통화를 들은 것이다. 오경우가 다시 설명했을 때 조민준이 눈썹을 모았다.

"김시아 친척이 베이징에 있나? 그런 힘을 가진 친척이 말야."

"믿기지 않았습니다."

"그럼 누구란 말야?"

"글쎄요."

"말도 안 되잖아? 공안이 철통같이 둘러싸고 있는 기숙사에 과일에다 브래지어까지 갖다 줘? 시진핑이 시켰다면 모를까."

"글쎄요."

"뭐가 글쎄요야?"

"죄송합니다."

"김시아한테 직접 물어봐."

"화장실에 갔다니까 잠시 후에 통화해 보겠습니다."

5억 위안이 걸려있는 상황이다. 그것 때문에 조민준은 회장실에서 고위층 회의에 참석하고 돌아왔다. 회장은 '돈이 없다'는 말만 되풀이했으니 결론이 날 리가 없다. 그런 상황에 팬티까지 골라 보낸 김시아 친척이 나타나다니, 조민준은 김시아가 화장실에서 나오기를 같이 기다리기로 했다.

15분 후 장은현이 김시아에게 전화기를 넘겨주었다.

"오 부장님 전화야."

"왜요?"

"글쎄, 받아봐."

장은현이 전화기를 코앞에다 내밀었기 때문에 김시아가 받아들었다. 오후 5시 반, 5층 방으로 옮겨온 후에 분위기는 조금 진정되었으나 불안감이 다 가시지는 않았다.

"네, 김시아입니다."

"김시아 씨, 나 오 부장이야."

"네."

"그런데 김시아 씨, 그 과일하고 옷 가져다준 사람들이 누구지?"

"친척이라니까요."

김시아가 말했을 때 옆으로 장은현, 강수진 하인희까지 모여들었다. 모두 김시아의 입을 쳐다보고 있다. 그때 오경우가 한숨 뱉는 소리를 냈다.

"이봐, 김시아 씨, 지금 장난해?"

"무슨 말씀이세요?"

"지금이 어떤 상황인데 데모대, 폭도들을 뚫고 친척이 과일이네 브래지어까지 갖다 준단 말야?"

"그럴 수도 있죠."

"친척 누구야?"

"몰라요."

"장 사감 말로는 친척 전화를 받았다던데 모른단 말야?"

"네, 모르는 사람이에요."

"그런데 그것을 보냈다고?"

"네."

"무슨 비밀이 있어?"

"도대체 부장님은 그걸 알아서 뭐하려고요? 그게 이번 사건에 무슨 도움이 되나요?"

"이상하잖아."

이제는 오경우가 버럭 소리쳤다.

"왜 그걸 말하지 못한다는 거야?"

"왜 우리를 빼내지 못하고 있죠? 내 친척 때문인가요?"

이제는 김시아도 소리쳤다.

"그걸 알면 돈 안 내도 될 것 같아서 그래요?"

"이, 이런…."

그때 옆에서 듣던 조민준이 오경우의 어깨를 쳤다. 스피커로 해놓아서 옆에서 모두 듣고 있었다.

"끊어."

조민준이 낮게 말했을 때 오경우가 전화를 끊었다. 그러고는 상기된 얼굴로 조민준을 보았다.

"이년이 수상합니다. 뭐가 있습니다."

"조사해."

조민준의 보고를 받은 대양 회장 홍만수가 대번에 말했다.

"실마리가 풀릴지 모른다. 그 애의 주변을 샅샅이 맡아봐."

"예, 회장님."

조민준이 번들거리는 눈으로 홍만수를 보았다.

"조금 전 계열사 대표단이 배상금 지급 기한을 3일 후로 통보했습니다, 회장님."

"그놈들이 우리 직원을 어쩌지는 못해."

홍만수가 쓴웃음을 짓고 말했다.

"시간을 끌면 그것이 중국 정부의 짐이 될 테고, 세계의 시선이 모두 그곳으로 쏠릴 테니까 말야."

"예, 그렇습니다."

"시간이 흐를수록 우리가 이득이다."

"예, 지당하신 말씀입니다."

"어쨌든 그 애 주변을 조사해."

이것으로 회장 면담이 끝났다.

"누구냐?"

장은현이 묻자 김시아가 쓴웃음을 지었다.

"친척이라니까요. 더 이상 묻지 말아요."

"친척이 그렇게 끗발이 있어? 그럼 우리 좀 내보내 달라고 하지."

"나, 참"

"그래도 네 친척이 우리 회사보다 낫다. 오 부장이 하는 짓을 보면 싹수가 노래."

"3일 후에 5억 위안 내라면서요?"

"순 도둑놈들이지. 우리가 뭐 줄 게 있다고."

"회사에서 돈을 준비할까요?"

"글쎄, 네 친척보다 못하다니까 그러네."

쓴웃음을 지은 장은현이 창밖을 내다보았다. 이쪽 창에서는 뒤쪽 주택가만 보여서 시야가 막혔다. 일부러 그런 방을 내준 것이다. 장은현이 혼잣소리를 했다.

"이제 시간을 끌 거야."

모두의 시선을 받은 장은현이 말을 이었다.

"내가 이 회사를 알지. 홍 회장은 돈 안 내놔. 아마 우리를 희생시켜서라도 돈은 안 내놓는다."

"…."

"시간이 지날수록 중국에 대한 세계 여론이 나빠질 것을 알거든. 그때까지 기다릴 거야."

"…."

"그동안 우리 다섯 중에서 한둘이 덜컥 사고가 나면 더 좋고, 배상금 안 내고 끝낼 수가 있거든."

"그만해요."

김시아가 말렸다.

"당분간 우리끼리 잘 견디도록 해요. 서로 도우면서요."

자리에서 일어선 김시아가 말을 이었다.

"회사가 어떻게 하든 우리나라가 가만있겠어요? 믿어 봐야죠."

이제는 장은현도 입을 다물었다.

오후 10시 반, 대양그룹 본사 상황실로 들어선 오경우가 곧장 안쪽 방으로 다가갔다. 상황실에는 아직도 7, 8명의 직원이 근무하고 있었는데 '베이징 대책반'이다. 문에다 노크만 한 오경우가 들어섰을 때 조민준이 고개를 들었다. 조민준이 상황실장이다. 이곳에서 철야 근무를 하는 것이다.

"어떻게 된 거야?"

조민준이 묻자 오경우가 앞쪽 자리에 앉더니 숨부터 골랐다.

"용역회사에 특급으로 의뢰했더니 성과가 있었습니다, 상무님."

"말해."

"김시아의 전 남친이 동성그룹 후계자인 강우진입니다."

오경우의 두 눈이 번들거렸다.

"그런데 둘이 헤어졌는데 김시아의 남친이 배신을 하고 딴 여자와 결혼 직전까지 갔다가 구속이 되었다더군요."

"…."

"그 남친이 또 동성그룹 기조실 대리였습니다."

"무슨 말인지."

조민준이 짜증을 냈다.

"강우진하고 이번 일이 관계가 있다는 거야?"

"예, 상무님."

어깨를 편 오경우가 숨을 골랐다.

"이것이 본론입니다."

"뭐가?"

"조금 전에 기숙사에 들어간 사람들의 명단을 대사관 측으로부터 전달받았습니다."

놀란 조민준이 숨을 들이켰고 오경우가 말을 이었다.

"오후에 제가 베이징 주재 한국 대사관에 연락했었습니다. 이번 기숙사 인질 사건에서 대사관 직원들이 가장 현장에 가깝게 접근할 수 있었으니까요."

"그렇지. 그건 잘했어. 그래서?"

"그런데 대사관에서는 우리가 과일 상자를 넣은 것으로 알고 있더군요."

"당연히 그렇게 생각했겠지."

"기숙사에 들어가려면 공안의 허가가 있어야 되지 않겠습니까?"

이제는 눈만 껌벅이는 조민준을 향해 오경우가 말을 이었다.

"그래서 제가 대사관에다 그 사람들이 누구냐고 확인해달라고 했지요."

"그랬더니?"

"대사관에서 우리 직원을 왜 확인하냐고 귀찮게 여기더니 공안에 문의한 모양입니다."

"그래서?"

"기숙사에 들어가려면 신분증을 제시해야 하니까요. 그래서 이름이 나왔습니다. 윤영일, 최남석, 박인호입니다.

"누구야?"

"조선족입니다. 그런데…."

"그런데 뭐야?"

"동성 베이징 법인의 사원입니다."

그 순간 조민준의 입에서 신음이 터졌다. 수수께끼가 풀린 것이다. 김시아와 강우진이 연결되었다.

오후 11시, 대양그룹 회장 홍만수가 자택에서 조민준의 전화를 받는다. 집에 들어와 혼술을 하던 홍만수가 전화기를 귀에 붙이고 물었다.

"무슨 일이야?"

틀림없이 '베이징 사건'이다. 요즘 악재가 계속해서 터지는 바람에 긴장한 홍만수는 마신 술기운이 금세 날아갔다. 그때 조민준이 말했다.

"기숙사로 과일과 속옷을 보낸 건 동성 직원들이었습니다."

"동성?"

"예, 회장님."

"동성이 왜?"

"거기 인질 중 하나인 김시아란 여직원과 동성 기조실 상무인 강우진이 사귀던 사이였기 때문인 것 같습니다."

"잠깐."

이미 술이 확 깬 상태인 홍만수가 눈을 치켜떴다.

"자세하게 말해. 강우진이라면 누구고, 사귀던 사이라고 했는데, 무슨 말이야?"

그때 조민준이 열띤 목소리로 사연을 설명했다. 설명이 길었어도 홍만수는 끝까지 들어줬다. 다른 때 같았으면 어림도 없는 일이었다. 이윽고 해설이 끝났을 때 홍만수가 말했다.

"좋아. 내가 지금 상황실로 가지."

"네, 회장님."

조민준이 바로 대답했다. 밤 11시가 넘은 시간이다. 회사를 위해서는 새벽이라도 출근하는 홍만수다. 더구나 돈이 걸려있는 상황인 것이다. 젊었을 때는 돈 내기 싫어서 항상 빈대 붙는다고 별명이 홍빈대였던 홍만수다.

밤 12시 반, 대양그룹 본사 회장실 안 소파에 셋이 둘러앉았다. 홍만수, 조민준, 오경우다. 홍만수가 둘을 회장실로 부른 것이다. 특혜다. 오경우는 기조실 부장이지만 회장실에 처음 들어온다. 이것은 출세의 전조다. 그때 홍만수가 입을 열었다.

"이제 실마리가 좀 풀리는 것 같군."

긴장한 둘은 눈동자만 굴렸고 홍만수의 얼굴이 조금 밝아졌다.

"해결의 실마리 말야."

홍만수의 목소리가 은근해졌다.

“강우진이 김시아를 무척 생각하는 것 같지?”

“네. 그것은 분명합니다, 회장님.”

대답은 조민준이 했다.

“기획 상무 강우진의 개입이 분명해진 상황입니다. 이제는 같은 배를 탔다고 봐도 될 것 같습니다.”

“내 말이 그 말이야.”

홍만수가 말을 받았는데 손바닥으로 무릎이라도 칠 분위기다. 고개를 돌린 홍만수가 오경우를 보았다.

“이봐, 오 부장.”

“예, 회장님.”

“어떻게 하면 되겠나?”

작전을 묻는 것이다. 그때 오경우가 숨을 고르고 나서 대답했다.

“동성그룹에 사건을 공조하자고 제의하겠습니다. 김시아와 강우진의 관계를 넌지시 흘리면서 말입니다.”

“옳지.”

“우리가 확인한 이상 발뺌할 수 없을 테니까요.”

“맞아, 그게 자네 역량이 달린 거야.”

출세의 길이 눈앞에 보인다.

또 전화다. 오전 7시 반, 이번에는 바로 김시아를 바꿔달랜다. 그래서 장은현이 불쾌한 표정으로 김시아에게 핸드폰을 내밀었다.

“오경우다.”

송화구를 막지도 않고 말했기 때문에 오경우도 들었을 것이다. 김시아가 핸드폰을 귀에 붙였다.

"네, 김시아입니다."

"김시아 씨, 아침 먹었어?"

"네, 부장님."

"고생 많지?"

"장 사감님이 고생하시죠."

"그렇지, 우리도 열심히 노력하고 있으니까 쫌만 기다려줘."

"네."

"그런데, 김시아 씨."

"네."

"이건 김시아 씨를 위한 일이기도 해서 그러는데…."

오경우가 헛기침을 했다.

"저기, 동성의 강우진 상무님하고는 연락되지?"

순간 숨을 들이켠 김시아에게 오경우가 말을 쏟아부었다.

"이런 상황에 동성 강 상무님이 신경을 써 주시는 것이 고맙기도 하고, 그래서 인사를 드려야겠는데."

"…."

"내가 말씀드리기는 예의가 아닌 것 같고, 그래서 우리 기조실의 조민준 상무님께서 연락을 드리겠다는군."

"…."

"그러니까 만일 강 상무님 연락이 오면 그 말씀을 전해주지 않겠어?"

"뭐라구요?"

"우리 조 상무님께 연락 좀 해주시라고."

"…."

"기다리고 계신다고."

"왜요?"

"응?"

"왜 기다리시는데요?"

"그야 이 사건을 빨리 해결하려고…."

"그것이 동성하고 무슨 상관인데요?"

"아니, 그것은…."

"내가 강 상무하고 인연이 있기 때문인가요?"

"그것도 그렇고."

"날 이용하겠다는 건가요?"

"이봐, 김시아 씨."

오경우가 서둘렀다.

"김시아 씨 혼자만이 아니잖아. 다섯이 지금 잡혀있는 상황 아닌가?"

"그래서 대양도 나를 인질로 삼아서 다섯을 함께 내보내자는 건가요?"

"무슨 소리를 그렇게…."

"그것으로 나하고 동성 강 상무 약점을 잡았다고 생각하시죠?"

"이봐, 김시아 씨."

"내가 다 폭로하겠어요."

"뭐라고?"

"대양의 비열한 짓거리요. 당신들은 5억 위안이 아니라 50억 위안의 보상금을 내놓아야 해요."

"아니. 이게…."

"내가 중국 당국에도 폭로하겠어요. 대양이 얼마나 중국 근로자를 착취했는지, 비자금 은폐, 축소 밀반출했는가를 말이에요."

"미, 미쳤나?"

"두고 봐요, 가만 안 둘 테니까."

"야! 김시아!"

옆에서 듣던 장은현이 말렸을 때 김시아는 핸드폰을 끊었다.

"이런."

얼굴이 누렇게 굳은 오경우가 고개를 들었지만, 방은 조용했다. 앞에 앉은 조민준이 이쪽을 보고 있지만, 눈이 흐리다. 기조실장실이다. 방에는 둘뿐이어서 스피커 상태로 해놓은 통화는 둘이 들은 셈이다. 그러다 둘의 얼굴은 똑같이 일그러져 있다. 상황이 전혀 예상 밖으로 전개되었기 때문이다. 그때 오경우가 겨우 입을 열었다.

"이 계집애가 미쳤는데요."

조민준은 눈도 깜빡이지 않았고 오경우가 말을 이었다.

"중국 근로자를 착취하고 비자금 밀반출을 폭로한다니…."

"…."

"이거 회사를 협박하고 있지 않습니까?"

"…."

"아니. 이거 기가 막혀서, 이걸 그냥…."

"그래서?"

아직도 흐린 눈으로 조민준이 오경우를 쳐다보면서 물었다.

"그래서 어쩔 건데?"

"예?"

"그냥 어떻게 한다고? 가서 죽여?"

"아니, 그게 아니라…."

"네가 베이징에 갈래?"

"예?"

"가서 김시아를 잡아서 끌고 오겠느냐고?"

마침내 오경우가 외면했을 때 조민준의 목소리가 높아졌다.

"가다가 너도 인질로 잡히지 않겠어? 안 그래?"

"상무님, 저는."

"방법이 잘못되었어."

"예?"

"은근히 강우진을 끄집어내면서 공범으로 만드는 수작이 너무 노골적으로 드러났단 말야."

"…."

"이거 혹 떼려다가 오히려 더 큰 혹을 붙였다. 이러다가 큰일 나겠다."

"…."

"회장님께 어떻게 보고를 하지?"

그러다가 조민준의 눈동자에 초점이 잡혔다. 오경우를 응시한 채 떨어지지 않는다. 조민준의 시선을 받은 오경우가 마침내 외면하면서 어금니를 물었다. 척하면 착이다. 기조실 3년이면 상사 눈빛만 봐도 생각의 절반은 읽는다. 지금은 조민준을 보고 절반이 아니고 90퍼센트까지 알겠다.

30분 후, 회장실 안. 조민준이 똑바로 홍만수를 쳐다보면서 말했다.

"김시아가 비정상입니다. 정신적으로 문제가 있는 것 같습니다."

"무슨 말야?"

홍만수의 이맛살이 당장 찌푸려졌다. 홍만수는 64세, 대양그룹 창립자 홍갑진의 차남으로 20년 전에 대양상사를 상속받은 후에 백 배 가깝게 성장시켰다. 무자비한 기업합병, 매각의 명수. 형과 동생의 사업체까지 합병으로 먹어 치워서 재계에서는 동족을 잡아먹는 홍살모사라고도 불린다. 마른 체격, 반백의 머리에 강한 눈빛, 피부는 검고 입술이 두껍다. 그때 조민준이 대답했다.

"오 부장이 강우진 말을 꺼내자마자 펄펄 뛰면서 중국 당국에 대양의 탈세, 근로자 임금 착취를 고발하겠다고 합니다."

"뭣이?"

깜짝 놀란 홍만수가 눈을 치켜떴다.

"그년이 미쳤나, 어쩌려고?"

"오 부장이 좀 서툴렀습니다. 살살 달래면서 말하라고 했는데도."

"그 병신 같은 놈이 이 절호의 기회를 똥통에 빠뜨린 거 아냐?"

"제가 그렇게 교육을 시켰는데도…."

"그년이 진짜 중국 당국에 고발한다는 거야? 자료는 있고?"

"법인에서 자금 업무를 맡았기 때문에 그럴 가능성은 있습니다."

"으음, 이년을."

"먼저 달래야 될 것 같습니다."

"오 부장 그놈을 조치해."

"예. 상황실에서 제외시키는 것이…."

"그렇게 시늉만 냈다가 오히려 역효과가 날 수도 있어. 그년이 확실하게 알도록 조치를 해."

"계열사로 좌천시키지요."

"그러면 그년하고의 소통은 누가 맡을 건가?"

"네. 그것은…."

자신이 맡았다가 오경우 짝이 될 가능성이 2백 퍼센트였기 때문에 조민준이 뜸을 들였다. 그때 홍만수가 말했다.

"조 상무 네가 맡아."

홍만수가 누군가? 조민준 머리 꼭대기에 앉아있는 위인이다.

오전 9시에 '과일 아저씨'가 또 왔다. 이번에는 박스에 한국산 라면, 김치, 갖가지 통조림, 신선한 채소까지 가져왔는데 6박스나 되었다. 그래서 5명은 인질로 잡혀있는 처지에도 잠깐 잊고는 탄성까지 뱉었다. 장은현은 신바람이 나서 '옛' 사감 행세가 나왔다. 식품별로 정돈을 시키고 목록과 내용을 확인하는 것이다. 그때 사내들의 리더 격인 30대가 김시아를 복도 밖으로 불러내었다. 복도 끝에는 공안 경비 둘이 서 있었는데 웬일인지 이쪽에 등을 보이고 딴짓을 피우고 있다.

그때 사내가 김시아에게 주머니에서 핸드폰을 꺼내 내밀었다.

"이걸 쓰시지요."

놀란 김시아가 얼른 받아서 주머니에 넣었을 때 사내는 충전기까지 꺼내 건네주었다.

"이걸로 상무님께 직접 연락하시지요."

"고맙습니다."

충전기도 집어넣은 김시아가 숨을 고르고 사내를 보았다.

"저기요."

"예, 말씀하시지요."

"동성에 계시지요?"

"어떻게 아십니까?"

그렇게 물었지만 사내는 놀란 기색이 아니다. 그때 김시아가 말을 이었다.

"한 시간쯤 전에 전화가 왔었는데요."

"어디서요?"

"우리 회사 대양의 기조실 오 부장이란 사람한테서요."

사내의 시선을 받은 김시아의 눈이 흐려졌다. 습기가 차올랐기 때문이다.

"과일 갖고 오신 분들이 동성 분이라는 것도 알고 있더군요. 그리고…."

"말씀하세요."

"제가 강 상무님하고 아는 사이냐고 물었어요. 그동안 제 뒷조사를 한 것 같아요."

김시아의 눈에서 마침내 눈물이 흘러내렸다.

"강 상무님이 대양하고 같이 이 사건을 해결했으면 좋겠다면서, 조 상무가 강 상무님한테 연락하겠다고…."

"…."

"그래서 제가 그랬어요. 동성하고 무슨 상관이냐구요."

"…."

"왜 나를 이용해서 동성을 끌어들이냐고 소리쳤어요."

김시아가 손등으로 눈물을 닦았다.

"그렇다면 이 기회에 내가 대양의 비리를 중국 당국에 다 고발하겠다고 했어요. 계열사에 5억 위안이 아니라 50억 위안을 지불하도록 하겠다구요."

"…."

"그랬더니 놀랐는지 통화를 끝냈는데 저 사람들, 가만있을 사람들이 아네요."

"알겠습니다."

사내가 번들거리는 눈으로 김시아를 보았다.

"저는 동성 베이징 법인의 윤영일 과장입니다. 걱정하실 것 없습니다."

사내가 이제는 신분을 밝혔다. 눈을 치켜뜬 사내가 말을 이었다.

"그 배은망덕한 개자식들이 대가를 치를 겁니다."

기조실 담당부장 조태길이 강우진 앞에 섰다. 동성그룹 본사 기조실 상무실에는 둘뿐이다.

"베이징 법인장한테서 방금 전화가 왔습니다."

조태길이 번들거리는 눈으로 강우진을 보았다.

"김시아 씨의 전갈입니다."

김시아가 법인의 윤영일에게 말한 내용을 보고하는 동안 강우진은 눈도 깜박이지 않고 들었다. 이윽고 보고를 마친 조태길이 얼굴을 일그러뜨리며 말했다.

"조치를 취해야 합니다, 상무님."

강우진이 자리에서 일어섰다.

강우진의 보고를 들은 비서실장 고재성이 벽시계를 보았다. 오전 11시 반이다.

"곧 발표가 날 거다."

고재성이 길게 숨을 뱉고 나서 말을 이었다.

"옛말에 떡 본 김에 제사 지낸다는 말이 있어. 지금이 그 짝이다."

그러더니 덧붙였다.

"몇 시간만 기다려봐라."

몇 시간을 기다릴 것도 없다. 30분 후, 12시 뉴스에 대양그룹 본사로 밀려드는 국세청 직원들의 모습이 특보로 보도되었다. 대양그룹의 외자 해외 도피 혐의 및 탈세, 해외 법인의 자금 세탁, 주식 불법 투기와 부동산 투기, 상속법 위반 등 14개 혐의다. 곧 대양 회장 홍만수가 수갑을 찬 모습이 비쳤고 고위급 경영진 7, 8명이 줄줄이 구속되는 모습이 이어졌다.

불은 불로 끄는 모양새가 되었다. 중국에서도 대양그룹의 사주 홍만수를 비롯한 경영진 구속이 특보로 보도되면서 기숙사 인질 사건은 금세 관심 밖의 일이 되었다. 오전 11시 반, 서울과 시차가 1시간이어서 서울은 낮 12시 반이다. 실시간 방송으로 서울에서 대양 특보를 보도한 지 30분밖에 안 되었다. 방에도 TV가 있었기 때문에 장은현 이하 김시아 등 넷은 TV 속으로 빨려드는 것처럼 대양사건을 보았다. 중국 TV가 한국 방송을 그대로 방영해줬기 때문에 한국말로 들은 것이다. 모두 아연한 얼굴로 서로의 얼굴만 보았을 때다. 김시아의 주머니에 든 핸드폰이 진동했다. 서둘러 화장실로 들어간 김시아가 발신자를 보았다. 강우진이다. 김시아는 호흡을 고르고는 핸드폰을 귀에 붙였다.

"여보세요."

"시아야, 지금 나와라."

"응?"

"거기 공안이 다 철수했단다."

"응?"

그때 강우진의 목소리에 웃음기가 더해졌다.

"거기서도 방송 보나?"

"봤어. 대양 회장 구속되는 거."

"거기 기숙사 주위의 공안, 데모대가 싹 없어졌단다. 밖에 나가봐."

그러더니 강우진이 덧붙였다.

"기숙사 앞에 우리 동성의 승합차가 기다리고 있을 거야. 그것 타고 동성으로 가서 쉬어. 모두 말야."

잠시 후에 기숙사 현관으로 나온 다섯 명은 동성 마크가 붙은 승합차에 올랐다. 승합차는 2대가 왔기 때문에 짐은 다른 차에 실었다. 지저분해진 기숙사 앞을 떠나면서 장은현이 한마디 했다.

"인과응보야."

장은현이 문자 쓰는 건 처음 들었지만, 그 말은 어디에다 붙여도 적당했다. 기숙사 앞에는 구경꾼 대여섯 명이 서 있을 뿐이다. 나쁜 놈들.

동성의 사원 숙소는 호텔 수준이다. 숙소 단지 안에 온갖 편의 시설이 갖춰졌을 뿐만 아니라 사우나, 가라오케도 있다. 방 5개짜리 귀빈용 숙소를 배정받은 다섯 명은 안에 들어가서 울었다. 사감 장은현부터 소파에 주저앉아 두 손으로 얼굴을 감싸고 소리 내어 운 것이다. 그러니 나머지 넷은 오죽하랴? 더구나 대양그룹이 풍비박산 난 상황이다. 회사에 대한 미련은 눈곱만큼도 없지만, 타국에서 인질로 잡혔다가 우여곡절 끝에 풀려난 안도감에다 오갈 데 없고 하소연할 데도 없어진 설움이 겹쳤을 것이다. 김시아도 물론 함께 울었다. 아늑하고 호화롭고 향기까지 나는 귀빈 숙소에서 마음껏 울었다.

동성 베이징 법인의 윤영일이 사내 하나와 찾아왔을 때는 다섯이 한바탕 울고 났을 때다. 오후 5시가 조금 넘었다. 그때 윤영일이 사내를 소개했다.

"동성 본사 기조실에서 오신 조태길 부장이십니다."

모두 본사 기조실이 어떤 부서인지 안다. 대양보다 10배는 큰 동성의 기조실 부장인 것이다. 그때 조태길이 고개를 숙여 보이더니 앞쪽 소파에 앉았다. 부드러운 표정이다.

"고생 많이 하셨습니다."

조태길의 시선이 다섯을 훑고 지나갔다.

"오늘은 푹 쉬시고 내일 오후에 한국 항공편으로 귀국하시도록 돕겠습니다."

조태길이 정색한 표정으로 말을 이었다.

"언론 보도를 통해 알고 계시지만 대양은 회사 상황이 좋지 않아서 여러분을 챙겨드리지 못할 것 같습니다. 그래서 우리가 적극 협조해드리겠습니다."

"감사합니다."

대표로 장은현이 인사를 했는데 또 목이 메었다. 넷도 모두 고개를 숙이고 있다. 그때 조태길이 말을 이었다.

"아래층 귀빈 식당을 사용하시고 단지 내의 모든 편의 시설은 무료로 제공해 드리겠습니다. 푹 쉬시고 원기를 보충하시기 바랍니다."

자리에서 일어선 조태길이 목례를 하더니 윤영일과 함께 방을 나갔다.

귀빈 식당에서 호화 저녁 식사를 마친 다섯 명이 숙소로 돌아왔을 때는 오후 7시 반쯤 되었다. 그때 다시 윤영일이 셔츠와 바지, 신발 등을 2박스나 가져왔는데 펼쳐 본 다섯은 감동했다. 명품으로 사이즈별, 색상별로 셔츠와 재킷, 바지, 운동화까지 가득 들어있었다. 아파서 빌빌거리던 하인희, 조상숙은 이제 밥도 잘 먹더니 사소한 일로 말다툼까지 했다. 그때 옆으로 다가온 윤영일이 김시아에게 낮게 말했다.

"9시에 단지 위쪽 별관으로 가시지요. 별관 2층 카페에서 강 상무님이 뵙자고 하셨습니다."

김시아가 숨을 들이켰다. 강우진이 온 것이다. 둘이 다투는 바람에 분위기가 어수선해졌다. 김시아는 고개만 끄덕여 그러겠다는 표시를 했다.

별관은 숙소에서 1백 미터쯤 거리이고 대리석 벽의 3층 건물이다. 1층은 동성제품 전시장이었는데 늦은 시간이어서 불만 환하게 켜놓고 안은 비었다. 계단을 올라 2층으로 올라갔더니 앞쪽에서 은은한 음악 소리가 났다. 2층 로비에 서너 명의 남녀가 오가고 있었는데 직원 같다. 이곳은 숙소 단지의 거주자가 잘 안 오는 곳 같다. 김시아는 음악이 울리는 방 안으로 들어섰다. 문이 열려있는 유일한 곳이었기 때문이다. 어둑한 방은 카페가 맞다. 안쪽 바에 서 있는 바텐더, 뒤쪽 진열장에는 술병이 반짝였다. 그때 김시아는 안쪽 창가에 앉은 강우진을 보았다. 강우진은 이쪽을 응시한 채 움직이지 않았다. 15미터쯤 될까. 강우진에게 다가가는 그 거리가 김시아에게는 멀게만 느껴졌다. 그러나 서로 시선은 떨어지지 않는다. 김시아의 얼굴이 조금 굳어졌고 입안이 마른 느낌이 들었을 뿐이다. 쳐다보고만 있었기 때문인지 눈에 열이 나는 것 같기도 했다. 다가간 김시아가 앞쪽 자리에 앉았다. 그때 강우진이 입을 열었다.

"집에다 연락은 했어?"

"응."

김시아가 쳐다본 채 고개도 끄덕였다.

"고마워."

"몸은 괜찮지?"

"응, 밥도 잘 먹었어."

강우진의 시선이 김시아의 가슴 쪽으로 내려왔다. 김시아는 동성에서 나눠준 연하늘색 반팔 티셔츠를 입었다. 흰색 면바지에 운동화를 신었고 머리는 뒤로 묶었다. 화장하지 않은 얼굴이다. 강우진의 시선을 받은 김시아가 입술 끝만 움직여 웃었다.

"동성에서 나눠준 옷이야."

"잘 어울린다."

"고마워."

"서울 돌아가면 뭐 할래?"

"대양이 망했으니까 다른 직장을 잡아야지."

"바쁘구나."

"일해야지. 그래야 편해."

"난 너를 한 번도 잊어본 적이 없어."

강우진이 앞에 놓인 물잔을 두 손으로 감싸 쥐었다. 그러고 보니 테이블 위에는 생수병만 놓였을 뿐 종업원이 다가오지 않는다. 불러야 오는 모양이다. 김시아가 시선을 내렸고 강우진이 쓴웃음을 지은 얼굴로 김시아를 보았다.

"하지만 잘 안 되더라."

"…."

"살다 보니까 뜻대로 안 돼."

"…."

"나이 든 사람들의 말이 맞아. 내 의지대로 안 돼. 끝까지 고집해서 나간다는 말, 다 사기야. 소설이라구. 시간이 지나니까 알게 되었어."

"…."

"우리를 봐, 그동안에…."

"잠깐."

김시아가 고개를 들고 강우진을 보았다. 두 눈이 반짝이고 있다.

"오빠, 나 오빠를 보고 나서 깨달았어."

이제는 강우진이 가만있었고 김시아가 말을 이었다.

"이렇게 좋은 분위기에서 헤어질 수 있을 것 같아서 말야."

"…."

"아마 오빠도 느꼈을 거야. 방금 말했잖아, 시간이 해결해준다고."

"…."

"이런 상황을 만들어준 오빠가 고마워."

김시아가 상반신을 조금 앞으로 내밀었다.

"나도 오빠를 하루도 잊은 적 없어. 최수영과 함께 있을 때도 오빠가 떠올랐어. 그것은 인간의 뇌가 컴퓨터하고 다른 이유 때문일 거야."

"…."

"삭제 기능을 시간에 맡겼지만 가끔 오류가 나는 것."

김시아가 감싸 쥐고 있던 생수병에서 손을 떼고는 의자에 등을 붙였다.

"오빠, 나 잘살게. 그러니까 이제 시간에 맡겨두자."

다음 날 오후, 김시아의 집. 한바탕 야단법석 같은 세 가족의 상봉이 끝나고 나서 거실에 둘러앉았다. 오후 6시 반, 시아와 미아는 나란히 앉았고 어머니 이선옥은 앞쪽 방바닥에 앉아있다.

"대양을 동성이 가져간다는구나."

이선옥이 먼저 말했다.

"언론에서 하루 종일 그 보도를 해. 대양 계열사의 절반 이상을 동성이 합병한다는 거야."

김시아도 들었기 때문에 고개만 끄덕였다. 옆에 앉은 김미아가 힐끗 김시아의 눈치를 보았다. 둘 다 강우진을 의식하는 것이다. 최수영의 최 자도 꺼내지 않는 것과 대조적이다.

"나쁜 놈들. 당연한 일이지."

이선옥이 말을 이었다.

"인질이 잡혀 있는데도 배상금 안 내려고 시간만 끌던 나쁜 놈들. 잘 망한 거다."

여론은 대양의 세금 포탈 등 여러 혐의보다 인질 석방을 미루고 눈치만 보던 행태에 대해서 더 비판적이었다. 그것은 물론 동성의 전면적인 대양 와해 공작 때문이다. 동성은 회장의 지시하에 대양의 비리를 철저하게 제보한 것이다. 광범위하게 수립해 놓은 자료를 국가기관에 제출한 것이라 대양은 일순간에 무너졌다. 인과응보, 그리고 대양의 업보다, 자신이 무자비하게 타 기업을 흡수, 합병해 왔으니까.

밤, 오늘은 김미아가 김시아의 침대에 함께 누워있다. 두 자매는 가끔 함께 잔다. 벽시계가 오후 11시 반을 가리키고 있다. 그때 뒤치락거리던 김미아가 몸을 돌려 김시아를 보았다. 김시아는 귀에 리시버를 꽂고 음악을 듣는 중이다. 사라와 안드레아가 부르는 'Time to Say Goodbye'다.

"언니, 강우진 씨 만났어?"

김시아가 시선만 주었기 때문에 김미아는 리시버를 빼내고 다시 묻는다.

"강우진 씨 만났냐구?"

"응."

그때 김미아가 상반신을 일으켰다.

"만났다구?"

"응."

"어디서?"

"베이징 동성 숙소에서."

그때 김시아가 다시 리시버를 귀에 꽂으면서 말했다.

"서로 인사하고 헤어졌어."

이제는 시선만 주는 김미아를 향해 김시아가 웃었다.

김미아가 시선을 떼었다. 더 이상 물어볼 상황이 아니다.

오전 9시 반, 강우진이 들어서자 고재성이 웃음 띤 얼굴로 맞는다.

"응, 어서 와."

고재성이 부른 것이다. 비서실장실 안에는 둘뿐이다. 고개를 든 고재성이 강우진을 보았다.

"베이징 숙소에서 김시아를 만났다면서?"

"예, 실장님."

"이야기 좀 했어?"

"아, 그럼요."

강우진의 얼굴에도 웃음이 떠올랐다.

"잘 끝냈습니다."

"끝내?"

"예, 고맙다고 하더라고요. 저도 잘살라고 했습니다."

"그리고 끝났어?"

"예, 실장님."

"앞으로 어떻게 할 건데?"

"시간이 해결해 주겠지요."

"그럴 시간이 되었다는 생각은 안 들고?"

"무슨 시간 말입니까?"

"말장난 같지만 다시 만날 시간 말이다. 때가 된 거 아니냐?"

"그사이의 사연이 있거든요."

"사연 없는 인생이 어디 있어? 사람이 어디 무 먹는 것처럼 툭툭 잘라서 찌개에도 넣고 단무지도 만들고 그러냐?"

"무슨 말씀인지."

"나도 말은 내놓았지만 무슨 말인지 잘 모르겠다."

정색한 고재성이 말을 이었다.

"뱉고 나니까 여운이 있는 말 같기도 하고."

"실장님도 참."

"다시 만나라. 다시 시작하란 말이다."

"그러려고 만났는데 막상 보니까 말이 그렇게 나오데요."

"아마 시아도 너 같았을 거다."

"그래서 시간에 맡기기로 서로 동의했다니까요?"

"동의는 개뿔."

소파에 등을 붙인 고재성이 쓴웃음을 지었다.

"경험 부족이 여기서 드러나는군. 시간은 계속되지만 그사이에 끝없는 실수와 시행착오가 반복되는 거다."

"…."

"그게 인간의 약점이자 장점이기도 하지. 왜 장점이 되는지 아냐?"

"모르지요."

"지난 잘못을 극복하고 수정하는 시간을 갖는다는 것. 그래서 새 시간을 만든다는 것. 그것이 장점이다."

"…."

"시간에 맡긴다는 놈치고 제대로 된 인생을 사는 놈 못 보았다."

"실장님도 참."

"이게 연애하고는 다른 일이라고 할 참이지?"

"꼭 그게 아니라…."

"김시아가 너더러 고맙다고만 했어?"

"시간에 맡기라고, 컴퓨터처럼 삭제가 안 되는 게 인생이라고 하면서."

"웃기고 자빠졌네."

한숨을 쉰 고재성이 마침내 외면하고 말했다.

"이것들이 입만 살아서. 그저 멋지게 대사를 읊어대는군. 둘 다 드라마에 출연했나?"

"…."

"너희들은 제대로 사랑하고 제대로 인생을 함께할 자격이 없는 것들이야."

그러고는 고재성이 입을 다물었다.

사무실로 돌아온 강우진에게 조태길이 다가와 섰다.

"상무님, 호치민 합작공장의 회의에 가셔야 합니다."

조태길이 말했을 때 강우진이 쓴웃음을 지었다.

"내가 공사를 혼동하지는 않아, 조 부장."

"압니다."

당황한 조태길의 눈동자가 흔들렸다.

"가실 준비가 되었다고 말씀드리는 것이 그렇게 되었습니다."

"여기도 말장난이군."

"죄송합니다."

"아니, 나쁜 의미가 아냐."

고개를 든 강우진이 조태길을 보았다. 조태길은 김시아와의 관계를 아는 몇 안 되는 인물 중 하나다. 이번에도 베이징에 같이 다녀왔다. 강우진의 시선을 받은 조태길이 몸을 굳혔다.

"베트남에서 며칠 일정이지?"

"15일입니다."

합작공장의 증설에 따른 투자금액까지 결정해야 하는 출장이다. 고개를 끄덕인 강우진이 다시 혼잣소리로 말했다.

"15일의 시간이군."

그 15일이 상처에 얼마나 도움이 될 것인가? 문득 강우진의 머릿속에 상처라는 단어가 떠올랐다.

# 15장. 내 삶이 두 번 이어져도

"강우진 씨가 지금 호치민에 가 있던데, 너 몰라?"

고유니가 물었다. 오후 3시 반, 김시아는 집 근처 커피숍에서 고유니와 만나고 있다. 고유니가 찾아온 것이다.

"몰라."

짧게 대답한 김시아가 커피 잔을 들었다.

"그 말 하러 온 거야?"

"응."

고개를 끄덕인 고유니가 지그시 김시아를 보았다.

"그럼 최수영이 2심에서 징역 2년 형을 받은 것도 모르겠구나."

김시아는 시선을 받은 채 눈싸움을 하는 듯이 떼지 않았고 고유니가 말을 이었다.

"1심에서는 1년 반 선고를 받았는데 2심에서는 2년이 된 거야. 그래서 대법원 상고는 포기했어."

고유니는 김시아의 사연을 아는 유일한 친구이기도 하다. 김시아가 마침내 시선을 내리고는 커피를 한 모금 삼켰다. 중국에서 돌아와 집에만 있은 지 나흘째다. 처음 이틀간은 잠만 잤고 어제부터는 어머니, 미아가 나간 사이에 집 청소를 했다. 전화 오는 데도 없었지만 하지도 않았다. 그러다가 고유니가 집 근처로 찾아온 것이다. 그때 고유니가 물었다.

"이번 인질 사건 때 강우진 씨가 도와주지 않았어? 동성이 너희들을 숙소에 데려다가 쉬게 했다던데."

"도와줬지."

불쑥 김시아가 말했더니 고유니가 상반신을 기울였다.

"어떻게?"

"직원 시켜서 잡혀 있는 우리한테 먹을 것, 마실 것, 옷까지 갖다 줬어."

"강우진 씨가?"

"그래."

"근데 그건 언론에 보도 안 되었는데."

"그랬지."

너한테 연락은 안 왔어?"

"만났어."

깜짝 놀란 고유니가 숨부터 들이켰다. 작은 눈이 반짝이고 있다.

"어디서?"

"동성 숙소에서."

"그럼 그렇지."

숨을 고른 고유니가 다시 물었다.

"뭐래?"

"잘살라고."

"장난 말고."

"그럼 드라마 대사처럼 말도 안 되는 소리를 주절대었을까 봐?"

"좀 구체적으로 말해."

"다 잊어버렸어."

"얼마 동안 만났는데?"

"한 시간쯤."

"그 시간이면 무슨 짓이건 다 했겠다."

"미친년."

"어디서 만났어?"

"숙소 안 카페에서"

"언제?"

"밤."

"또 만나기로 했어?"

"아니."

"헤어지자고 만났겠냐?"

고유니가 갑자기 화를 내었다. 목소리가 높아져서 지나가던 종업원이 시선을 주었다. 고유니가 김시아를 노려보았다.

"털어놔 봐, 이년아. 가슴 속에 묻어두지만 말고."

"싫어."

"너 그러다 죽으면 귀신 돼."

"상관없어."

"열등의식, 자격지심 좀 버리고."

"그게 툭툭 자르고 붙일 수가 있는 거냐?"

"좀 솔직해져 봐, 이년아."

"솔직했어."

"너보다 강우진 씨가 더 순수해."

"맞아."

고개를 끄덕인 김시아가 식은 커피를 한 모금 삼켰다.

"난 억지로 애쓰지 않겠어. 그냥 놔두고 살 거야."

김시아가 흐린 눈으로 고유니를 보았다.

"사랑한다고 꼭 같이 있으란 법이 어디 있어? 안 그러냐?"

"안 그렇다."

대답은 했지만 고유니의 눈도 초점이 흐려졌다. 생각이 복잡해진 때문이겠지.

"뭐, 둘이 제각기 경험했을 테니까."

강석규 회장이 표정 없는 얼굴로 고재성에게 말했다. 오전 10시 15분, 고재성은 회장실에 들어와 업무 보고를 하고 나서 방금 강우진의 이야기를 한 것이다. 강석규가 말을 이었다.

"베이징에서 만나고서 둘이 각각 그런 결론을 내렸다면 놔두도록 하지."

"예, 회장님."

"그런데 참."

강석규의 얼굴에 미세한 변화가 일어났다. 웃음기 같기도 하다.

"우연인지 모르지만 나한테 직접 혼담이 들어왔어."

고재성의 시선을 받은 강석규가 말을 이었다.

"박 총리한테서 말야."

고재성이 숨을 들이켰다. 강석규와 절친인 전(前) 국무총리 박윤상이다. 지금은 법무법인의 대표 변호사지만 아직도 정계에 막강한 영향력을 끼치고 있는 인물이다. 강석규가 말을 이었다.

"한국그룹 조 회장의 딸이야."

"미국에서 살고 있다는 막내 따님 아닙니까?"

"알고 있나?"

"예, 회장님."

고재성이 정색하고 강석규를 보았다.

"재벌그룹의 미혼 자제분, 특히 따님들 명단은 모두 알고 있습니다."

그때 갑자기 강석규가 쓴웃음을 지었다.

"별것까지 다 조사해놓았군."

"중요한 일입니다, 회장님. 회사의 미래가 걸린 가장 큰 프로젝트지요."

"허튼소리 마라."

"예, 회장님."

"박 총리가 중매 역할은 처음이라면서 조 회장 딸을 추천했는데, 내가 고맙긴 한데 난 자식 결혼에 상관하지 않는다고 선을 그었어."

"조 회장 측의 부탁을 받았을 것입니다."

"당연하지. 박 총리가 혼자 나서서 그 짓을 할 사람인가?"

"그 말을 전해 들은 조 회장님은 거부 의사로 받아들였을 것입니다."

"마음대로 하라지."

한국그룹은 지금까지 재벌순위 1위였다가 이번에 동성에 선두를 빼앗겼다. 동성이 대양그룹 사업체의 절반 이상을 흡수, 합병했기 때문이다. 아마 내년 매출액은 엄청난 차이가 날 것이다. 이제 동성그룹은 재벌그룹 순위 1위, 세계 500대 기업의 100위권 안에 드는 거대 기업이 되었다. 그 후계자가 강우진인 것이다. 그때 고개를 든 강석규가 고재성을 보았다.

"그 딸의 프로필이나 들어보자."

"예, 회장님."

어깨를 편 고재성이 노트북을 무릎 위에 놓더니 자판을 두드렸다.

"27세, 강 상무보다 1살 연하입니다."

"음, 나이는 적당하군."

"UCLA에서 경영학 석사까지 받고 피터슨전자에 사원으로 입사, 현재 2년째 근무 중입니다."

"피터슨전자?"

"예, 한국그룹과는 상관없는 전자제품 개발 업체인데 중소기업입니다."

강석규는 시선만 주었고 고재성이 말을 이었다.

"조성희 씨는 대학도 장학생으로 다녔습니다. 집에서 최소한의 생활비만 받고 알바를 해서 용돈을 벌었습니다."

"…."

"그리고 졸업하고 나서 귀국을 거부하고 미국 시민권을 받았습니다. 현재 10년째 인연을 끊은 것이지요."

"…."

"1년에 서너 번 어머니 되시는 김 여사가 미국으로 가서 만날 뿐 한국에 오지도 않았습니다."

"무슨 원수진 일이라도 있나?"

"소문입니다만."

어깨를 편 고재성이 강석규를 보았다.

"조성희 씨는 젖먹이 때 조 회장에게 입양되었고 생모는 조성희 씨를 낳은 지 얼마 되지 않아서 죽었다고 합니다."

"…."

"그것을 안 조성희 씨가 고등학교 때 미국 유학을 원해서 떠난 것이라고 합니다."

"…."

"조성희 씨가 미국 시민권을 받을 때까지 조 회장도 모르고 있었다는군요. 그것 때문에 미국 법인장, 담당 중역들이 모조리 옷을 벗었다고 합니다."

그때 강석규가 고재성을 보았다.

"그런데 걔가 혼인을 한다고, 한국인하고?"

"박 총리께서 말씀을 꺼내신 것을 보면 저쪽에서도 강 상무에 대해서 알고 중매를 부탁하신 것 아니겠습니까?"

"그렇지."

"조성희 씨도 어느 정도 그런 의사가 있다고 봐도 될 것입니다. 강 상무에 대해서 전혀 모르는 상태에서 추진하지는 않았을 것입니다."

"우진이한테 다시 상처를 주지는 않을 거야, 고 실장."

불쑥 말을 뱉은 강석규가 고재성을 보았다.

"난 박 총리한테 일단 그렇게 전하겠다. 나머지는 시간에 맡기자구."

"예, 회장님."

"순리대로 해. 놔두란 말이지."

"알겠습니다."

노트북을 집은 고재성이 자리에서 일어섰다.

방으로 돌아온 고재성이 한동안 앞쪽의 벽을 본 채 움직이지 않고 앉아있었다. 강석규의 말을 되새기는 중이다. 순리대로란 말이 머릿속에 맴돌았고 시간에 맡긴다는 말이 그 위를 덮고 있다. 문득 강우진의 말이 떠올랐기 때문에 고재성은 얼굴을 펴고 웃었다. 강우진도 시간이 해결해줄 것이라고 말했다. 그래서 시간에 맡긴다는 놈치고 제대로 된 인생을 사는 놈 못 보았다고 쏘아붙였다. 그런데 회장도 그런다. 둘 다 지친 모양이다. 고개를 든 고재성의 눈에 초점이 잡혔다.

두 달 반 휴가다. 11년 만에 한국에 왔지만, 조성희는 집 밖에 거의 나가지 않았다. 친구도 없었을 뿐만 아니라 사람 만나는 것이 싫었기 때문이다. 친척 서넛을 만났더니 먼저 호들갑, 놀람부터 시작해서 끝없는 질문, 사설에 질려서 이제는 어머니 김 여사에게 부탁해서 일절 사절이다. 어머니 김혜연 여사는 조성희가 석 달짜리 젖먹이였을 때부터 친자식처럼 키워왔다. 위로 오빠 둘이 있으나 전혀 내색하지 않아서 조성희가 17살이 될 때까지 친형제인 줄로만 알았다. 응접실로 나온 조성희에게 김혜연이 말했다.

"아버지가 요즘 컨디션이 좋으시다. 다 너 때문이야."

김혜연이 웃음 띤 얼굴로 조성희를 보았다.

"되건 안 되건 난 상관 안 해, 난 언제나 네 편이 될 테니까."

"엄마두 참."

쓴웃음을 지은 조성희가 소파에 등을 붙이고 앉았다. 생머리는 뒤로 묶었고 화장하지 않은 얼굴에 미국에서 가져온 낡은 트레이닝 바지에 반팔 셔츠를 입고 맨발이다. 저택 하녀도 이보다 잘 입고 잘 가꾸고 있다.

"엄마, 나 미국에 남친 있어요. 지난번에도 말했잖아."

"작년에 만났던 폴인가 하는 놈?"

"아니, 다른 놈."

"에이구. 하나둘이어야지."

"아마 동성 쪽에서도 날 잘 알 텐데."

"뭘?"

"내가 미국에 살면서 이놈 저놈 만나고 다니는 거."

"그거야 보통이지. 여기선 안 그런가?"

김혜연이 말을 잇는다.

"결혼 전에는 다 그래. 한국도 이젠 그래."

"내가 동성 상속자를 딱 짚어서 말한 것에 놀란 것 같던데, 아버지가."

"그거야 나도 놀랐지."

김혜연이 어느덧 정색했다.

"네가 강우진의 내력까지 아는 것이 먼저 신기하기도 했고."

"요즘은 인터넷에서 별 소문까지 다 퍼다 나르고 있어. 비밀이 없는 세상이야, 엄마."

"강우진이 여러 여자를 겪었다는 소문도 있더냐?"

"응. 이번에 베이징 인질 사건 때 잡혀 있던 대양 여직원과의 사연도 있었어."

"난 그런 찌라시까지는 안 봤는데."

"사실 같았어."

"그래서 강우진한테 관심이 간 거야?"

"태생도 같고."

그때 김혜연이 외면했다가 고개를 돌려 조성희를 보았다. 이제는 정색한 표정이다. 김혜연이 지나는 말로 한국에 온 김에 남자를 하나 만나 보는 것이 어떠냐고 했더니 조성희가 바로 강우진을 소개해 달라고 했다. 그 말을 들은 조병규가 놀라서 강석규와 절친인 박윤상에게 부탁한 것이다. 조병규와 김혜연이 강우진의 태생을 모를 리가 없다. 그때 김혜연이 말했다.

"성희야, 네 태생은 우리 가족 다섯 외에는 아무도 모른단다."

조성희는 대답하지 않았다. 그것이 별 의미가 없다는 시늉 같다.

호치민에서 열흘째 머물고 있다. 이곳은 콘티넨탈 호텔의 펜트하우스, 동성 숙소가 호치민에도 있었지만 호텔 생활이 부담이 적었기 때문에 강우진은 투자팀과 함께 이곳에서 생활하고 있다. 오전 10시, 오늘은 오후부터 회의여서 강우진은 안쪽 응접실에 나와 앉아있다. 그때 조태길이 들어섰다. 조태길은 강우진의 심복이다. 고재성의 검증까지 거친 터라 지금은 물불 안 가리고 제2의 고재성이 될 야망을 품고 있다.

"상무님, 실장님께서 손님을 한 분 보내신다고 하셨습니다."

"누군데?"

강우진이 건성으로 물었을 때 조태길이 심호흡부터 했다.

"한국그룹의 따님이라고 합니다. 실장님께 연락해 보시지요."

"누군데요?"

강우진이 묻자 고재성은 잠깐 침묵했다. 응접실 안, 강우진이 서울의 고재성에게 전화를 했다. 방에는 강우진 하나뿐이다. 열린 베란다 유리문을 통해 도시의 소음이 밀려왔다. 그때 고재성이 말했다.

"아마 오후 6시쯤 너한테 연락할 거다."

"글쎄, 누가 말입니까?"

"한국그룹의 막내딸 조성희야."

"조성희? 한국그룹?"

"왜? 놀랐어?"

"무슨 일인데요?"

"그냥."

"실장님."

"글쎄 뭐라고 해야 할지. 나도 좀 그렇구나."

"왜 이러세요?"

"나도 이런 경우는 처음이라 말이다."

이제는 강우진이 입을 다물었고 고재성이 말을 이었다.

"좀 황당한데."

"…."

"조성희 씨는 27세, 너보다 한 살 아래야."

"…."

"지금까지 미국에 있었는데 이번에 서울에 왔어. 그리고 갑자기 너한테 혼담이

온 거야. 그것도 조 회장님이 거물급 인사를 통해서 말야."

"…."

"그런데 조성희 씨가 직접 널 소개해 달라고 했다는구나."

"…."

"그래서 조 회장님 내외분이 반색을 하면서 되건 안 되건 우리한테 연락한 거야."

"…."

"그랬더니 아버님은 당연히 네 앞에는 나설 수가 없다는 입장을 전하셨다. 그건 나한테도 말씀하셨다."

"…."

"그랬는데."

숨을 돌리고 난 고재성이 말을 이었다.

"오늘 한국그룹에서 연락이 왔어. 비서실장이 나한테 말야. 글쎄, 조성희 씨가 베트남으로 떠났다는구나. 널 만나려고 말야."

"…."

"6시쯤 너한테 연락할 거란다. 호치민에서 말야."

"웃기는 여자군요."

마침내 강우진이 말했다.

"그럼 내가 기다린다고 믿는 걸까요?"

"그러진 않을 거야."

정신이 좀 이상한 여자는 아닌가요?"

"조 회장이 어렸을 때 데려온 딸이야."

고재성의 목소리가 낮아졌다.

"너 혼자 있냐?"

"예, 실장님."

"조 회장이 다른 분한테서 낳은 딸이야."

"…."

"근데 그분은 조성희 씨가 갓난아이 때 죽었어. 그래서 조 회장이 집으로 데려와 키운 거야."

"…."

"조 회장 사모님이 친딸처럼 키웠지. 그래서 17살 때까지 친엄마인 줄 알았다는구나."

"알았으니까 그만하세요."

"뭘 알았다는 거냐?"

"저하고 입장이 비슷하다는 거 말입니다."

"처음만 그렇지 전혀 안 그렇다."

"숨겨졌던 자식이란 건 같죠."

"조성희 씨도 네 태생에 대해서 아는 건 확실하다. 그것 때문에 너한테 관심을 보이는 것도…."

"미친."

"그런데 말이야, 강 상무."

고재성의 목소리가 굵어졌다.

"그것 때문에 네가 피한다는 건 너답지 않은 행동이야."

회의를 마치고 돌아왔을 때는 오후 4시 반이었다. 2시에 시작해서 3시에 끝났지만, 회사에서 어물거리다가 3시 반에 출발했다. 이번에도 조태길이 들어와 보고했다.

"조성희 씨란 분입니다. 6시에 전화하신다고 했다는데요. 지금 전화가 왔습니다.”

강우진이 잠자코 끄덕이자 조태길은 방을 나가더니 곧 탁자 위의 벨이 울렸다.

“여보세요.”

맑은 목소리, 그리고 밝다. 강우진은 그것이 오히려 더 불길하게 느껴졌다. 예감이다. 그래서 목소리가 더 가라앉았다.

“예, 강우진입니다.”

“저 조성희입니다. 죄송해요. 놀라게 해드려서요.”

“아니, 괜찮습니다.”

“말씀 들은 지는 얼마 안 되지만 뵙고 싶어서요.”

“….”

“바쁘지 않으시면 저녁 식사 같이 하시죠, 강 상무님.”

“지금 어딥니까?”

“호텔 로비에 있어요.”

“어디 호텔 말입니까?”

“콘티넨탈 호텔.”

그렇다면 아래층에서 전화를 하는 거군. 강우진의 얼굴에 저절로 웃음이 떠올랐다. 미쳤다고 하기엔 목소리가 너무 맑고 울림이 강하다.

18층 펜트하우스 전용 식당이다. 전용 요리사가 요리를 해 준다. 6시 반, 강우진이 식당으로 들어서자 안쪽 자리에 앉아있던 여자가 자리에서 일어섰다. 테라스 쪽 좌석, 30평쯤 되는 식당은 모두 테라스 쪽에 좌석이 배치되었는데 손님은 그들 둘뿐이다. 강우진이 손님을 만나니까 아무도 안 올 것이다. 강우진이 다가가자 여자가 웃음 띤 얼굴로 말했다.

“사진보다 실물이 훨씬 낫네요.”

강우진의 얼굴에도 웃음이 떠올랐다. 조성희는 회색 반팔 셔츠에 같은 색 면바지, 그리고 운동화를 신었다. 산뜻한 분위기다. 숏커트 머리, 갸름한 얼굴형, 화장기가 없는 맑은 얼굴, 개성이 넘치는 미인이다. 다가선 강우진에게 조성희가 손을 내밀었다.

"조성희입니다."

"강우진입니다."

악수를 나눈 둘이 자리에 앉았을 때 지배인이 다가왔다. 강우진이 조성희에게 물어보지도 않고 한정식과 소주를 시켰다. 베트남인 지배인이 돌아갔을 때 강우진이 말했다.

"오늘 한정식 준비를 시켜놓았어요."

"괜찮아요. 펜트하우스 한정식이 어떻게 나올지 궁금하네요."

"그런데 나 만나러 여기 온 겁니까?"

정색한 강우진이 묻자 조성희가 금세 고개를 끄덕였다. 조성희도 정색하고 있다.

"그래요."

"인터넷에 내 주변 소문이 쫙 깔려 있을 텐데 다 보셨지요?"

"네."

강우진의 시선을 받은 조성희가 보조개를 만들면서 웃었다.

"내가 그 여자분이면 할 정도로 부러웠어요."

"지금 언론사나 찌라시들이 접근하지 못하도록 보호 중이죠. 본인은 모르고 있을 겁니다."

"잘하신 거예요."

"이번 대양그룹 인질 사건 때 베이징에서 만났어요."

"그렇게 떠드는 유튜버도 있던데 그 말이 맞았군요."

조성희가 지그시 강우진을 보았다.

"시간에 맡기기로 하셨어요?"

"내가 그렇게 말했던가요?"

"아뇨."

"그런데 어떻게 그걸 압니까?"

"뻔하죠, 지금까지 아무 진전이 없는 걸 보면."

"조성희 씨 같으면 어떻게 할 것 같습니까?"

"제가요?"

조성희가 엄지를 구부려 제 얼굴을 가리켰다.

"제가 누가 될까요, 그 여자분?"

"그래요."

"난 그런 환경이 안 되어 봤지만 다른 남자는 안 만날 것 같아요."

조성희가 흐려진 눈으로 강우진을 보았다.

"성격이 달라요."

"…."

"나는 베이징에서 다시 기회가 왔을 때 강우진 씨를 잡을 겁니다."

"…."

"사랑하는데 겁날 거 뭐가 있어요? 부딪쳐 보고 나서 결정하는 거죠."

"…."

"바빠 죽겠는데, 시간은 덩달아서 휙휙 지나가고, 그런데 기다려서 어쩌자는 거죠?"

그때 한정식 요리가 나왔다. 종업원 셋이 커다란 쟁반 위에 요리 접시 수십 개를 담아 들고 오는 것이다. 한정식은 한꺼번에 상을 차려놓는 것이 특징이다. 조성희가 탄성을 뱉었다.

"베트남에서 이런 한정식 요리상을 받다니, 여기 온 보람이 있네요."

한정식 요리를 안주로 소주를 마시던 조성희가 문득 입을 열었다.

"그분 찾아가세요."

강우진의 시선을 받은 조성희가 다시 보조개를 만들고 웃었다.

"다시 시작하자. 시작해서 안 되면 갈라서면 되잖아? 시작도 하기 전에 이게 무슨 꼴이냐? 그러시라고요."

조성희가 한 모금에 술을 삼키고는 말을 이었다.

"난 지금까지 셋하고 동거해봤는데 이제는 사는 요령을 알겠더라고요."

"그게 뭡니까?"

"욕심부리지 말 것."

강우진은 시선만 주었고 조성희가 말을 이었다.

"사랑한다면 받아들일 것."

"…."

"핑계 대지 말 것."

그러더니 조성희의 목소리가 가라앉았다.

"김시아 씨인가요? 데려오세요."

식당 테라스로 나와 밤의 호치민시를 내려다보면서 이제는 위스키를 마셨다. 바깥 테라스에도 둘뿐이다. 등나무 의자를 나란히 붙여놓고 불야성을 이룬 호치민시를 내려다보던 강우진이 입을 열었다.

"당신은 마치 계시를 주는 천사 같다는 생각이 들어."

"하하하."

조성희의 웃음소리가 테라스를 울렸다. 테라스는 양쪽 끝에 등을 달아놓았을 뿐이어서 어둡다. 뒤쪽 식당에서 흘러나온 불빛과 아래쪽 도시의 붉은 기운이 올라와 둘의 얼굴이 윤곽만 드러나 있다. 식당도 테라스도 조용하다. 손님이 그 둘뿐인 것이다. 그때 조성희가 말했다.

"그래요. 내가 신의 사자야, 메시지를 전하는 사자."

"이 말을 전해주려고 호치민까지 날아왔단 말인가?"

"용기를 주고 싶었어."

"내가 용기가 없다는 걸 눈치챘네."

"처음에는 다 그래. 나처럼 여럿 겪어보면 알게 돼."

둘은 어느덧 반말을 하고 있다. 술잔을 든 조성희가 한 모금 삼켰다.

"당신은 어렸을 때부터 마음고생이 많았을 거야. 주눅이 든 생활, 그늘 속에서 숨어 살던 버릇이 들어서 그랬을지도 몰라."

"…."

"난 17살 때 내 엄마가 친엄마가 아니라는 걸 알게 되었어. 사춘기 때여서 그런지 충격이었지. 그래서 엄마한테 모른 척하고 유학을 졸랐던 거야. 내 고집을 꺾지 못한 엄마가 날 미국으로 보냈고."

"…."

"그때부터 난 반발했지. 세상에다 대고 반발했으니 뭐가 되나? 나만 다쳤을 뿐이지."

"…."

"공부는 잘했어. 그래서 좋은 대학에 들어갔고 취직도 했으니까. 하지만 내 태생이 싫어서 미국 국적을 취득했지."

"넌 나보다 낫다."

강우진이 고개를 돌려 조성희를 보았다.

"나보다 강하고, 순수해. 비뚤어지지 않았어."

이제 조성희는 아래쪽 시내만 보았고 강우진이 말을 이었다.

"난 지금 선물 받은 기분이야."

"언니, 자?"

방문을 연 미아가 물었기 때문에 김시아가 상반신을 일으켰다. 불을 켠 채 침대에 누워있었다. 오후 11시 10분, 집은 조용하다. 어머니는 10시가 조금 지났을 때부터 잠이 들었다.

"왜?"

"이야기 좀 하려고."

방으로 들어온 미아가 침대 끝에 앉았다. 요즘은 입사 철이 아니어서 김시아는 경력사원을 모집하는 회사 4곳에 원서를 제출해놓고 집에서 쉰다. 오늘도 오후에 시장에 다녀왔을 뿐 집에서 빈둥거렸다. 미아는 4학년이어서 취업 준비로 바쁘다. 아침 7시에 나가서 저녁 7시가 되어서야 돌아오고 있다.

"언니, 그 사람 안 만나?"

미아가 묻자 김시아는 바로 대답했다.

"응. 시간에 맡기기로 했어."

"잊자는 소리네."

"그럴 수도."

"자신 있어?"

"응, 그것도 그렇고."

"그 최씨 때문에?"

최수영을 말한다. 엄마도 다 알고 있지만, 최수영을 언급하지 않았었는데 미아가 꺼냈다. 고개를 든 김시아가 미아를 보았다.

"그래. 내가 그 사람한테 오물을 뒤집어쓴 셈이야."

"그 나쁜 놈."

"생각하지 않을 수가 없어."

"언니 잘못이 아니잖아?"

"그래도 내가 그런 작자하고 놀아났다는 것, 유유상종이지."

"그것 때문에 거리를 둔 거야?"

"꼭 그것 때문은 아니고."

"벽이 너무 많아."

미아가 혼잣소리처럼 말했고 김시아는 입을 다물었다. 그때 탁자 위에 놓인 핸드폰이 진동으로 떨었기 때문에 둘은 깜짝 놀랐다. 김시아의 핸드폰이다. 김시아는 쳐다만 보았고 미아가 집어 들고 발신자를 보았다. 그러더니 숨을 들이켜고 나서 전화기를 시트 위에 놓았다.

"언니, 강우진이야."

전화기가 계속해서 진동했다.

김시아가 전화기를 집어 들었을 때 김미아는 소리 없이 방을 나갔다. 시선도 주지 않는다. 숨을 고른 김시아가 수신 버튼을 눌렀다.

"여보세요."

"자냐?"

"아니."

대답하면서 김시아는 가슴이 가라앉아 있는 것을 느꼈다.

"여기 베트남이야."

"알아. 뉴스에서 봤어."

강우진의 목소리가 차분해졌다.

"서울은 11시 반쯤 되었겠네."

"응."

"요즘 어떻게 지내?"

"취업 원서 내고 기다리는 중."

"그렇구나."

"신경 안 써도 돼. 곧 어디든 들어갈 수 있을 테니까."

"너야 스펙이 좋으니까."

"좋을 것도 없지."

김시아의 얼굴에 쓴웃음이 번졌다. 대양을 인수한 동성에서 재입사 신청을 받는 중이다. 김시아도 신청만 하면 이제는 동성이 된 옛 회사에 다시 다닐 수가 있다. 그때 강우진이 말했다.

"다시 시작하자."

김시아가 숨을 죽였고 강우진이 말을 이었다.

"내가 많이 생각했어. 내가 다시 태어나도 너를 찾을 것 같아."

"…."

"시간에 맡긴다는 것, 허세야. 비겁한 수작이었고."

"…."

"베트남에서 만난 사람이 충고를 해주더군, 사랑하면 놓치지 말라고."

그때 김시아가 말했다.

"난 안 돼."

이제는 강우진이 침묵했고 김시아가 말을 잇는다.

"오빠가 그럴수록 더 힘들어. 난 그냥 받아들일 수 없어."

"…."

"오빠 이야기 듣고 이젠 확실하게 결심했어. 우리 헤어져."

"…."

"그래. 시간이 지나면 알게 돼. 내가 겪었으니까. 잊고 행복해지더라고."

"…."

"사랑하니까 헤어진다는 말도 코미디야. 난 이미 식었기 때문에 그 사람을 만났고 결혼 약속까지 한 거야."

"…."

"난 곧 다시 시작하게 될 테니까 내 걱정은 안 해도 돼."

그러고는 김시아가 덧붙였다.

"바로 시간이었어. 시간이 이미 우리 머리에 칼질을 해서 오염시킨 거야."

김시아의 목소리에 웃음기가 섞여졌다.

"억지 쓰면 안 돼, 오빠. 그럼 안녕."

핸드폰을 귀에서 뗀 김시아가 종료 버튼을 누르고는 길게 숨을 뱉었다. 차분해진 표정이다.

강우진이 베란다에 서서 도시의 야경을 내려다보았다. 밤바람에 머리칼이 날렸다. 김시아의 선언이 가슴에 박혔으나 충격은 받지 않았다. 어느 정도 예상했던 것 같다. 인간은 전(前)의 경험을 기반으로 머릿속에 무의식적인 대비를 하는 것이다. 구덩이에 빠진 경험이 있으면 비슷한 상황이 되었을 때 반사적으로 경계하게 된다. 그렇다. '우리'는 구덩이에 빠졌다가 나온 상태다. 둘 다 상처를 받았다. 김시아는 아직 그 상처가 남았고 나 또한 그렇다. 조성희 말대로 다 잊고 다시 시작하자고 했지만 위선이다. 김시아가 오히려 더 정직하고 용기가 있다. 도시의 탁한 대기가 그제야 맡아졌기 때문에 강우진은 방으로 들어왔다.

6년 후, 동성상사 사장실로 비서실장 조태길이 들어섰다.

"사장님, 시간이 되었습니다."

고개를 끄덕인 강우진이 자리에서 일어섰다. 인도네시아 출장이다. 인천공항 전용기 터미널에 전용기가 대기하고 있었기 때문에 비행기 시간에 맞출 필요는 없다. 이쪽에서 출발 시간을 정해 놓았다.

"사모님은 조금 먼저 도착하실 것 같습니다."

옆에 붙어 선 조태길이 복도를 걸으면서 말을 이었다.

"회장님께선 내일 출발하신다고 연락이 왔습니다."

강우진은 고개만 끄덕였다. 인도네시아 술라웨시섬에 대규모 관광단지를 조성하고 있다. 서울시만 한 면적을 매입해서 60억 불을 투자하는 대규모 사업이다. 그 공사현장을 체크하려고 회장과 사장까지 날아가는 것이다. 이제 강우진은 34세, 동성그룹의 주력사인 동성상사의 사장으로 명실상부한 2인자다.

전용기는 보잉사에서 제작한 쌍발 제트엔진의 35인승으로 작년에 출고되었다. B-830, 강우진이 기내로 들어섰을 때 안쪽에 앉아있던 조성희가 웃음 띤 얼굴로 맞았다. 옆에는 3살짜리 딸 강현이 잠이 들어있다.

"앤 또 자?"

강우진이 현을 눈으로 가리키며 물었다.

"맨날 잠만 자는군."

"조금 전까진 놀았어."

조성희가 웃으면서 말했다.

"자기가 잘 때만 나타나는 거지."

"이번에는 깨어 있을 때도 나타나겠군."

"그러려고 이렇게 출장 때 따라가는 나도 한심하지."

조성희가 눈을 흘겼다.

"나도 현이나 마찬가지니까."

강우진이 조성희와 결혼한 것은 4년 전이다. 동성과 한국그룹의 결합이다. 재벌 그룹 순위 1위와 2위의 결합이어서 세계가 떠들썩했다. 이것으로 그룹 내에서 강우진의 위치는 더욱 확고해졌고 매출의 시너지까지 받았다. 그 결혼을 계기로 한국과 동성 간의 업무 협조는 빈번해졌고 그야말로 세계 시장에서도 '무적 연합함대'로 불리게 된 것이다.

남동 술라웨시섬에 위치한 동성 리조트는 이제 90퍼센트가 완공되었다. 진입로와 부대시설 일부만 마무리하면 광대한 리조트 타운이 생겨난다. 근처에 공항까지 만들어 놓았기 때문에 연간 백만 명의 관광객을 유치할 수 있을 것이다. 바닷가의 리조트에 투숙한 강우진 가족은 테라스에 둘러앉았다. 오후 5시 반, 석양이 수평선 위에 걸쳐있는 시간이다. 리조트는 2층 건물로, 세 식구는 2층 테라스에서 바다를 내려다본다.

"자기도 알고 있었겠지만."

현이를 무릎 위에 앉힌 조성희가 바다를 보면서 말했다.

"나, 그때 베트남에서 자기한테 접근한 때 말야."

강우진의 시선을 받은 조성희가 이를 드러내고 웃었다.

"자기한테 마음에도 없는 말을 했어. 그냥 나오는 대로 말을 뱉은 거지."

그때 조성희의 무릎에 앉아있던 현이가 내려오더니 강우진의 무릎 위로 올라갔다. 바뀌 앉은 것이다. 조성희가 말을 이었다.

"내가 미국에서 셋하고 동거했다고 했지? 그거 거짓말이야."

"…."

"내가 그래서 자기한테 천사 같다는 소리를 들었는데, 슬그머니 죄책감이 들더라구."

"…."

그때 강우진의 무릎 위에 앉아있던 현이 무거워진 느낌이 들었다. 고개를 숙인 강우진이 현이 잠든 것을 보았다.

“이런.”

활짝 웃은 강우진이 목소리를 낮추고 말했다.

“우리 딸 좀 봐.”

“착해. 나 닮아서.”

“얼굴은 너 닮았지만 성품이 나야. 내가 이렇게 착했어.”

“자기는 참 좋은 남자야.”

“고맙다. 좋게 봐줘서.”

“자기는 사랑받을 자격이 있어.”

“아이구, 너 왜 이래?”

“나이 들수록 더 겸손해지고.”

“스톱.”

“날 더 사랑해주는 것 같고.”

“소름 돋는다.”

“정말이야.”

“너 무슨 말을 하려고 그래?”

“김시아 씨가 이혼했어.”

고개를 들었던 강우진이 현을 안고는 조심스럽게 일어섰다. 침대에 눕히려는 것이다. 따라 일어선 조성희가 베란다 문을 열고는 앞장서서 안으로 들어갔다. 현을 침대에 눕히고 나온 둘이 이제는 응접실 소파에 나란히 앉는다. 응접실 안은 아늑하다. 소음이 딱 끊겼지만, 유리문 밖의 바다가 막힘없이 펼쳐져 있다.

“저녁 먹기 전에 한 잔 줄까?”

조성희가 묻자 강우진이 고개를 저었다.

"저녁 먹으면서 마시지."

"김시아 이야기 듣고 싶어?"

"그래. 궁금하다."

"이혼했다는 말 듣고 어때?"

"좀 놀랐지."

강우진의 눈이 가늘어졌다. 김시아는 3년 전쯤 결혼했다. 강우진보다 1년쯤 후에 결혼했으니 3년 만에 이혼한 셈인가? 남편은 제약회사에 다니는 사람이라고 했다. 그것밖에 아는 게 없다. 조태길이 지나는 말처럼 보고했고 그때 강우진이 조성희에게 말해주었었다. 조성희가 말했다.

"이혼했다는 건 며칠 전에 알았어. 내가 문득 생각이 나서 알아보라고 했거든."

"…."

"그냥 궁금했어. 잘살기를 바랐고. 그래, 내가 행복하니까 그런 마음도 우러나는 거지. 심란하면 그런 여유가 나와?"

"…."

"그런데 이혼했다는 거야."

조성희가 고개를 돌려 강우진을 보았다. 눈이 흐려져 있다.

"제약회사 대리인 남편은 성실하고 가정적인 사람이라는군. 회사에서 평판도 좋고, 아버지가 교육 공무원으로 초등학교 교장인 집안이야."

"…."

"조금 자세히 알아보았더니 김시아가 결혼 1년 반쯤 되었을 때부터 각방을 썼대. 뚜렷한 이유도 없이. 그냥 성격 차이라고 해."

"…."

"자식이 없는 것도 그 이유 중 하나가 되겠지. 주변 이야기로는 김시아가 정을 붙이지 못했다는 거야."

"…."

"결혼도 소개를 받고 나서 4개월쯤 지난 후에 한 거야. 서로 잘 알지도 못한 상태에서 급하게 한 것 같아."

"…."

"안됐어. 지금 김시아는 합의 이혼을 하고 집에 돌아와 있어. 물론 위자료 같은 건 없고."

그때 고개를 든 강우진이 조성희를 보았다. 차분한 얼굴이다.

"앞으로는 알아보지 마."

조성희의 시선을 받은 강우진이 말을 이었다.

"그냥 그대로 살게 놔둬."

"그래야겠지."

조성희가 고개를 끄덕였다.

"나서서 전혀 도움이 안 되었으니까."

"다 같을 수는 없지."

강우진이 팔을 뻗어 조성희의 어깨를 당겨 안았다.

"난 현실에 충실하고 정직해. 그렇게 살다가 갈 거야."

조성희의 머리끝에 턱을 붙인 강우진이 말을 이었다.

"김시아는 제가 결정한 인생을 사는 것이고."

조성희가 안긴 채 천천히 고개를 끄덕였다. 조성희의 관점에서 보면 김시아는 기회를 놓쳤다. 그것이 어떤 이유에서건 인생이 비틀린 시작이다.

"협진에 다니게 되었어."

김시아가 웃음 띤 얼굴로 김미아에게 말했다.

"경력사원 인정을 받아서 대리야."

"잘되었네."

오후 7시 반, 방금 퇴근한 김미아에게 김시아가 취직되었다는 말을 해주고 있다. 어머니는 외출했기 때문에 집에 둘뿐이다. 재킷을 벗어 던진 김미아가 물었다.

"언제부터 출근인데?"

"다음 주 월요일. 나흘 후야."

"이제 또 직장생활 시작이군. 괜찮겠어? 3년 만에 다시 일하는 거?"

"그럼."

"하나가 들어오니 하나가 나가게 되는구나."

"그러게 말이다."

쓴웃음을 지은 김시아가 주방으로 다가가 저녁상을 차리기 시작했다. 김미아가 두 달 후에 결혼하게 되는 것이다. 김미아도 이제 스물아홉이다.

"언니, 그거 알아?"

뒤에서 김미아가 물었지만 김시아는 듣기만 했다.

"엄마가 언니 집에 온다니까 뭐라고 한지 알아?"

"잘되었다고 했겠지."

"아니."

김미아가 웃음 띤 목소리로 말을 잇는다.

"첫 남자를 잘 만났기 때문이라고 했어."

"…."

"맞는 말이지. 강우진 같은 남자가 어디 있겠어?"

"…."

"내 목숨까지 살려준 남자인데."

"…."

"언니는, 아니 우리 식구는 강우진 씨를 원망할 이유가 하나도 없어."

"누가 뭐래?"

몸을 돌린 김시아가 김미아를 보았다. 의외로 밝은 표정이다. 눈이 초승달처럼 굽어 있다.

"지금도 고맙지."

"그래. 그렇게 살아."

김미아가 고개를 끄덕였다.

"난 언니를 다 이해해."

김시아가 다시 몸을 돌렸다. 이런 감정은 말로 공감되는 것이 아니다. 가슴으로 이해만 하면 그것으로 족하다, 이렇게.

3년 후,

미국 출장에서 돌아온 강우진이 곧장 용인 자택으로 돌아왔다. 오후 4시 반. 집에는 세 가족이 기다리고 있다. 조성희와 6살짜리 딸 현, 3살이 된 아들 웅이다. 이제 강우진은 37세. 조성희는 36세가 되었다.

"어제 아버님이 다녀가셨어."

씻고 나온 강우진이 응접실에서 웅이를 안고 있을 때 조성희가 말했다.

"바로 그 자리에서 웅이를 안고 계셨어."

강우진의 얼굴에 웃음이 떠올랐다. 강석규는 77세지만 지금도 아침 9시면 회사에 출근한다. 그러나 1년 후에는 은퇴하겠다고 선언한 상태다. 은퇴 후에는 술라웨시 리조트에 살겠다는 것이다.

"세월이 참 빨라, 그렇지?"

나란히 앉은 조성희가 아빠한테서 옮겨오는 웅이를 안으면서 말했다.

"현이가 벌써 6살, 곧 초등학교에 들어가게 돼."

현이는 강우진 옆에 얌전히 앉아 이번에 사 온 인형을 들여다보는 중이다. 그때 강우진이 조성희를 보았다.

"작년에 합병한 협진상사 알아?"

"아니."

머리를 기울인 조성희의 얼굴에 웃음이 떠올랐다.

"동성이 합병한 회사가 어디 하나둘이야? 그런데 무슨 일 있어?"

"협진 LA지사가 동성으로 흡수되었는데 김시아가 거기 차장으로 있었어."

"…."

"이번에 LA에 갔다가 회사 건물에서 우연히 마주쳤어. 눈인사를 하던데."

강우진의 얼굴에 쓴웃음이 번졌다.

"그래서 인사기록을 보았더니 LA에 간 지는 3년이 되었더군."

"결혼은?"

"그것까지는 보지 않았어."

조성희가 고개를 끄덕였다.

"언젠가 한 번쯤은 나타날 거라고 생각했어."

"그런가?"

강우진이 웃음 띤 얼굴로 조성희를 보았다.

"난 김시아를 보고 나서 편안한 느낌이 들더라. 눈에 익은 산천(山川)을 본 것 같은…."

현이를 당겨 안은 강우진이 말을 이었다.

"김시아도 그러기를 바라야지."

"나한테 이렇게 말할 정도면 편안한 것은 맞는 것 같은데."

조성희의 얼굴에도 웃음이 떠올랐다.

"김시아가 어떤 감정인지는 알 수 없지."

깊은 밤, 잠이 들었던 강우진이 눈을 떴다. 꿈도 꾸지 않고 자다가 문득 잠에서 깬 것이다. 옆에 누운 조성희는 고른 숨소리를 내면서 잠이 들었다. 방은 어두웠으나 사물의 윤곽은 선명하게 드러났다. 낯익은 냄새, 조성희의 체취가 달콤했다. 주위는 조용하다. 이곳 용인 저택은 숲에 둘러싸여서 차량 소음도 들리지 않는다. 강우진이 숨을 고르면서 김시아를 떠올렸다. LA 회사 건물에서 우연히 만나 눈인사만 하고 지나쳤다고 했지만 거짓말이다. 우연히 만났지만 불러서 이야기를 나눴다.

"여기 있었군."

지사장실에 앉은 강우진이 들어선 김시아에게 말했다. 웃음 띤 얼굴, 지사장은 밖으로 내보냈기 때문에 둘이다. 앞쪽 자리를 권한 강우진이 김시아를 보았다.

"그동안 잘 지냈지?"

"네, 사장님."

"너한테서 사장 소리를 들으니까 어색하다."

"어쩔 수 없죠."

김시아의 얼굴에도 웃음이 떠올랐다.

"저는 매일 사장님 동향을 알고 있었죠. 오늘 이곳에 오신다는 말을 듣고 뵙게 될 줄 예상했습니다."

"모르고 있었어."

"직원이 수만 명이니까요."

"LA에 온 지 얼마나 되지?"

"3년인데 작년에 동성으로 합병되었습니다."

"그렇군."

"오늘 본사 사장님이 절 부르신 것이 소문나겠는데요."

"뭐 어때?"

"제가 옛날 여자라는 소문이 나도 괜찮겠어요?"

"상관없어."

"사모님이 아시면 불편하실 텐데요."

"그런 사람 아냐."

고개까지 저은 강우진이 정색하고 김시아를 보았다.

"너 만나니까 왠지 편안해진다. 너 만난 이야기를 와이프한테 해줘야겠어."

"뭐라고 하실 건데요?"

"널 우연히 만나서 눈인사만 하고 지났는데 가슴이 편안해지더라고."

"정말 그러세요?"

"정말이야."

"아이가 둘 있으시죠?"

"그래. 현이, 웅이야. 6살, 3살."

"행복하세요?"

"당연히."

김시아의 시선을 받은 강우진이 웃었다.

"더 바랄 것이 없으니 이게 행복이지."

"진심으로 축하드려요."

"어려운 일 있으면 언제든지 말해."

"그런 일 없을 거예요."

"비서실장 조태길한테 연락하면 돼, 내가 말해놓을 테니까."

"배려는 고맙습니다."

이렇게 9년 만의 상면이 끝났다.

비서실장 조태길은 그룹 전무급이 되었기 때문에 계열사로 간다면 주력사 사장 직급이다. 그날 저녁 LA의 숙소에서 조태길이 앞쪽 자리에 조심스럽게 앉았다. 저녁을 마친 강우진이 응접실에서 커피를 마시고 있을 때다.

"사장님, 제가 김시아 씨에 대해서 알아보았습니다만."

독단으로 조사했다는 말이다. 조태길의 시선을 받은 강우진이 쓴웃음을 지었다. 예상했기 때문이다. 강우진이 고개를 끄덕이자 조태길이 서류를 펼쳤다.

"김시아는 현재 다운타운에서 멕시코계 미국인 벨라테스하고 동거 중입니다."

강우진이 커피 잔을 들었고 조태길의 말이 이어졌다.

"동거한 지 6개월이 되었습니다. 벨라테스는 다운타운의 바 스모키의 DJ인데 40세, 이혼남으로 전처에게 양육비를 800불씩 보내주고 있습니다."

"…."

"김시아는 지난달 회사에서 1만 불을 가불했는데, 벨라테스한테 준 것으로 추정됩니다. 벨라테스가 그 직후에 신형 현대차를 샀으니까요."

"…."

"김시아는 벨라테스와 동거 6개월 전까지 존슨이라는 사내와 1년간 동거했습니다. 존슨은 보험회사 사원으로 44세, 역시 이혼남이었습니다."

"…."

"그전에, 미국에 온 직후에는 중국계인 왕성이라는 슈퍼마켓 주인과 동거를 했지요. 6개월쯤 살다가 헤어졌습니다."

고개를 든 조태길이 서류를 집더니 흐려진 눈으로 강우진을 보았다.

"회사의 근무 상태, 근무 평가는 상위권이어서 곧 부장 진급이 될 것 같습니다. 사생활이 근무에 영향을 주지는 않습니다만…."

"그 원인이 뭘까?"

불쑥 강우진이 물었을 때 조태길이 기다렸다는 듯이 대답했다. 미리 준비한 것 같다.

"운명입니다. 굳이 원인을 찾는다면 본인의 성품입니다."

강우진이 시선만 주었더니 조태길이 덧붙였다.

"이쯤 되면 이유를 붙이는 것도 무의미합니다."

강우진이 다시 눈을 감았을 때다.

"깼어?"

옆에서 조성희가 물었기 때문에 강우진이 놀랐다.

"응, 잠깐. 그런데 넌 언제 깬 거야?"

"조금 전에."

"내가 깬 건 어떻게 알았고?"

"눈뜬 옆모습을 쳐다보고 있었어."

"그랬나?"

"김시아 생각했어?"

"응. 지사장실로 불러서 이야기했어. 눈인사만 했다는 건 거짓말이야."

"그래야 정상이지."

"걔가 어지럽게 살아."

강우진이 겨우 그렇게 표현했다. 궁리 끝에 나온 말이다. 조태길한테서 들은 이야기까지 해주는 동안 조성희는 강우진을 안고 등을 부드럽게 쓸어주었다. 이윽고 말을 마쳤을 때 조성희가 말했다.

"자기 책임이 아냐."

"잘살면 좋겠는데 신경이 쓰여."

"당연하지."

조성희가 강우진의 허리를 당겨 안았다.

"이러면서 또 시간이 지나가는 거지."

"…."

"이제는 내가 시간에 맡기고 있네."

조성희가 웃음 띤 목소리로 말했을 때 강우진이 허리를 당겨 안았다.

"그게 어디 우리뿐이냐?"

세상 사람들이 다 그런 것이었다. 시간을 붙잡아 둔 인간은 죽은 사람뿐이다.

"벨라테스, 오늘 짐 싸서 나가."

김시아가 말하자 소파에 늘어져 있던 벨라테스가 고개를 들었다. 오후 7시 반, 벨라테스는 하루 종일 집에서 빈둥거리는 중이다. 탁자 위에는 먹다 만 피자와 콜라 캔, 맥주병까지 어지럽게 놓여 있고 응접실 바닥은 난장판이다. 벨라테스가 바 DJ를 그만둔 지 15일째다. 김시아가 옷도 갈아입지 않은 채 응접실 입구에 서서 말을 이었다.

"지금 당장, 벨라테스."

"나가라고, 나를?"

상반신을 세운 벨라테스가 엄지를 구부려 제 얼굴을 가리켰다. 검은 머리 검은 눈동자, 곧은 콧날과 윤기가 흐르는 갈색 피부, 배가 좀 나왔을 뿐이지 미남이다. 그때 김시아가 목소리를 높였다.

"그래! 어서! 서둘러! 이 약쟁이야!"

"지금은 못 나가겠는데, 마담."

"그래?"

고개를 끄덕인 김시아가 몸을 돌리더니 곧장 현관문을 열었다.

"들어오세요."

김시아가 소리치자 곧 경찰 셋이 들어섰다. 놀란 벨라테스가 벌떡 일어섰을 때 앞장선 경찰이 허리춤에서 권총을 꺼내 겨누었다.

"손 올려!"

벨라테스가 번쩍 손을 올렸고 뒤를 따르던 경찰이 말했다.

"집주인의 요청으로 마약 소지, 흡입 검사를 한다. 거시기도 꿈틀거리지 말고 그대로!"

30분 후, 벨라테스의 가방에서 마약 80그램과 대마 500그램까지 찾아낸 경찰이 벨라테스와 함께 떠났다. 그제야 김시아는 집 청소를 시작했는데 문을 활짝 열어 놓고 노래를 불렀다. 노래를 부르면서 청소를 한 것이다. '고향의 봄'이다.

"나의 살던 고향은 꽃피는 산골, 복숭아꽃 살구꽃 아기 진달래…."

노래를 부르고 있을 때 이웃집 쟌느가 열린 창밖으로 지나가다 웃음 띤 얼굴로 손을 흔들었다.

밤, 깨끗해진 집에서 김시아가 TV를 켜놓고 술을 마신다. 음 소거를 시킨 TV에서는 뉴스쇼를 하는 중이다. 12시 반, 벨라테스 전에 동거했던 존슨도 샌프란시스코에 여행 갔다가 호텔에서 헤어졌다. 김시아가 혼자 가방을 싸서 나온 것이다. 이유는 없다. 싫증이 났기 때문이다. 집에 먼저 돌아와 존슨의 짐을 다 싸서 현관 앞에 내놓았다. 그것으로 끝이다. 그 전(前)의 중국계 왕성은 김시아가 가방을 싸 들고 나왔다, 왕성의 아파트였으니까. 위스키를 혼자 반병쯤 마셨을 때 김시아의 눈에서 눈물이 흘러내리기 시작했다. 10분쯤 지나면 저절로 그칠 것이기 때문에 김시아는 닦지도 않았고 놔두었다. 이 눈물의 의미를 꼭 집어서 말할 수는 없다. 갖가지 사연이 함축되어 있을 거라고 추측만 할 뿐이다. 그러니까 눈물이 나겠지. 미치지는 않았으니까. 자주 있는 일도 아니다. 동거인과 헤어졌을 때 두어 번씩 이런 현상이 일어났다가 다시 동거를 시작했다. 이제는 이런 분위기를 예사로 받아들일 정도가 되었다.

다시 6년이 지났다.

뉴욕, 월가의 크리스틴 빌딩 로비 라운지 안, 오전 11시 반, 김시아가 들어섰을 때 창가 VIP석에 앉아있던 강우진이 손을 들었다. 옆에는 조성희가 앉아있다. 다가선 김시아가 웃음 띤 얼굴로 둘에게 목례를 했다.

"오랜만에 뵙습니다."

김시아는 근처 미국계 회사인 유니온 상사 부장이다. 3년 전 동성에서 옮겨간 것이다. 자리에 앉았을 때 먼저 조성희가 말했다. 웃음 띤 얼굴이다.

"뉴욕에 왔다가 김시아 씨를 만나고 싶어서요. 나와 주셔서 고마워요."

"아뇨, 이렇게 뵈니까 좋아요."

김시아가 얼굴을 펴고 웃었다.

"찾아주셔서 고맙기도 하고요."

"이 사람이 꼭 만나고 싶다고 해서."

강우진이 눈으로 조성희를 가리켰다.

"시아가 동생처럼 느껴진다는군."

"어휴, 자매간에 왕비가 되었다는 역사책을 읽은 기억이 나네요."

김시아가 말하자 조성희가 밝게 웃었다.

"그럼 어때요? 내가 언니뻘 되겠네. 언니 왕비."

"잘 지내지?"

강우진이 묻자 김시아는 고개를 끄덕였다.

"적응하고 있어요. 이젠 동거생활 같은 것도 안 하고 열심히 일하고 열심히 살아요."

"잘할 거야."

"우리 모두 40대 아냐?"

조성희가 갑자기 손가락을 꼽으며 말을 이었다.

"당신은 43, 내가 42, 김시아 씨가 40."

"그게 어쨌다고?"

강우진이 묻자 조성희가 정색했다.

"인생의 중반전이야, 우리."

"벌써 그렇게 되었나?"

강우진이 되묻자 김시아가 고개를 끄덕였다.

"만난 지 20년 가깝게 되었네요."

"후회해요?"

불쑥 조성희가 물었을 때 김시아의 눈이 잠깐 흐려졌다가 초점이 잡혔다.

"아니, 이대로 살고 싶어요, 이렇게."

그러더니 덧붙였다.

"내 삶이 두 번 이어진다고 해도."

<끝>